KB104812

무직전생
이세계에 갔으면
최선을 다한다
14
글 리후진 나 마고노테
일러스트 시로타카
옮긴이 한신남

아토페라토페
실바릴
키시리카

루데우스
페르기우스
나나호시
인물소개

“내가 불사마왕
아토페라토페 라이백이다!”

무직전생

이세계에 갔으면 최선을 다한다

14

글 리후진 나 마고노테 일러스트 시로타카 옮긴이 한신남

無職転生　～異世界行ったら本気だす～ 14

©Rifujin na Magonote 2017
First published in Japan in 2017 by KADOKAWA CORPORATION, Tokyo.
Korean translation rights arranged with KADOKAWA CORPORATION, Tokyo.

이 책의 한국어판 저작권은 일본 KADOKAWA CORPORATION과의 독점 계약으로
(주)학산문화사에 있습니다.
저작권법에 의해 한국 내에서 보호를 받는 저작물이므로 불법 복제와 스캔 등을 이용한
무단 전재 및 유포 시 법적 제재를 받게 됨을 알려 드립니다.

CONTENTS

제14장 청년기 소환편

"내가 노력하지 않는다고?
네가 다른 장소를 목표로 하니까 그렇게 보이는 거야."

It's because I'm looking for the place
where I should aim at an unemployed one.

글 : 루데우스 그레이랫
옮김 : 진 RF 매곳

제14장

청년기

소환편

제1화 공중성채

마법도시 샤리아에서 북쪽으로 한나절 걸어간 곳. 마차로는 한 시간도 안 걸리는 장소.

그곳에 유적이 있었다. 오래된 요새의 유적이다.

지면에는 원래 돌로 포장되었던 흔적이 마구 굴러다녔고, 커다란 돌기둥이 쓰러져 있었다. 파르테논 신전을 더 망가뜨리면 이런 느낌일까. 예전에는 훌륭한 건물이었을 게 틀림없다.

역사가 느껴지는 로케이션이다.

"스코트 성채 유적이로군요. 라플라스 전쟁 때 인간이 세운 것으로, 마족 침공 때 수천 명의 인간이 농성하며 저항했다고 합니다. 마지막에는 결국 힘이 부족하여 함락되었다고 하던데…."

내 옆에서 그렇게 설명한 사람은 아름다운 금발을 땋은 여성이다.

청초한 외모에 값비싼 여행복장을 하고, 멀리서 봐도 카리스마가 느껴지는 절세의 미소녀.

아리엘 아네모이 아슬라다.

"……."

혹시 나한테 말하는 걸까 싶어서 주위를 보았다.

바로 뒤에는 루크와 실피가 있었다. 또 그 뒤에 록시, 자노바, 크리프, 엘리나리제가 따라오고 있었다. 앞에는 나나호시가.

아리엘의 시선은 나를 향했고, 나와의 사이에는 아무도 없었다.

아무래도 나에게 말하는 게 틀림없는 모양이다. 저번에는 라노아 귀족과 함께 잠시 여행도 했었지만, 그녀와는 별로 대화한 적이 없어서 허둥거렸다.

"아리엘 님, 박식하시군요."

그렇게 대답하자, 아리엘은 부드럽게 살짝 미소 지었다.

"이 근처의 민요에도 곧잘 나오는 장소니까요."

"민요에 흥미가 있으십니까?"

"이 주변 귀족 분들과 친해지려면 그런 것도 필요하니까요."

아리엘은 태연한 얼굴로 대답했다. 귀족과 친하게 지내기 위해서는 옛날이야기도 배워야 하는 모양이다.

참 고생도 많다.

"하지만 정말로 이런 곳에서 페르기우스 님에게로 갈 수 있는 걸까요."

"글쎄요, 어떻게 이동하는지는 모르겠습니다만…."

나는 앞쪽에서 걸어가는 나나호시를 보았다. 커다란 백팩을 짊어진 그녀는 지면의 돌더미들 때문에 걷기 힘들어 보였지만, 한눈팔지 않고 똑바로 걸어갔다.

따라오라고 해서 따라왔지만, 정말로 여기서 갈 생각일까.

분명히 여기는 저번에 본 전이마법진의 노트에 실려 있지 않았을 텐데….

아니면 노트에 없을 뿐이지 전이마법진이 어딘가에 있는 걸까.

"이만큼 여럿이서 찾아가면 불쾌하게 여기지 않을지가 저로서는 걱정이네요."

그렇게 말하자 아리엘은 방긋방긋 웃었다.

"루데우스 님은 특이한 말씀을 하시네요. 아무리 그래도 상대는 '왕'의 이름을 가진 영웅이지요? 이 정도의 숫자를 그렇게 생각할 리가요."

"그런가요…."

힐끗 앞과 뒤를 보며 대열 전체를 확인했다.

나나호시, 나, 아리엘, 실피, 루크, 록시, 자노바, 크리프, 엘리나리제.

총 아홉 명. 많다고 생각하는데, 왕족이 보기엔 그렇지도 않은 걸까.

뭐, 왕족이면 손님이 열 명 단위로 올 테고, 한 자릿수의 손님이면 아직 여유로울까.

참고로 노른은 학교에서 할 일이 많다면서 사양했다.

학생회 일도 검술도 열심히 하겠다고 말했으니까 사양한 걸지도 모르겠다.

뭐, 노른도 데려오려면 아이샤도 데려와야 했겠지. 그렇게 되면 두 자릿수. 규모가 달라진다. 잘 모르는 상대를 그렇게 여럿이서 찾아가는 것은 내키지 않는다.

"페르기우스 님은 은둔 생활을 하고 계시지만, 라플라스 전쟁 후에는 한동안 아슬라 왕국에 머무르며 아슬라 국왕과도 대등한 입장에 있었다고 들었습니다. 수십, 수백 명의 하인을 거느리고 아슬라 왕궁을 방문한 적도 있다나요. 그런 분이 고작 아홉 명 정도의 손님을 귀찮게 생각할 리는 없습니다."

"그런 건가요."

그건 그렇고 아리엘의 목소리는 참 기분 좋게 들린다.

갑자기 찾아가는 게 귀찮지 않을 리가 없는데, 아리엘이 그렇게 말하면 정말로 괜찮을 것 같아서 문제다. 이 목소리에는 마성이라도 있나.

"…왕궁 생활에 신물이 났다면 손님 자체를 싫어할지도 모릅니다."

"정말로 싫다면 나나호시 님도 제가 따라가는 것을 승낙하지 않았겠죠."

"나나호시는 단순히 그런 쪽으로 생각하지 않았을 뿐이라고 생각하는데요."

그렇게 말하면서 나는 아리엘이 이 자리에 있는 이유에 대해 떠올렸다.

나나호시에게서 페르기우스의 이름이 나온 그때, 나는 나잇값도 못 하고 두근거리고 있었다.

'갑룡왕' 페르기우스.

그에 대해서는 나도 안다. 이 세계에 오고 얼마 안 되었을 무렵에 책으로 읽었다.

400년 전의 라플라스 전쟁의 영웅이다. 책에 따르면 열두 개의 사역마를 부리며 태고의 공중성채를 부활시키고, 여러 명의 동료들과 함께 라플라스와 싸웠다고 했다. 라플라스를 봉인한 뒤에는 그의 공적을 기려서 지금 이 세계의 달력 '갑룡력'을 사용하게 되었다.

하지만 '갑룡왕' 페르기우스는 왕으로 군림하지도, 통치하지도 않았다. 왕궁을 떠나서 공중성채 케이오스브레이커로 전 세계의 하늘을 떠돌고 있다.

그런 인물과 만나는 것이다. 두근거리는 것이 당연하다.

애초에 하늘을 나는 성에 갈 수 있는 것이다. 라○타에!

육아나 연구로 바쁜 건 틀림없다. 하지만 가 보고 싶다. 순수하게 가 보고 싶다. 미안, 루시. 아빠는 호기심을 이길 수 없었어. 하지만 꼭 선물 사 올 테니까. 그런 느낌으로 나나호시를 따라가기로 정했다.

실피는 그런 이기적인 갈등을 가진 나와 대조적이었다.

그녀는 나나호시에게 어떤 진언을 하였다.

"아리엘 님도 모셔갈 수 있을까요?"

"아리엘을?"

그 부탁에 나나호시는 떫은 표정을 지었다.

그녀는 아리엘에게 몇 번이나 권유를 받았다. 나나호시는 아슬라 왕국과 라노아 왕국 사이의 유통에 튼튼한 연줄을 가졌으니 동료로 끌어들이고 싶었겠지.

물론 나나호시는 이 세계와 엮이는 것을 별로 좋아하지 않는다.

그러니까 항상 귀찮은 눈치였다. 실제로 짜증도 났겠지.

"예, 페르기우스 님은 은둔한 지 오래되었지만, 지금도 아슬라 왕궁에서는 추앙하는 인물이라고 들은 적 있습니다. 아리엘 님은, 저기… 앞으로를 생각하면 그런 분과 만나고 싶을 거라 생각하거든요."

아리엘은 곳곳에 연줄을 만들어 왔다.

그것은 후에 아슬라 왕국의 왕위를 손에 넣기 위한 작업이다.

물론 그렇게 몇 년에 걸쳐 준비해도 왕위를 얻을 수 있을지는 반반, 아니, 그보다 승산이 낮은 싸움이라는 모양이다.

실제로 아리엘이 1년 뒤에 졸업하면 어쩔 생각인지는 모른다. 아직 행동을 시작하지 않고 힘을 비축할 것인지, 아니면 바로 왕도로 돌아가서 한 판 붙을 건지.

혹시 한 판 붙겠다면 일단 나도 도울 생각인데… 솔직히 말하자면 나도 결혼해서 자식이 생겼으니, 돕는다고 해도 가급적 가족에게 위해가 가지 않는 범위로 하고 싶은데~ 라면서 다소 소극적이 되었다.

뭐, 내 마음은 둘째 치고, 지금 제안은 연줄을 만들려는 일환이겠지.

싸움에서 연줄이란 대단히 중요하다. 아슬라 왕국에서도 높게 쳐 주는 영웅 '갑룡왕 페르기우스'라는 뒷배를 얻을 수 있다면, 아슬라 왕국 왕위 쟁탈전에서 아리엘은 생각했던 것보다 유리한 위치를 얻을 수 있다.

"뭐, 당신에게는 신세를 졌으니. 데려와도 좋아."

나나호시는 그런 흑심을 드러낸 아리엘을 거절할까 생각했는데, 쉽게 허락을 해 주었다.

나중에 들은 이야기인데, 나나호시는 내가 없는 동안에 실피에게 제법 신세를 졌다는 모양이다.

요리를 나누어 받기도 하고 의류품의 조달, 병에 걸렸을 때의 해독 등으로.

자식이 태어난 뒤로는 좀처럼 찾아오지 않았지만, 목욕하러는 자주 왔다는 모양이다.

"정말? 고마워. 아리엘 님이 기뻐하시겠지…."

실피는 불끈 주먹을 쥐며 기쁜 듯이 웃었다.

그런 경위로 아리엘과 루크가 일행으로 참가했다.

실피의 이야기에 의하면 아리엘은 보기 드물 정도로 기뻐했다는 모양이다.

유명인과 만날 수 있다고 하면, 공주님이라도 다른 사람과 별로 다르지 않다는 소리다.

나도 좋아하긴 했지. 진짜 영웅이고 책에 나올 정도의 사람이잖아?

어떤 인물일지 기대된다. 까다로운 사람이 아니라면 좋겠는데….

아… 그러고 보니 떠올랐다.

꽤 오래 전에 한 번 페르기우스의 부하와 만난 적이 있었다. 전이사건 직전의 이야기다.

광휘의 아르만피.

스스로를 그렇게 밝힌 남자가 나를 전이사건의 주모자라고 보고 갑자기 공격해 왔지.

길레느가 설득하자 검을 거두어 주기도 했고 악인은 아니었다고 기억하는데, 느닷없이 날 죽이려고 해서 꽤나 위험을 느꼈던 것은 사실이다.

혹시 그 주인인 페르기우스도 위험한 인물일까. 조금 불안하다.

아니, 부하가 위험하다고 해서 주인까지 위험하다고 볼 순 없지.

게다가 혹시 페르기우스가 그 전이사건에서 무슨 일이 일어날지 미리 알고 그걸 저지하려고 했다면, 오히려 칭찬받아야

할 행동이다.

하지만 날 죽이려고 했던 건… 뭐, 됐어. 옛날이니까 물에 흘려보내자.

처음 만나는 상대에게 싸움을 걸려고 하면 안 돼. 상대를 용서하는 마음이 중요해.

"다 왔어."

그렇게 생각하는 사이에 나나호시가 유적의 한가운데 근처에서 발을 멈추었다.

아무것도 없는 곳이다…라고 생각했는데, 잘 보니 걸터앉기에 딱 좋은 돌이 하나 박혀 있었다.

비석이다. 무시무시한 힘을 가진 자들의 문장이 희미하게 빛나는, 칠대열강의 비석이다.

세계 곳곳에 있다고 하는데, 여기에도 있었나.

하지만 마법진 같은 건 아니다. 혹시나 지하로 이어지는 문이 열리고, 계단을 내려가면 전이마법진이 나타나는 걸지도 모르지만.

어쩌면 칠대열강의 비석이 워프 장치인 게 아닐까?

비석 앞에서 주문을 외우면 다른 비석으로 텔레포트한다든가.

"여기서 뭘 하는데?"

"불러야지."

나나호시는 그렇게 말하더니, 백팩을 내리고 안에서 금속으로 된 피리를 꺼냈다.

음색을 내기 위한 구멍이 없어서 마치 호각 같았다. 나나호시는 그걸 입에 대더니 크게 숨을 불어넣었다.

"후우읍!"

소리는 나지 않았다. 그냥 숨이 새어나가는 소리만 울렸다. 개 피리 같은 걸까.

"소리가 안 나는데?"

크리프가 의아한 눈치로 물었다.

"사람에게는 들리지 않는 소리가 났어. 이제 조금 있으면 올 거야."

나나호시는 그렇게 말하고 근처 돌에 걸터앉았다.

사람에게는 들리지 않는 소리. 그것이 페르기우스에게 닿는 걸까. 그렇다면 저 피리가 마력부여품이든가, 페르기우스가 개라는 소리다.

"크리프."

엘리나리제가 진지한 얼굴로 크리프를 불렀다.

"왜?"

"이 기회에 말해두겠어요. 혹시나 거기 가서 비웃음을 당할지도 모르지만, 절대 거칠게 행동하며 맞서서 싸우려고 들면 안 돼요."

"……알았어. 나도 이젠 애가 아니니까."

크리프는 공부하라는 소리를 들은 아이처럼 입을 삐죽거렸다.

엘리나리제는 그런 크리프에게 몸을 기대고 귓가에 뭐라고 속삭였다.

크리프의 표정이 풀어지는 걸 보면 사죄의 말이나 사랑이라도 속삭였을까.

"그 공중성채에는 어떤 인형이 장식되어 있을지 벌써부터 기대가 되는군요!"

자노바는 평소와 같았다. 이 녀석은 페르기우스에게 간다는 걸 안 순간, '그럼 페르기우스 님에게도 우리의 작품을 보여드리죠' 같은 소리를 하면서 내가 만든 루이젤드 인형과, 기타 여러 피겨를 상자에 꽉꽉 담아서 짐을 꾸렸다.

그런 기회가 있을지는 모르겠지만, 내가 바디가디에게 그랬던 것처럼 영업을 하려는 모양이다. 참 일에 열심이다.

참고로 이 자리에는 줄리와 진저가 없다.

줄리는 자노바의 방을 지키는 중.

진저는 자노바의 명령으로 내 가족을 호위하고 있다.

뭐, 호위를 해야 할 만큼 위험하진 않으니까, 무슨 일이 생기거든 힘이 되어 준다는 느낌이다.

진저는 자노바를 따라오고 싶어 했지만… 뭐, 나도 가족을 지켜봐 주는 사람이 한 명이라도 많으면 마음이 놓이지.

"너무 자기 취향을 강요하지 마. 저쪽은 400년이나 산 사람이니까."

"하하하, 바디 폐하는 더 오래 사시지 않았습니까. 오래 살았으면서도 스승님의 인형이 대단하다는 걸 모르는 사람은 없습니다."

"그런가…. 응?"

저 멀리 하늘에서 뭔가가 빛났다.

"왔네."

나나호시가 그렇게 중얼거린 다음 순간, 그 녀석은 모습을 보였다.

그야말로 어느 틈에? 라고 말할 수밖에 없을 만큼 갑작스럽게.

금발에, 하얀 학생복처럼 앞쪽을 단추로 채우는 옷. 아마도 미남일 듯한 얼굴은 노란 가면으로 가렸다. 여우와 비슷한 동물을 모티브로 삼은 가면. 그리고 허리에는 큼직한 단검이 매달려 있었다. 내 기억에 있는 모습과 똑같았다.

"광휘의 아르만피. 여기 왔다."

정말로 갑작스러웠다. 그는 갑자기 출현한 듯한 느낌으로 우리 중앙에 떡하니 서 있었다.

아마도 날아왔겠지. 빛의 속도로, 저 공중성채에서.

그때도 그랬다. 피트아령 소멸 직전 때도.

"……."

문득 아르만피가 이쪽을 보았다. 나를 기억하는 걸까. 저번처럼 덤벼들기라도 할까 무섭다. 몰래 마안을 준비하고 지팡이를 움켜쥐었다.

하지만 아르만피는 나를 기억하지 못하는 모양인지, 딱히 유의하는 기색도 없이 주위를 둘러본 뒤에 나나호시의 앞으로 걸어갔다.

"…많군. 꽤나 많아."

아무래도 머릿수를 헤아린 모양이다.

나나호시는 그 질문에 대해 수긍했다.

"그래. 문제는 없겠지? 열 명 정도는 괜찮다고 그랬고."

"머릿수는 상관없다. 하지만…."

아르만피는 거기까지 말하더니 록시를 보았다.

"마족은 안 된다."

"어? 어, 어째서입니까?"

록시는 찬물을 뒤집어쓴 고양이 같은 얼굴을 하였다.

"마족을 우리 공중성채에 들여놓을 수는 없다."

"그, 그렇습니까."

록시는 충격을 받은 것처럼 어깨를 늘어뜨렸다.

페르기우스는 라플라스 전쟁 때 마족과 싸웠다.

그렇다면 역시 마족에 대해서는 생각하는 바가 있겠지. 전쟁은 사람의 마음에 상처를 남긴다고 하니까.

"어떻게 안 돼?"

"페르기우스 님은 관대하신 분이지만, 마족은 싫어하신다."

이 근처에서는 마족 차별도 별로 없어서 잊고 있었는데, 풍

조는 남아 있다.

페르기우스는 전설 속의 인물이라고 해도 전쟁의 당사자다.

루이젤드와 마찬가지로 전쟁에서 겪은 뭔가가 그를 붙들고 있을지도 모른다.

하지만 록시만 못 데려가는 것도 좀 가엾지 않나.

“아뇨, 됐습니다. 그렇다면 저는 남지요. 원래 페르기우스… 님과 만나는 건 무서웠고, 교사로서 할 일도 있으니, 잘 되었습니다.”

록시는 어깨를 늘어뜨리면서도 쉽게 포기했다.

하지만 가 보고 싶은 마음은 있었는지 아쉬운 표정을 숨기지 못했다.

그러더니 그녀는 내 쪽을 보고 안심시키려는 듯이 쓴웃음을 지었다.

“루디. 집 쪽은 맡겨 주세요.”

“알았어. 선물 사 올 테니까….”

그렇게 말하자 록시는 모자챙을 살짝 기울여서 자기 표정이 안 보이도록 만들었다.

그리고 다소 말하기 거북한 듯이, 농담이라도 하듯이 작게 말했다.

“선물은 됐습니다. 돌아왔을 때에 안아 주면 됩니다.”

지금 해 주었다. 꼬박 10초정도. 록시의 심장 소리가 고동치기 시작하고, 내 아토믹바주카에 핵탄두가 장전되기 전에 떨어졌다.

"아, 고, 고맙습니다."

"아니. 이쪽이야말로."

록시는 멋쩍은 듯이 얼굴을 붉히면서도 만족한 듯이 입가를 일그러뜨리며 우리에게서 조금 떨어졌다. 돌아가거든 더 해주자.

"이야기는 끝났나?"

내가 록시와 인사를 나누는 동안에 아르만피가 가까이 다가와 있었다.

그는 바통 같은 막대기를 내게 내밀었다. 쓱 보니 다른 이들도 같은 것을 손에 들고 있었다.

"들어라."

나는 시키는 대로 그것을 받았다.

20센티미터 정도의 금속막대기로, 표면에는 복잡한 무늬가 새겨져 있었다.

양쪽 끝에 달린 것은 마력결정일까…. 그렇다면 아마도 이건 마도구다.

"들고서 어떻게 합니까?"

"들고 있기만 하면 된다. 페르기우스 님께서 전이 마술로 공중성채로 불러들이신다."

전이 마술이라. 이건 전이 마술의 마도구인가. 그런 게 있나. 편리한데.

어라? 하지만 인간은 소환할 수 없다고 하지 않았나…?
아니, 이건 전이인가…. 어떻게 다르지?
“아, 돌아갈 때는 어떻게 합니까?”
“비슷하다. 돌아갈 때도.”
아르만피는 대수롭지 않게 말했다. 그렇게 말하는 걸 보면 일단 방법은 있겠지.
돌아갈 때는 걸어가야 했다면 루시가 어른이 되어 버리니까. 그 말을 듣고 안심했다.
“전원 다 들었나? 반드시 맨손으로 쥐도록 해라.”
맨손이라는 말을 듣고 왼손을 보았다. 내 왼손은 의수니까 맨손으로 쥘 수 없다.
“괜찮은 것 같아.”
나나호시는 전원이 끄덕이는 것을 보고 아르만피에게 신호를 보냈다.
“그럼 기다려라. 잠시.”
아르만피는 끄덕이더니 빛이 되어 저편으로 사라졌다.
이제 준비는 다 되었다고 페르기우스에게 전하러 가는 걸까.
“…왠지 두근거리기 시작했어요.”
“그렇군요.”
아리엘이 기쁜 눈치로 실피와 대화를 나누었다. 분명히 조금 마음이 들떴을지도 모른다.
그렇긴 해도 전이인가. 혹시 실패하면 어디 이상한 곳으로 날아가는 걸까. 페르기우스가 아무리 대단한 사람이라도 인간인 이상 실수는 있을 테고. 무섭군.

"…어?"

그렇게 생각하는데 손에 든 막대기가 열을 띤 것 같았다.

손바닥을 통해 막대에 빨려드는 듯한 감각이 들었다.

여기서 손을 떼면 어떻게 되는 걸까. 실패하는 걸까. 하지만 이렇게 갑자기 변화가 일어나면 놔 버리는 녀석도 있….

"어라?"

그렇게 생각하고 주위를 둘러보니 이미 아무도 없었다.

아니, 실피가 이쪽을 본 채로 사라지는 순간이었다.

덩그러니 남겨진 나와 록시.

어라? 나만 안 갔어?

그렇게 생각한 순간 내 의식은 막대기 속에 빨려들어갔다.

정신이 들자 새하얀 공간에 있었다.

아무것도 없는 새하얀 공간. 보이지 않는 실에 붙들린 채로 거기를 고속으로 이동하였다.

낚싯줄에 걸려서 파워 윈치에 억지로 끌려가는 물고기가 이런 기분을 맛볼까.

저 앞쪽, 다소 먼 곳에 실피가 마찬가지로 끌려가는 게 보였다. 소환된다는 것은 이런 느낌일까.

그렇긴 해도 이 장소.

어디선가 본 것 같다. 어디였더라.

그래, 인신이다. 항상 별로 기억에 남지 않지만, 이 장소는 꿈에 나오는 인신이 있는 장소와 흡사하다. 딱 하나 다른 곳이 있다면 내 몸이 전생의 것이 아니라는 점일까.

나는 평소처럼 로브 차림으로 공간을 날아갔다. 그리고 전방에 커다란 빛이 보였다.

빛은 복잡기괴한 마법진 모양을 하였고, 나는 거기로 빨려들어갔다.

정신이 들자 지면에 서 있었다.

"헛!"

갑자기 잠에서 깨어난 듯한 감각. 정신을 잃고 있었나. 아니, 그런 건 아니다. 나는 분명히 아무것도 없는 공간을 날았다.

"이게… 페르기우스의 전이 마술인가."

기묘한 감각이다. 하지만 나는 과거에 이와 같은 감각을 맛보았다.

전이사건이다. 그때도 하늘을 나는 듯한 감각이었다.

하지만 이번에는 그때와 달랐다. 이번에는 무엇보다도 안정감이 있었다.

전이사건 때는 폭주하는 자동차에서 뛰어내리는 듯한 감각이 있었다고 한다면, 이번에는 택시다. 안전하게 목적지까지 도달했다는 감각이 있다.

"…왠지 기억에 있는 느낌이었어."

실피가 조용히 말을 걸어왔다. 역시 그녀도 비슷하게 느꼈나.

"그래."

나는 대답하면서 주위를 둘러보았다.

아리엘, 루크, 자노바, 크리프, 엘리나리제, 나나호시. 다 있다.

나나호시와 엘리나리제 이외는 모두 여우에 홀린 듯한 얼굴을 하고 있지만, 아무튼 다들 무사한 모양이다.

"이렇게 큰 마법진이라니…."

크리프의 중얼거림에 나는 간신히 내가 서 있는 장소가 어딘지 깨달았다.

우리가 서 있는 곳은 거대한 마법진 위였다.

반경 10미터는 될까. 마법진은 대리석 같은 아름다운 돌에 직접 새겼고, 그 골에는 물이 흐르고 있었다. 물은 희미한 빛을 띠었다. 아마도 무슨 마술이 걸려 있겠지.

물은 몰라도 빛의 색깔은 본 적이 있었다. 베가리트로 전이하는 유적에서 본 것과 같았다. 즉, 이것은 전이마법진의 일종이다.

"우와아…."

내 시선을 빼앗은 것은 마법진보다 더 안쪽이었다.

거대한 성이 있었다. 높이를 보면 50층 정도는 될까. 높기만 한 것이 아니라 옆으로도 널찍해서 아주 듬직하게 보였다. 길이가 얼마나 될지는 모르겠지만, 병풍을 세워놓은 것도 아니겠지.

전생의 기억을 더듬어 봐도 이렇게 거대한 건축물은 좀처럼 없다. 도쿄돔 위에 성을 얹어놓은 듯한 느낌이다.

이게 공중성채인가. 지상에서 본 적은 있지만… 하지만 이렇게 컸나.

어쨰 멀리서 봐도 존재감이 있더라.

“대단하네. 아슬라 왕궁보다 커.”

실피의 목소리를 들으면서 시선을 아래로 내렸다.

성 앞에는 또 광대한 정원이 보였다.

정원이다. 미로처럼 심은 나무와 색색의 꽃. 정원 앞에는 수로가 있고, 물이 빛을 반사하며 반짝였다. 멀리서 봐도 잘 손질된 것을 알 수 있었다.

“루, 루디…. 뒤쪽.”

“음?”

실피의 말에 뒤를 돌아보았다.

마법진 바깥. 금속으로 된 울타리 바깥. 거기에는 새하얀 구름바다가 펼쳐져 있었다.

“구름인가….”

전생에서는 초등학생 때 딱 한 번 비행기를 탄 적이 있었다.

그때의 광경과 비슷하달까. 하지만 창 너머가 아니라 육안으로 보는 건 처음이다. 구름을 위에서 내려다보면 왜 이리 감동하는 걸까.

"……."

크리프와 루크는 나란히 입을 어정쩡하게 벌리고 있었다.

아리엘 또한 눈을 동그랗게 뜨고 아래쪽에 펼쳐진 구름바다를 보았다.

말도 없이 그저 그 광경에 놀라고 있었다.

그럴 수밖에. 이 세계에는 비행기도 없고, 등산이라는 개념조차 없으니까.

이런 광경을 보는 일은 없다.

문득 실피가 내 옷소매를 붙잡았다.

"왜 그래?"

"…나, 높은 데가 무서워."

잘 보니 실피의 다리가 떨리고 있었다.

높은 곳을 무서워하면서도 공중성채에 따라왔나. 애 많이 썼군.

혹시 다리가 굳어서 못 움직이거든 내가 안아 주기로 하자.

"우리 공중성채에서 보이는 풍경은 마음에 드셨습니까."

갑자기 뒤에서 낯선 목소리가 들렸다. 황급히 돌아보자 거기에 한 여성이 있었다.

마법진 바로 바깥에 조각상처럼 서 있었다.

백발에 가까운 금발을 어깨 정도까지 늘어뜨렸고, 얼굴에는 하얀 새의 가면.

미인인지는 모르겠지만, 몸매를 보고 여성이라고 알았다.

그녀는 로브 같은 순백의 옷을 두르고 지팡이를 들고 있었다. 불투명한 검은색의 마석이 끝에 박혀 있었다. 틀림없이 가격이 좀 나가는 지팡이다.

뭐든지 돈으로 생각하는 것도 그렇지만, 아무튼 저건 비싼 지팡이다.

내 지팡이보다도 훨씬 비싸겠지.

하지만 그녀의 겉모습에서 특필해야 할 것은 지팡이도 로브도 아니었다. 그 등이었다.

놀랍게도 그녀의 등에는 거대한 칠흑의 날개가 있었다.

"천족…?"

그 날개는 압도적인 존재감을 띠고 있었다.

그런데도 그녀의 행동거지는 너무나도 조용해서 존재를 느끼게 하지 않았다. 실로 기묘했다.

우리의 시선이 모인 순간, 그 여성은 꾸벅 고개를 숙였다.

"여러분, 오늘 이렇게 찾아와 주신 것을 환영합니다."

예의작법에 둔한 나라도 그 동작이 세련되었음을 알 수 있었다.

"저는 페르기우스 님의 제1시종, 공허의 실바릴이라고 합니다. 여러분을 공중성채 케이오스브레이커로 안내하도록 하겠습니다."

"저는 이쪽에 계신 아슬라 왕국 제2왕녀 아리엘 아네모이 아슬라의 기사, 루크 노토스 그레이랫이라고 합니다. 정중한 인사 감사합니다. 잘 부탁드립니다."

즉시 답례 인사를 한 것은 루크였다.

그는 아리엘의 앞에 서서 실바릴이라는 이름의 여성에게 부드러운 미소를 지었다.

실바릴의 사이즈는 너무 크지도 작지도 않은 느낌이지만, 그 정도라면 수비범위인 걸까. 아니, 그게 아니지. 사교적인 인사다.

"아슬라 왕국 제2왕녀, 아리엘 아네모이 아슬라라고 합니다."

루크의 소개에 이어 아리엘이 스커트 자락을 잡고 천천히 인사했다.

이것 또한 세련된 동작이다. 쉽게 흉내낼 수 없겠군.

그 뒤를 따르듯이 우리는 한 명씩 자기소개를 하였다.

크리프나 자노바도 꽤나 세련된 인사를 하였다. 이 중에서는 내가 제일 예의를 모르는 걸지도 모르겠다.

"예, 여러분, 잘 부탁드립니다."

실바릴은 속으로 어떻게 생각하는지 모르지만, 정중하게 응해 주었다.

"오래간만이야, 실바릴 씨."

마지막으로 나나호시가 가볍게 인사했다.

"예, 나나호시 님도… 건강하지 않으신 모양이군요."

"몸이 좀 안 좋을 뿐이야."

두 사람은 그런 대화를 짧게 나누었을 뿐이었다. 하지만 부드러운 분위기니까 문제는 없겠지.

"그럼 이쪽으로 오시죠."

실바릴이 발길을 돌려 전혀 소리를 내지 않는 동작으로 걸어갔다.

머리가 거의 흔들리지 않고 로브 때문에 발이 보이지 않기 때문에, 그야말로 유령 같았다.

나나호시가 당연하다는 얼굴로 그 뒤를 따라갔기에 우리도 따라갔다.

★ ★ ★

실바릴은 정원을 똑바로 가로지르는 길로 들어갔다.

그 앞에는 거대한 문이 있었다. 문이라고 해도 개선문 같은 석조 게이트였다.

그 문을 앞에 두고 자노바가 신음하듯이 말했다.

"으음, 기가 막힌 조각이로군요."

인형밖에 흥미가 없는 자노바지만, 인형 이외의 예술품 쪽으로도 제법 밝다. 뭔가 통하는 바가 있기 때문이겠지.

반대로 나는 이러한 것의 좋고 나쁨을 모르겠다.

뭐, 자노바가 이렇게 말한다면 정말 훌륭한 거겠지.

애초에 인형이 아닌데도 불구하고 감탄사를 외치고 있으니까.

"오오."

나는 자노바를 따라서 문을 올려다보았다. 개선문 같은 게이트는 안쪽까지 섬세한 조각이 새겨져 있었다. 아치 안쪽, 천장에까지 치밀한 무늬를 그려놓았다. 이 정도면 올려다보지 않을 수 없지.

올려다보면서 걷는데, 앞쪽에서 실바릴의 해설이 들려왔다.

"이 문은 명룡왕 맥스웰 님의 손으로 만들어졌습니다. 맥스웰 님은 이런 세공이나 마도건축을 특기로 하는 분으로, 현재 남아 있는 것으로는 미리스 신성국의 화이트팰리스로—"

"우오오오오오!"

갑자기 자노바가 고함을 질렀다.

무슨 일인가 싶어서 실바릴이 돌아보았다.

"왜 그러십니까?"

"저, 저기! 맥스웰 님은 지금 어디에?!"

흥분한 자노바는 문의 어느 부분을 보면서 몸을 부들부들 떨고 있었다.

뭐가 있는 걸까. 애초에 뭘 보는 건지도 모르겠지만.

"명룡왕 맥스웰 님은 유랑하시는 분. 돌아가시지 않았다면 지금 지상 어딘가를 떠돌고 있으리라 생각됩니다."

"그, 그렇습니까. 그런… 그런… 위대한 분이…."

자노바는 흥분을 감출 수 없는 기색이었다. 자노바는 평소에도 흥분을 숨기지 않지만.

"계속 가도 되겠습니까?"

"오, 오오, 이거 실례. 너무나도 훌륭한 것을 보아서 감동해 버렸습니다."

"그렇습니까. 성 안에 들어가면 그밖에도 훌륭한 작품들이 있습니다. 느긋하게 구경하시는 게 좋겠죠."

실바릴은 온화한 어조로 그렇게 말하더니 다시 발길을 옮겼다.

아마도 가면 안에서는 미소 짓고 있겠지.

그때 자노바가 내 귓가에 입을 가져와서 속닥거렸다.

"스승님, 보셨습니까?"

"그래."

"대발견입니다. 오길 잘했어요. 이거 나나호시 님에게도 감사해야겠습니다."

뭐가 대발견일까. 아무래도 나와 자노바는 서로 보는 부분이 다른 것 같다.

"미안. 네가 뭘 발견했는지 잘 모르겠어. 나중에 시간이 있을 때 가르쳐 줘."

그렇게 말하자 자노바는 눈에 띄게 낙담한 표정을 하였다.

"이럴 수가, 스승님 정도 되시는 분이 발견하지 못하셨다니."

그렇게 말하면서 뒤로 물러났다.

미안해. 나는 너만큼 뭔가를 보는 눈을 기르지 않았거든.

"응?"

문을 통과한 순간, 앞서 가던 실피의 몸에서 뭔가 하얀 입자 같은 것이 흩어진 듯했다.

"어라?"

실바릴이 멈춰 서서 고개를 돌리더니 나와 실피를 보았다.

가면 때문인지 그 표정을 알 수 없지만, 그래도 분위기가 변한 듯하였다.

아니, 나한테서도 나오고 있었나.

"저기, 무슨 문제 있습니까?"

실바릴에게 조심조심 물었다.

이전에 아르만피는 갑자기 공격해 왔다. 이번에도 비슷한 일이 일어나지 않는다고 장담할 수 없다.

그럼 사전에 대화를 나누어 오해를 풀고 싶다.

오해가 아니고 일이 꼬인다면 적대하지 않고 물러나는 게 좋다. 페르기우스에게 물어보고 싶은 건 있지만, 적대할 거면 차라리 돌아가는 편이 낫다.

"아뇨. 큰 문제는 아닙니다. 당신 같은 분은 지상에 많이 있어서."

"그렇습니까?"

당신 같은 분이란 게 대체 뭐지.

불안한데. 성 안에 들어가면 갑자기 바닥이 푹 꺼져서 결계 안에 갇힌다는 건 아니겠지….

마안을 준비할까.

"하지만 두 분에게 질문을 하나 해도 되겠습니까?"

두 분이라는 말은 역시 내 몸에서도 입자 같은 것이 나왔다고 생각해야 할까.

무슨 입자인지는 모르지만, 공항의 수화물 검사에 걸렸다고 생각하면 되려나.

"뭡니까."

"인신이라는 이름을 들은 적 있습니까?"

나는 애써서 무표정을 가장했다.

인신. 그 단어를 듣고 나는 올스테드와의 일을 떠올렸다. 이전에 올스테드가 그런 질문을 했고, 거기에 대답했다가 죽을 뻔했다. 이번에도 그렇게 되나? 그건 싫은데.

주저했다.

알고 있다고 대답했다가 또 적대당하면 곤란하다. 분명히 나는 녀석의 손바닥 위에서 춤추고 있고, 도움도 받았다. 부하로 있을 생각은 없지만, 비슷한 거라는 자각은 있다.

"아뇨, 없습니다."

내가 망설이는데 실피가 고개를 내저었다.

"그럼 그 이름을 듣고 가슴 속에서 비할 데 없는 분노나 살의가 솟구치는 일은 있습니까?"

실피는 말없이 고개를 내저었다.

나도 고개를 내저었다. 하지만 이쪽에게는 짚이는 데가 있다. 올스테드가 그런 느낌이었다.

그걸 신경 쓰는 걸 보면 페르기우스는 올스테드와 적대하는 걸까.

"그렇다면 제가 드릴 말씀은 없습니다."

실바릴은 그렇게 말하고 앞서 걸어갔다.

공중성채 케이오스브레이커.

이름은 이만저만 중2병인 게 아니지만, 그 외관은 멋지다고 할 수밖에 없었다.

대체 뭘 어떻게 하면 이렇게 거대한 건축물을 만들 수 있을까…라고 생각할 만큼 거대한데도 불구하고, 곳곳에 정교한 석상이 있고 장식 하나하나에도 장인의 훌륭한 기술이 엿보였다.

바깥만 그런 게 아니다. 성 안에는 금색의 자수가 놓인 융단이 깔렸고, 벽에는 그림이, 통로에는 비싸 보이는 항아리나 조각상이 줄지어 진열되어 있었다.

자노바는 그런 예술품을 보고 '이 조각, 가논파의 느낌이 드는데, 혹시 본인의 것입니까?'라든가 '에란진의 기사상입니까. 여기서 실물을 보다니 이런 행운이.' 처럼 자잘한 해설을 하면서 기뻐하였다.

처음에는 실바릴이나 아리엘이 그 말에 맞장구를 쳤지만, 두 사람도 지쳤는지 쓴웃음을 짓는 것만으로 끝내게 되었다.

평소라면 이럴 때에 시끄러운 녀석이 한 명 더 있는데.

그렇게 생각하며 크리프를 보니 그는 불쌍할 만큼 긴장한 모습이었다.

눈은 크게 떴고, 입은 무슨 소리를 들어도 절대로 말하지 않겠다는 굳은 의사를 띠며 다물고 있었다.

옆에 있는 엘리나리제는 그런 크리프의 손을 잡고 엄마처럼 걸어갔다.

뭐, 두 사람이 시끄러워지면 큰일이니까 좋은 일일까.

“이쪽이 알현실입니다.”

긴 복도 끝, 실바릴은 어느 문 앞에서 멈춰섰다.

양옆에 드래곤이 그려져 있고 은으로 장식된 중후한 문이었다.

마법진에서 여기까지 오는 데에 한 시간 정도 걸린 것 같다. 넓은 것도 고생이군. 세그○이 같은 걸 도입하는 게 낫지 않나?

“페르기우스 님은 관대한 분입니다만, 부디 실수하지 않도록 부탁드립니다.”

실바릴은 그렇게 말하더니 문에 손을 댔다. 노크 같은 건 안 해도 되나.

“죄송합니다만, 저희는 여행복 차림입니다! 이대로 뵙는 것은 실례가 되지 않을까요?”

다급히 그렇게 말한 것은 아리엘이었다.

듣고 보니 분명히 이런 경우에는 대합실 같은 곳에서 대기하는 것이 보통이겠지.

거기서 옷차림을 예복으로 갈아입고 준비를 한 뒤에 알현한다.

분명히 실론에서 국왕과 만났을 때에는 그런 느낌이었다. 나는 예복 같은 것을 가져오지 않았으니까 더러운 로브 차림이었지만…. 이런, 그런 건 생각하지 않았는데, 듣고 보니 알현인가. 나도 예복을 가져와야 했을까.

"페르기우스 님은 복장을 신경 쓰시는 분이 아닙니다. 오히려 아슬라 왕국의 딱딱함을 꺼리시는 분. 갈아입지 말고 그대로 뵙는 편이 인상이 좋으리라 생각합니다."

그런 말에 아리엘은 입을 다물었다.

그런 일화라도 있는 걸지 모르겠다.

페르기우스가 공중성채에 살게 된 것은 아슬라 왕국에서 괴롭힌 게 원인이었다는 식의 이야기.

"그럼 하다못해 겉옷과 짐 정도는 두고 가면 안 될까요?"

"알겠습니다. 그럼 이쪽으로 오시죠."

실바릴은 아리엘의 애원하는 듯한 말에 고개를 끄덕이고 커다란 문에서 떨어져서 대각선 맞은편에 있는 문을 열었다.

그 안은 우리 집 침실 정도 크기일까. 성의 크기에 비하면 비좁고 간소하지만, 테이블이나 옷장 같은 비품이나 옷걸이 같은 물건을 보니, 품위가 느껴졌다.

"배려에 감사드립니다."

"페르기우스 님은 이미 기다리고 계시니 서두르시길."

실바릴은 그렇게 말하고 문을 닫았다.

아리엘은 그것을 확인한 뒤에 바로 겉옷을 벗었다. 루크가 그 겉옷을 받고 실피가 짐 안에서 빗을 꺼내 재빨리 아리엘의 머리를 빗기기 시작했다. 마찬가지로 자노바도 겉옷을 벗고 옷걸이에 걸더니 짐 안에서 다른 겉옷을 꺼내 걸쳤다.

엘리나리제도 크리프의 복장이나 머리를 체크해 주었다.

나도 일단 먼지를 털고 옷깃을 매만졌다. 예복은 없지만… 중요한 건 복장이 아니라 마음이야. 사복으로 오라고 했으니까 사복으로 가 주겠어.

참고로 나나호시는 아무것도 하지 않았다.

기껏해야 앞머리를 살짝 손댄 정도겠지. 그보다 이 녀석은 오늘도 교복 차림이다.

"좋아."

마지막으로 실피가 선글라스를 벗고, 전원의 준비가 끝났다.

10분도 안 걸렸겠지.

그렇긴 해도 아리엘에게는 놀랄 만큼 변화가 있었다. 겉옷을 벗고 머리를 쓱 매만진 정도인데, 기품이 흘러넘치고 있었다.

왕족이란 정해진 시간 내에 멋을 내는 기술을 기르는 걸지도 모르겠다.

"오래 기다리셨습니다."

"예. 그럼 이쪽으로."

밖에서 기다리던 실바릴에게 말하자, 그녀는 아무 일도 없었던 것처럼 방금 전의 문 앞으로 이동했다.
용무늬가 그려진 거대한 무늬다.
이 너머에 페르기우스가 있다. 그렇게 생각하니 나도 조금 긴장되었다.
"후우…."
문을 열기 직전, 아리엘의 심호흡 소리가 들렸다.

제2화 페르기우스와의 알현

옥좌에 앉은 남자는 압도적인 존재감을 띠고 있었다.
빛나는 은발. 상대를 위압하듯이 치켜뜬 눈, 금색 눈동자. 그리고 온몸에서 솟구치는 왕의 기운. 그가 왕이다.
'갑룡왕' 페르기우스다.
딱 본 순간 내 다리가 떨렸다.
이유는 안다. 페르기우스는 닮았다.
잊을 수도 없다. 나를 죽인 은발의 남자와. 머리 모양이나 복장이나 얼굴은 다르다. 하지만 비슷하다.
용신 올스테드와 비슷하다.
"가시지요."
실바릴의 말에 따라 나나호시가 선두에 서서 걸어갔다.
거기에 맞추듯이 아리엘이 따랐다. 나도 그녀 뒤에 숨듯이 나아갔다.

그 공간은 넓었다. 천장은 높고, 커다란 나무 같은 기둥이 떠받치고 있었다. 위를 올려다보니 거대한 샹들리에가 번쩍번쩍 빛을 내는 게 보였다. 정말로 호화롭고 휘황찬란하다.

또 벽에는 복잡한 문장이 그려진 현수막 같은 것이 여럿 걸려 있었다.

아슬라 왕국이나 미리스 신성국 같은 유명한 것부터 어디서 본 적이 있는 듯한 것, 전혀 본 적 없는 것까지 있었다.

그리고 우리가 걷는 붉은 벨벳 융단의 양옆에 선 것은 열한 명의 남녀.

"……."

그들은 모두 하얀 옷을 입고 있었다.

각자의 디자인은 조금씩 다르지만, 색깔은 똑같이 흰색. 화이트컬러다.

그리고 전원이 가면을 썼다. 그들이 쓴 가면 중에는 똑같은 게 하나도 없었다. 동물을 본뜬 가면, 옵틱한 블래스트를 쏠 것처럼 눈가만 가리는 가면. 로봇 경관처럼 입가를 드러낸 헬멧부터 양동이로밖에 보이지 않는 것까지.

그들이 페르기우스의 열두 사역마겠지. 사역마라고 해도 외모는 인간으로밖에 보이지 않지만.

과거에 아르만피는 길레느와 호각으로 싸움을 벌였다. 그렇다면 실바릴을 포함한 열두 명은 전원이 검왕급의 힘을 가졌다는 소리가 될까.

절대로 적대하고 싶지 않다. 앞으로의 언동에는 세심한 주의를 기울이자.

"거기서 멈춰 주세요."

실바릴의 말에 나나호시가 정지했다.

"……."

고작 열 걸음 정도 앞, 두 단 정도 높은 곳에 위치한 옥좌.

페르기우스가 거기서 말없이 우리를 내려다보고 있었다.

정확하게는 나를 보는 것 같았다. 왠지 눈이 마주쳤다. 무서워.

실바릴은 천천히 페르기우스에게 걸어가서 그 오른편에 섰다.

실바릴이 오른편, 아르만피가 왼편. 그리고 양옆에는 다섯 명씩 우리를 에워싸듯이 서 있는 가면을 쓴 자들. 그들을 시야에 담으면서 페르기우스는 느긋하게 입을 열었다.

"내가 '갑룡왕' 페르기우스 도라다."

도라 일가*! 해적인가?!

아니, 아니다. 천공의 성은 관계없다.

"오래간만입니다. 페르기우스 님. 약속대로 돌아왔습니다."

일단 나나호시가 고개를 숙였다. 그녀가 경어를 쓰고 고개를 숙이는 모습은 드물었다.

※도라 일가 : 애니메이션 〈천공의 성 라퓨타〉에 등장하는 공적단.

슬쩍 보니 아리엘은 그 자리에서 선 채로 인사하고 있었다.

루크와 실피가 무릎을 꿇었다. 나는 어떻게 해야 할지 망설였지만, 평소의 습관 때문인지 선 채로 인사하는 쪽을 택했다. 일본식 예의다.

"나나호시인가."

페르기우스의 목소리는 내 등골을 오싹하게 만들었다.

위엄과 위압감이 있었다. 잡아먹힐 것 같은 공포심과 심장을 붙잡힌 것 같은 답답함을 느꼈다. 식은땀이 흐르는 것을 느꼈다.

뭔가 대단하네. 진짜 왕이란 느낌이 들어.

"돌아왔다는 소리는 이세계에서의 소환에 대해 뭔가 알아냈다는 소리로군?"

"예. 페르기우스 님이 바라는 성과가 있는지는 모르겠습니다만."

"성과는 됐다…. 지식의 탐구야말로 우리 용족의 숙명이다."

용족, 그는 용족인가. 이제까지 신경 쓰지 않았지만, 그런가. 용신과 갑룡왕. 그들은 인간이 아니라 용족인가. 어쩐지 비슷하다 했는데 종족이 같기 때문인가.

나나호시는 움직이지 않고 페르기우스와 대화하고 있었다.

페르기우스도 나나호시를 귀찮게 여기는 기색이 없었다.

친근한 모습이다. 이런 성에 틀어박혀 있는다고 삐딱한 것도 아닌 모양이다.

"약속대로 이 세계의 소환술에 대해 배웠으면 합니다."
"좋다."
아무래도 그녀는 애초부터 페르기우스와 거래를 했던 모양이다. 이세계 소환을 연구하고 성과를 내어 그것을 페르기우스에게 가르친다. 그 대가로 이쪽 세계의 소환술의 극의를 배운다고.
"그런데 꽤나 여럿이서 온 모양인데, 이 녀석들은 뭐지?"
"예. 그들은 제 연구를 거들어 주었습니다. 그 보수로 페르기우스 님과 알현하고 싶다고."
"호오."
페르기우스는 재미없다는 듯이 숨을 내뱉었다.
보수라는 말이 좀 그렇긴 하지만, 꼭 틀린 말도 아니다.
"처음 뵙겠습니다."
제일 먼저 아리엘이 앞으로 나섰다.
"저는 아슬라 왕국 제2왕녀 아리엘 아네모이 아슬라라고 합니다. 폐하처럼 위대하신 분과 만나 뵐 수 있어서 영광으로 생각합니다."
"아리엘 아네모이 아슬라인가."
"앞으로 잘 부탁드립니다."
페르기우스는 후욱 숨을 내쉬었다.
"알고 있다. 아슬라 왕국의 더러운 왕권 싸움에서 패했음에도 불구하고 주위를 끌어들여서 진흙탕 싸움을 일으키려고 하는 멍청한 여자로군."

루크가 퍼뜩 고개를 들었다. 그 표정에는 격심한 분노가 보였다. 하지만 아리엘은 그런 루크를 손으로 제지하고 그대로 답했다.

"뼈아픈 말씀…. 하지만 맞는 말씀입니다."

그녀는 부드럽게 미소 짓고, 눈을 돌리는 일 없이 페르기우스를 바라보았다.

"여기에 온 것은 말하자면 내 힘을 빌리려는 것인가?"

"아뇨, 그저 세계에 이름을 떨친 영웅을 한 번 뵐 수 있었으면 하고."

"속셈이 뻔히 보인다. 아리엘 아네모이 아슬라."

아리엘은 평소처럼 카리스마 넘치는 목소리였다.

하지만 잘 보니 안색은 그리 좋지 않았다. 식은땀도 흘리고 있었다. 정곡을 찔려서 생각 이상으로 표정도 안 좋았고, 좋은 대답을 예감할 수 없었던 걸지도 모르겠다.

페르기우스는 그런 아리엘을 보고 히죽 웃었다.

야단 맞은 어린애를 보는 듯한 웃음이었다.

"하지만 너는 여기에 왔다. 그것 또한 운명. 기회를 주지. 내 성에 머무는 것을 허락한다."

"배, 배려에 감사드립니다."

아리엘은 인사하고 뒤로 물러났다.

그 표정에는 안도와 일말의 불안이 엿보였다.

★ ★ ★

"그리고, 너는?"

아리엘이 물러난 뒤에 페르기우스의 시선이 나를 향했다.

마치 아리엘 다음으로 높은 게 나라는 듯이. 그런 생각을 하면서 힐끗 뒤를 보자, 자노바나 크리프, 엘리나리제, 이들은 전원 무릎을 꿇고 있었다.

서 있는 것은 나와 아리엘, 그리고 나나호시뿐이다. 그래서 나한테 시선이 왔나.

나는 가슴에 손을 대고 다시 한번 고개를 숙였다.

"처음 뵙겠습니다. 루데우스 그레이랫이라고 합니다."

"루데우스 그레이랫."

페르기우스는 되새기듯이 내 이름을 말했다.

"너를 전이시키느라 고생을 조금 했지."

"……?"

"본래 그 전이 마술은 술자의 마력을 넘는 자에게는 쓸 수 없다."

페르기우스는 퉁명스럽게 말했다.

"네 마력은 라플라스를 방불케 한다. 만약 네가 진심으로 저항했으면 나는 너를 전이시킬 수 없었겠지."

"고생을 시켜드렸군요."

라플라스. 400년 전에 페르기우스와 일행의 손에 봉인되었다는 마신의 이름이다. 내 마력을 평할 때 다들 그 이름을 쓴다. 그만큼 비슷한 걸까.

"됐다. 하지만 그 강대하고 구역질나는 마력을 이 성 안에서 쓸 생각은 하지 마라."

"그건 물론입니다."

마치 못을 박는 듯한 느낌이었다.

아니, 이건 정말로 날뛰지 말라고 못을 박는 거겠지.

하지만 왜 나를 이렇게 경계하는 걸까. 나는 이유도 없이 날뛰는 타입이 아니고, 이유가 있어도 그러지 않는다.

…아, 혹시 기억하는 걸까. 그 전이사건 직전에 아르만피가 갑자기 나를 죽이려고 들었다. 그리고 내가 그 일에 원한을 품고 있다고 생각하는 걸까. 그러니까 언외의 말로 그러지 말라고 말하는 걸까.

"저기, 전이사건 때의 일이라면 저는 마음에 두지 않습니다. 그러니까—"

"전이사건? 무슨 이야기지?"

페르기우스가 고개를 갸웃거린 순간, 아르만피가 페르기우스의 곁으로 순식간에 이동했다.

그리고 뭐라고 귓속말을 건넸다.

"아하, 그러고 보니 전이사건 현장에서 검왕의 보호를 받는 소년이 하늘을 향해 마술을 쓰려고 했다는 이야기가 있었지.

너였나."

기억하지도 않았던 모양이다.

내 무덤을 판 걸까. 이래선 마음에 두고 있다고 공언하는 꼴이다. 하지만 저쪽에게는 화근이 없을 것이다. 나는 아무 짓도 안 했고. 안 했지?

"그리고 올스테드에게 상처를 입힌 것도 루데우스 그레이랫이라는 이름이었지."

상처라고 해도, 손에 살짝 긁힌 상처를 낸 정도인데.

그걸 알고 있다는 것은 페르기우스와 올스테드가 서로 아는 사이라는 걸까.

나나호시가 하늘을 나는 성의 왕과 알게 되기까지는 올스테드라는 존재가 중간에 있었다고 생각했지만. 정말로 그쪽일까.

"너처럼 재능 있는 자는 때로는 힘을 과신한다. 저 용신에게 상처를 입혔다면 우쭐대기도 하겠지. 하지만 혹시 나와 싸우겠다면 죽음을 각오해라."

그렇게 말한 순간 주위의 사역마들이 다소 살기를 띠었다.

그만둬. 이래서 싸움 좋아하는 인간들은 곤란해. 나는 여기서 제니스의 병에 대한 정보, 그리고 잘만 풀리면 소환 마술을 배우러 왔을 뿐이야.

…혹시 내가 올스테드와 호각으로 싸운 끝에 무승부로 끝난 거라고 생각하는 걸까.

말도 안 되는 소리. 일방적으로 당하다가 기습으로 한 방 먹였을 뿐이다.

이 자리에 있는 것은 열두 사역마. 그들의 능력은 책에서 읽은 범위지만, 대충 안다. 하지만 캐릭터의 성능을 아는 것과 실제로 대전하는 것은 다르다.

그리고 싸움에서 숫자란 대단히 유리하게 작용한다. 일격으로 해치울 수 있는 좀비라도 대량이면 절망을 느끼는 것과 마찬가지로. 하물며 길레느와 호각으로 싸울 수 있는 게 열두 명. 페르기우스 본인의 실력을 모르겠지만, 약할 리가 없겠지.

그들을 상대로 내가 살아남을 방법은 없다. 애초에 내게는 싸울 이유도 없다.

"물론 페르기우스 님을 거스르는 짓은 하지 않습니다."

"좋은 마음가짐이다. 나는 현명한 자가 마음에 든다. 어리석은 자는 남을 어지럽힐 뿐이지만, 현명한 자는 서로를 갈고 닦을 수 있지."

이 경우 현명한 자는, 즉 페르기우스를 거스르지 않는 자겠지.

나는 결코 머리가 좋은 편이 아니지만, 그 정도는 안다.

"페르기우스 님. 그자는 엄청난 마력으로 제 연구에 큰 공헌을 해 주었습니다. 적이 아닙니다. 그러니 조금은 부드럽게 대해 주실 수 없겠습니까?"

여기서 나나호시가 한마디 거들어 주었다.

역시나 나나호시 씨. 그렇다마다. 내게 적의는 없어. 다정하게 대해 줘.

"흐음."

나나호시의 말을 듣고 페르기우스가 끄덕였다.

"그럼 부드럽게 해 주마. 나나호시의 협력자여. 네가 원하는 것은 무엇이냐? 돈이냐? 아니면 힘인가?"

페르기우스는 다소 재미없다는 듯이 물었다.

일단 손님으로 대접해 주는 걸까. 왜 첫대면인 상대를 이렇게 귀찮게 여기는 걸까. 이쪽은 이렇게나 고개를 숙이고 있는데….

뭐, 됐어. 물어보자고 생각했던 것을 묻자.

"그럼 한 가지 청이 있습니다."

"무엇이지?"

"어머니의 병에 대한 것입니다만—"

나는 제니스 이야기를 하였다.

"—그렇군."

제니스의 상황과 용태를 설명하자, 페르기우스는 깊이 고개를 끄덕였다.

"오래된 미궁에는 인간을 붙잡아 자기 심장으로 기능시키는 것도 있다고 들었다. 그리고 심장이 된 자는 마력 때문에 변하여 예외 없이 기억을 잃고 그 몸에 신비한 힘을 갖는다고."

"신비한 힘?"

“저주의 아이, 혹은 신의 아이라고 불리는 자들이 갖는 힘이다.”

저주. 제니스는 저주에 걸린 걸까. 울고 웃고 할 수 없어지는 저주일까.

“무엇 때문에?”

“모른다. 하지만 미궁은 고대마족이 낙원을 만들기 위해 만들어낸 마물이라는 설도 있다. 그 핵이 되는 마력결정은 그 안에 있는 자에게 똑같이 마력을 나누어 준다. 내부에 있는 자는 굶주림에서 해방된 존재가 되고 번영한다. 오래된 미궁이 그 효율을 올리기 위해 사람을 흡수했다고 해도 이상할 것 없겠지.”

고대마족의 낙원… 굶주림에서 해방된 존재인가.

그러고 보면 전이미궁의 내부에는 마물이 대량으로 있었다. 특히나 이트데빌이 기분 나쁠 만큼 많았다. 녀석들은 뭘 먹으면서 사는 걸까 생각했는데, 그런 거였나.

아니, 하지만 록시는 미궁 안에서 굶주렸다고 들었다. 내부에 있는 자에게 똑같이 마력을 준다는 말은 좀 지나친 소리겠지. 아니면 마물은 아무것도 없는 곳에서 마력을 흡수하는 방법이라도 가진 걸까.

…뭐, 미궁 이야기는 됐어. 지금은 제니스 문제다.

“어머니를 고치는 방법을 모르십니까?”

“자세하게는 나도 모른다. 하지만….”

페르기우스는 거기서 말을 끊더니 내 뒤를 보았다.

"과거에 비슷한 운명을 겪었고 지금도 계속 살아 있는 여자가 있다. 그거라면 그 여자 쪽이 더 자세히 알지 않을까?"

페르기우스의 시선 끝. 거기에 있던 것은 아름다운 금발을 가진 한 엘프.

엘리나리제는 천천히 고개를 들었다.

"엘리나리제 드래곤로드. 너는 분명히 200년 전에 내 친구에 의해 바우의 미궁에서 구출되었을 것이다."

"그렇습니다."

"기억을 잃은 엘프 소녀여. 과거에 딱 한 번 만났지. 꽤나 성장한 모양이지만, 더 이상 나를 기억하지 못하는가?"

"아뇨, 기억하지요."

엘리나리제는 멋쩍은 얼굴로 내게서 시선을 돌렸다.

어떻게 된 거지. 엘리나리제가 비슷한 운명을 겪었다? 200년 전에 미궁에서 구출되었다? 잠깐만, 그게 무슨 소리야?

"왜 이야기하지 않았지? 여기에 함께 있는 이상, 너희는 지인 아닌가?"

"그건…."

"너는 당사자다. 너 이상으로 그 상황을 아는 자는 없다."

페르기우스의 말에 엘리나리제는 머뭇거렸다.

하지만 의연하게 대답했다.

"저는 기억이 돌아오지 않았지만, 제니스라면 혹시…, 하고 생각했으니까 입 다물고 있었지요."

의연하긴 했지만, 표정은 조금 괴로워보였다. 크리프가 슬쩍 엘리나리제의 어깨를 껴안았다.

"……."

나는 혼란에 빠진 채로 그저 입을 다물고 있을 수밖에 없었다. 분명히 엘리나리제는 다소 이상하다 싶었다. 하지만 그런 과거를 가지고 있었나.

"미안해요. 하다못해 그건 말해야겠다고 생각했는데, 최근 루데우스가 행복해 보여서 말하기 곤란했어요. 제니스의 저주도 목숨이 걸린 건 아닌 모양이고, 어쩌면 신의 아이가 되었든가, 아니면 아무 일도 없지 않을까 하고…."

"…자세한 이야기는 나중에 해 주세요."

변명 같은 말을 잇는 엘리나리제에게 가까스로 그렇게 말하는 게 고작이었다.

"알겠어요."

딱히 엘리나리제를 탓할 생각은 없다.

그녀는 자기 경험을 말하지 않았지만, 베가리트 대륙에서 제니스의 용태에 대해 이런저런 의견을 내놓았다. 오래 살아서 아는 게 많은 거라고 생각했는데, 체험담이었다.

그녀도 여러모로 생각하는 게 있겠지. 자기와 달리 기억이 돌아올지도 모른다든가, 파울로가 죽어서 힘들 때에 그런 사실을 말할 필요는 없다든가. 나를 걱정해서 말하지 않았겠지. 하지만 하다못해 제니스에게 걸린 걸지도 모르는 저주에 대해서는 사전에 말해 주었으면 좋았을 텐데.

"달리 없나?"

"없습니다."

페르기우스의 담담한 어조에 나는 고개를 내저었다. 왠지 이 몇 분 동안에 몹시 지쳤다. 마치 몇 시간은 이야기를 계속한 것처럼 지쳤다.

질문하고 싶은 건 더 있었다. 소환 마술이라든가 라플라스 전쟁이라든가 전이사건에 대한 것들. 하지만 이 이상 정보를 받아들이면 머리가 터질 것 같았다.

"다른 이들은 어떤가? 내게 바라는 것은 없나?"

"그럼 제가 한 가지 여쭈어도 되겠습니까?"

페르기우스의 질문에 한 남자가 일어섰다. 자노바였다.

"너는?"

"아뢰는 것이 늦었습니다. 실론 왕국 제3왕자 자노바 실론이라고 합니다."

"왕자인가. 너도 내게 왕권 다툼에 힘이 되어 주기를 바라는가?"

"아뇨, 그런 건 아무래도 좋습니다."

자노바는 망설임없이 그렇게 말하더니 품에서 책자를 하나 꺼냈다.

그 표면에는 어떤 문장이 그려져 있었다. 나도 본 적 있는 문장이다. 과거에 우리 집 지하에서 발견한 인형의 설계도에 그려졌던… 아.

“이 문장 ‘명룡왕’ 맥스웰 님이나 ‘갑룡왕’ 페르기우스 님의 문장과 매우 비슷합니다. 더 말하자면 저 벽에 있는 문장과 흡사합니다만, 아시는 바 없습니까?”

나는 벽에 걸린 문장을 보았다.

자노바의 시선 끝. 줄을 이은 문장들 사이에 낯익은 것이 있었다.

하나는 열강의 비석에 그려진 문장. 용신 올스테드의 문장.

하나는 전이유적을 은폐했던 마도구에 그려진 문장. 그때의 주문에서 고찰하자면 성룡제 시라드의 것이겠지.

그리고 또 그 옆, 자노바의 손에 들린 것과 같은 것이 있었다.

“알고 있다. 네가 가진 것은 ‘광룡왕’ 카오스의 것이다.”

“오오!”

오오! 그래, 문에서 발견했던 것은 그건가.

아마 그 문을 보았을 때에 맥스웰의 문장을 발견하고 비슷하다고 깨달았겠지. 그래서 분명 관련 있다고 생각한 것이다.

대단한데, 자노바 씨!

“그, 그럼 그 ‘광룡왕’ 카오스 님은 지금 어디에?”

흥분을 숨기지 못하는 기색으로 자노바가 한 걸음 앞으로 나서며 물었다. 하지만 페르기우스는 고개를 내저었다.

“죽었다. 수십 년 전의 일이다. 후계자가 있는지는 모른다.”

자노바의 손에서 문장이 그려진 책자가 툭하고 떨어지고 어깨가 축 늘어졌다.

"그, 그렇, 습니까."

얼굴도 단숨에 다섯 살 정도 삭은 것 같군. 자노바는 애초부터 노안이지만.

"그런데 너는 그 문장을 어디서 발견했지?"

그런 자노바를 보고 페르기우스가 조금 관심이 생긴 눈치로 물었다.

자노바는 얼굴을 푹 숙인 채로 그 질문에 대답했다.

"이것은 제 스승님의 집, 마법도시 샤리아의 폐가에서 발견한, 자동으로 움직이는 인형의 설계도에 그려져 있었습니다."

"그래. 자동으로 움직이는 인형이라."

페르기우스는 고개를 끄덕이더니 거듭 자노바에게 물었다.

"그 인형은 훌륭한 것이었나?"

"그야 물론! 세부에 새겨진 기술은 감탄할 정도라서, 그분이 얼마나 인형을 사랑했는지 전해질 정도입니다! 저도 인형을 사랑하는 자로서 그분의 이념에는 숭배 같은 것마저 느끼고 있습니다!"

자노바의 말에 페르기우스는 눈을 가늘게 뜨며 기쁜 듯이 웃었다.

"너는 예술을 이해하는 자인가 보군. 좋다. 이 성의 보물창고에도 카오스의 작품이 몇 개 있다. 나중에 보여 주지."

방금 전에 나를 상대했을 때와 동일인물이라고 생각되지 않을 만큼 부드러운 목소리였다. 이 차이는 뭐지? 아니, 상관없지만.

"고마우신 말씀!"

페르기우스의 말에 자노바는 희색으로 가득한 얼굴로 납작 땅에 엎드렸다. 이쪽도 기쁜 모양이다.

자노바는 페르기우스의 눈에 들었나. 좋겠다. 나도 그러고 싶었어.

"달리 없나?"

"어어, 그럼… 저도 하나 괜찮겠습니까?"

페르기우스의 말에 손을 든 것은 실피였다.

실피는 조금 어색한 동작으로 페르기우스에게 고개를 숙였다.

"너는?"

"아슬라 왕국 제2왕녀 아리엘님의 호위를 맡은, 루데우스 그레이랫의 아내. 실피에트 그레이랫이라고 합니다."

그때 실바릴이 페르기우스에게 귓속말을 했다.

페르기우스가 퉁명스럽게 흥 소리를 내었다.

"부부가 나란히…."

작은 중얼거림. 부부가 함께 와서 뭔가 불쾌하게 만든 적이라도 있는 걸까.

실피도 마력이 많은 편이지만, 나 정도는 아닐 테고…. 아,

혹시 그녀의 머리칼이 예전에 녹색이었던 게 심기에 거슬렸나.
“네 질문에 대답하기 전에 내 말에 답해라. 너희들, 아들은 있나?”
갑작스럽게 날아온 그 질문. 실피는 당황하며 고개를 내저었다.
“예? 아뇨, 딸뿐, 입니다만…?”
“그런가. 혹시 아들이 태어나거든 내게 데려오도록 해라. 이름을 붙여 주마.”
“어, 어어…. 예.”
페르기우스는 희미하게 웃었다. 왠지 으스스하다.
나와 실피의 아들에게 뭔가 있다는 걸까. 아니면 이상한 이름이라도 붙여 줄 생각일까. 케이오스브레이커라는 성에 사는 남자니까….
“그래서 질문은 뭐냐?”
“저기, 전이사건에 대하여 여쭙고 싶습니다만, 그 사건은 결국 누가 일으킨 것이었습니까?”
실피의 질문은 내가 최근 들어 생각하지 않았던 것이었다.
전이사건은 나나호시가 일본에서 이쪽으로 전이했을 때 일어났다.
이세계에서의 전이니까 뭔가 문제가 일어날 수 있겠지.
나도 우연히 이쪽에 왔으니까, 맨몸으로 오면 그런 일도 일어날 수 있을 거라고.

하지만 반대도 있다. 누군가가 무슨 짓을 한 결과로 나나호시가 소환되었을 가능성.

즉, 단순한 사고의 가능성이다.

"판명되지 않았다. 처음에는 라플라스나 그와 관련된 자의 짓이라고 생각했는데…."

페르기우스는 나나호시를 힐끗 보더니 말을 이었다.

"이자를 소환하는 것은 나라도 불가능하다. 그렇다면 이 세계에서 그게 가능한 자는 누구도 없다."

"그 말씀은?"

"그건 인위적인 것이 아니다. 우연히 일어난 것이다."

역시 우연인가. 아니, 하지만 페르기우스 이상 가는 소환 마술의 술자가 있을지도 모른다. 올스테드라든가. 하지만 모른다고 말한 상대에게 가능성을 언급하는 것은 무례한 짓이다.

입 다물자. 이 이상 상대의 기분을 해치고 싶지 않다.

"그렇습니까. 감사합니다."

내가 망설이는 사이에 실피는 시선을 내리고 대화를 마쳤다.

"달리 없나?"

그 질문에 대답하는 자는 아무도 없었다. 엘리나리제는 고개 숙이고, 크리프는 긴장해서 움직일 수 없었다. 아리엘은 발언을 삼가고, 루크도 얌전히 무릎을 꿇었다.

"그럼 내가 자랑하는 공중성채를 느긋하게 즐기도록 하여라."

페르기우스는 거만하게 고개를 끄덕이고, 그것으로 알현은 끝났다.

★ ★ ★

실바릴이 객실로 안내해 주었다. 객실이 있는 구역에는 내부가 완전히 똑같은 방이 스무 개 가까이 있었다.

진한 색깔의 목조 가구에 깃털 침대. 거대하고 잘 비치는 거울. 선반 안에는 술 같은 것도 있었다. 차이가 있다면 방에 장식된 그림의 내용 정도겠지.

완전히 호텔인데, 어지간한 비즈니스호텔보다 훨씬 고급스러웠다. 전생에서의 테이코쿠 호텔의 스위트룸 정도일까. 아니, 나는 스위트룸은 고사하고 테이코쿠 호텔에 묵은 적도 없지만.

"이렇게 넓은 곳을 고작 열두 명이서 관리하는 건가요…."

아리엘이 그런 말을 하는 것이 인상적이었다.

구석구석까지 청소되어 있지만, 전혀 인기척이 없다. 으스스하다고 할 정도는 아니지만, 뭔가 적적한 느낌이 들었다. 마치 같이 할 친구가 없는데도 사 버린 보조 컨트롤러 같은 느낌이다. 페르기우스의 말을 듣기론 이따금 손님이 오는 모양인데.

참고로 방을 정한 뒤에는 자유행동을 했다.

자노바와 아리엘은 성 안을 구경할 생각인지 일찌감치 어딘가로 가 버렸다. 물론 실피와 루크도 동행했다.

나는 방에 있었다.

"휴우…."

지쳤다. 고작 한 시간 정도였는데, 하루 동안 꼬박 떠들기라도 한 기분이다.

성 안을 구경하고 싶은 마음은 있지만, 조금 쉬자. 그렇게 생각하며 침대에 쓰러졌다.

"오오, 푹신푹신하잖아."

침대는 그대로 땅속까지 꺼질 듯이 부드러웠다.

이 침대, 하나 얻어갈 수 없을까…. 아니, 침대는 됐고.

문장 이야기에는 놀랐다. 명룡왕이네 광룡왕이네 하는 거창한 이름이 주르륵 나왔다.

분명히 '오룡장'이란 놈들이다. 신화시대에 용신과 5대1로 싸워서 비겼다는 이들.

설마 당시의 본인은 아닐 테니까 앞에 몇 대라는 말이 붙겠지.

갑룡왕 페르기우스, 명룡왕 맥스웰, 광룡왕 카오스.

전이 유적의 주문에 나온 것은 성룡제 시라드다. 이걸로 네 명. 분명히 용제 한 명과 용왕 네 명이었으니까, 용왕이 한 명 더 있나. 그러고 보면 그 벽의 문장도 용신과 비슷한 것은 네 개 밖에 없었던 것 같다. 마지막 한 명과 페르기우스는 사이가 안 좋은 걸까.

하지만 그 인형 이야기에는 놀랐다.

어디선가 본 적이 있는 문장이다 싶었는데 용의 이름이 붙은 이들과 관련이 있었던 모양이다.

그 메모의 언어도 본 적 없는 것이었는데… 페르기우스에게 해독을 부탁하면 단숨에 진전이 있겠다. 부탁해 볼까….

아니, 그는 나를 별로 안 좋아하는 모양이랄까, 경계하는 모양이니까, 자노바더러 부탁해 보라고 하자. 자노바와 페르기우스는 예술의 기호가 맞는 모양이고.

그보다 광룡왕의 문장이 우리 집 지하에서 발견되다니.

우리 집은 옛날에 광룡왕이 살았던 걸까. 그 집의 지하에 틀어박혀서 인형을 만지작거린 걸까. 광룡왕이나 되면서.

어딘가 정신이 나간 걸까. 그 인형의 동작은 틀림없이 크레이지했는데….

아, 하지만 자노바와 파장이 같은 인물이라고 생각하면 미쳤다는 말도 수긍이 가네. 광룡왕 카오스 씨도 인형을 좋아했겠지.

그렇긴 해도 나도 소환 마술을 배워볼까 했는데, 이 상태라면 어려울 것 같군.

페르기우스는 나에게 적의 같은 것을 품고 있었다. 이래선 가르쳐 달라고 한 순간 '그 마력으로 라플라스라도 소환할 건가?'라는 소리를 들을 것 같다.

…하지만 그런 게 가능할까?

페르기우스는 자기 마력보다 큰 마력을 가진 자를 소환할 수 없다고 했다. 내 마력은 라플라스급인 모양이니까, 라플라스를 소환할 수도 있을까. 수상한 지하제단에서 마신을 부활시키거나 할 수 있을까.

아니, 나는 안 할 거지만. 하지만 할 수 있다면 경계하는 것도 당연할지 모른다.

"아무튼 나쁘진 않았어."

날 싫어하는 모양이지만, 쫓아내는 것도 아니었고 싸우지도 않았다.

일단은 안심이다. 퍼펙트 정도는 아니지만, 굿 정도는 되겠다.

그런 생각을 하면서 공중성채에서의 하루가 끝났다.

제3화 과거와 저주와 소환과 질투

200년 정도 전에 어느 소녀가 미궁에서 구출되었다.

하지만 기억과 감정을 잃었다. 그녀는 신원을 알 수 없었지만, 외견적 특징에서 종족이 판명되었다. 그녀는 그 종족의 마을에 맡겨졌고 거기서 살기 시작했다. 마을 사람들은 정체불명의 그녀를 흔쾌히 맞아들여 주었다.

그녀의 기억은 돌아오지 않았지만, 몇 년 내로 감정을 되찾았다.

밝고 사교적인 성격의 그녀는 금방 마을의 남자와 사랑에 빠졌다.

무사히 남자와 맺어졌지만, 그 무렵부터 어떤 사실에 고민하게 되었다.

성욕이 비대해진 것이다. 그녀는 매일처럼 상대를 찾았다.

그녀의 종족은 결코 성욕이 강한 종족이 아니었다. 인간이나 고블린에게 미치지 못한다. 고로 상대 남자는 좀 고생스러워 했지만, 그래도 평화롭게 살았다고 한다.

다만 이 무렵부터 그녀의 몸에 변화가 있었다.

남자와 관계를 맺기 시작한 뒤로 그녀는 한 달에 한 번 어떤 것을 낳게 되었다.

작고 둥근 마력결정이었다. 안에 지극히 순도가 높은 마력이 담긴 것이다.

그녀는 그것을 자기 남편에게 의논했다. 남편은 좀 언짢아하면서도 신경 쓸 것 없다고 말했다.

남편이 그 마력결정을 가지고 가서 인간들의 도시에 내다팔게 된 것은 그 직후였다.

돈에 눈이 멀었다…라고 하면 듣기 안 좋지만, 그래도 책망을 들을 일은 아니겠지.

남자는 결코 유복하지 않았고, 그녀가 일하는 것도 아니었으니까. 적어도 남자는 그녀를 돈이 열리는 나무를 보듯 하지는 않았다고 한다.

사건이 일어난 것은 그로부터 5년 뒤였다.

남편이 죽었다. 살해된 것이다. 정기적으로 지극히 비싼 마력결정을 가져오기 때문에 인간 도적에게 찍혀서 습격을 받고 생명과 재산을 빼앗겼다.

남편이 죽고 그녀는 미망인이 되었다.

슬픔에 잠겼지만 그래도 강하게 살아가자고 생각했다.

하지만 그녀의 몸에는 문제가 있었다. 성욕의 비대화였다. 남편이 죽고 열흘 정도 지난 날, 그녀는 몸속에서 솟는 충동을 이기지 못하고 마을의 다른 남자를 덮쳤다.

안 된다고 생각하면서도 덮쳐 버렸다.

상대도 완전히 싫어한 것은 아니라서 그때는 그걸로 끝났다.

그로부터 열흘 뒤 그녀는 또 다른 남자를 덮쳤다. 그로부터 열흘 뒤에도, 또 열흘 뒤에도.

폭주는 그녀의 행위가 드러나서 마을 여자들에게 규탄받을 때까지 계속되었다고 한다.

그녀는 마을에서 추방당했다. 그 뒤로 그녀는 몸을 팔거나 노예가 되었다가 모험가가 된 후 지금도 세계 어딘가를 떠돌고 있다고 한다.

"…제 인생은 대충 그런 느낌이지요."

나는 그런 이야기를 아침 일찍부터 엘리나리제에게 들었다.

“거기까지 이야기해 주지 않아도 되는데요….”

솔직히 나는 그런 이야기를 듣고 당혹스러웠다. 저주에 대해서만 들어도 괜찮았다.

하지만 엘리나리제는 숨기지 않고 말했다.

“지금까지 입 다물고 있었으니까요.”

“…저기, 크리프는 알고 있습니까?”

“물론이죠. 결혼식 전에 말했어요.”

“그런가요…. 실피는?”

“실피는 몰라요. 자기 할머니가 매춘부였다는 사실을 알고 싶지 않겠죠?”

“실피는 신경 쓰지 않을 거라고 보지만….”

“루데우스도 이 이야기를 듣고 실피를 이상한 눈으로 보지 말아 주세요. 제 피가 흐르더라도 그 애는 평범한 아이니까요.”

“그야 물론 그럴 생각입니다.”

엘리나리제는 엘리나리제, 실피는 실피다.

하지만 그런 과거가 있으면 엘리나리제가 실피에게 할머니라고 밝히고 싶지 않았던 것도, 과거를 밝히고 싶지 않았던 것도 이해가 간다.

누구든 안 좋은 시선을 받고 싶지 않다.

과거는 과거다. 나도 밝히고 싶지 않은 과거 정도는 있다. 특히나 전생은 눈을 돌려선 안 되는 부류긴 해도, 나만 알면 되는 과거다.

“그래서 결국 엘리나리제 씨의 저주는 어떤 것입니까?”

“몸속에 마력이 쌓이고, 그걸 남자의 정을 받아서 결정으로 만드는 것. 만약 남자의 정을 받지 못하면 마력이 너무 커져서 죽는다. 대충 그런 느낌이지요.”

“하지만 처음 몇 년은 괜찮았다면서요?”

“그 점을 잘 모르겠어요…. 당시에 저는 달거리가 오지 않았고, 어쩌면 그것과 관계가 있는 걸지도 모르겠네요.”

“달거리라….”

월경과 관계있다면 그 마력결정은 난자가 변하는 걸까.

그럼 제니스의 저주는 다르겠지. 제니스는 이미 자식을 둘이나 낳았다. 리랴에게 자세히 들은 것은 아니지만 아직 서른다섯 살 정도일 테고, 그런 기능도 아직 문제없이 살아 있다.

“기억은 안 돌아온 거로군요.”

“예, 지금까지도.”

“…….”

기억은 돌아오지 않나. 엘리나리제가 사실 누구인지도 알 수 없다는 소리겠지.

어느 날 갑자기 떠오를 가능성도 없는 건 아니겠지만, 그래도 200년이나 떠오르지 않았는데 이제 와서 떠오를 일도 없겠지.

“하지만 제니스의 경우는 ‘제’ 때와 다소 달라요. 보아하니 아들이나 딸을 판별할 수도 있는 모양이고요. 어쩌면 기억이 돌아올 가능성도 있어요."
"그럼 좋겠지만요."
희망적 관측은 되도록 하지 않는 게 좋겠지.
"저주 쪽은 어떤가요."
"아직까지는 저와 비슷한 징후가 없네요."
"그런가요."
"그녀는 아마 저와 다른 저주에 걸려 있는 것 같아요."
"그런 걸까요."
"그럴 가능성이 커요. 뭔가 짚이는 것 없나요?"
짚이는 거라… 으음. 있는 듯하고 없는 듯하고.
"…없습니다."
"그래요. 하지만 방심은 금물이에요."
갑자기 즉사하는 저주는 아니지만, 무슨 계기로 어떻게 될지 모르는 건가.
"결국 지금으로선 지켜볼 수밖에 없다는 소립니까?"
"그래요."
희망적 관측은 하지 않지만, 아무 일도 없기를 바라고 있을 수도 없다.
"제가 아는 것은 그 정도네요. 미안해요. 하고 싶지 않은 말이 너무 많아서 전하는 게 늦어졌어요."
엘리나리제는 그렇게 말하고 고개를 숙였다.
과거를 말하고 싶지 않다는 마음은 잘 안다. 오히려 나도 실피나 록시에게 전생 이야기를 하지 않은 게 미안할 정도다.

내게 말해 주지 않은 것은 아쉽지만, 내 경우를 무시하고 화낼 수도 없다.

"아뇨, 말하고 싶지 않은 일을 말해 주었잖습니까. 고맙습니다."

나는 엘리나리제에게 손을 내밀었다. 그녀는 그 손을 잡고 굳은 악수를 나누었다.

"그럼 저는 크리프에게 돌아가겠어요."

"나는 조금 더 쉬다가 나나호시를 살펴보러 가겠습니다."

"그래요, 그럼 이만."

엘리나리제는 그렇게 말하고 방에서 나갔다.

결국 제니스 문제의 답은 알 수 없었다. 저주에 걸렸을 가능성이 크다는 것과 지금으로선 아무런 문제도 일어나지 않았다는 정도다.

앞으로는 무슨 일이 생기면 바로 대응할 수 있도록 해두자.

아침식사 후.

나는 공중성채의 방에 있는 기다란 테이블 앞에 앉아 있었다. 옆에 앉은 사람은 나나호시와 크리프, 그리고 또 그 옆에는 자노바, 눈앞에 앉은 것은 공허의 실바릴.

그 검은 날개를 가진, 페르기우스의 부하다.

"그럼 수업을 시작하도록 하겠습니다."

나나호시가 페르기우스에게 소환 마술에 대해 배운다는 이야기였는데, 나나호시는 신경을 써서 우리도 수업에 참가시켜 주었다.

강의는 기초적인 것부터 시작하는지 교사는 페르기우스가 아니었다. 그의 차례는 더욱 응용적인 부분으로 들어간 뒤라는 모양이다. 페르기우스는 지금쯤 아리엘과 차라도 마시고 있겠지…. 아니, 지금은 수업에 집중하자.

"그럼 일단 인식을 통일하도록 하지요. 소환이란 무엇입니까?"

공허의 실바릴은 질문을 던졌다.

"그쪽의…."

"크리프다. 크리프 그리몰."

"그럼 크리프, 대답해 보세요. 소환이란 무엇입니까?"

소환 마술이란 것에는 두 종류가 있다.

하나는 부여.

이것은 주로 마도구의 제조에 관련이 있다. 말하자면 마법진을 그리는 기술이다. 크리프가 전공했고, 마법도시 샤리아에서도 널리 가르치고 있다.

또 하나는 소환.

세계의 어딘가에 있는 뭔가를 불러내는 것. 지극히 단순한 생물부터 개나 고양이처럼 높은 지능을 가진 동물. 인간이 키울 수 있을 만한 온순한 마수. 고블린이나 트렌트처럼 지능이 낮은 마물. 혹은 이 세계의 어딘가에 있다는 정령을 불러내는 것. 이쪽은 마법도시 샤리아에 교사가 없고, 마술 길드에서 초급 레벨을 다루는 레벨이 몇 명 있는 정도다.

어느 나라가 기술을 독점하고 있는 건지, 아무튼 마법도시 인근에서는 가르치지 않는다.

거기까지가 내가 아는 지식이다.

크리프 또한 같은 지식을 가진 모양이라 나와 마찬가지로 대답했다.

"…그건 아닙니다."

거기에 대해 실바릴은 틀렸다면서 고개를 내저었다.

"분명히 소환 마술이라고 하면 마법진을 뺄 수 없습니다. 하지만 마법진을 그리는 기술을 소환이라고 하지 않습니다."

"그렇다면 소환이라고 할 수 있는 것은 후자뿐입니까?"

내가 되묻듯이 질문을 던졌다. 이 느낌, 록시에게 마술을 배우던 무렵이 기억나는군.

"예. 하지만 두 종류라는 것은 사실입니다."

"즉, 또 하나는 '부여'가 아니다."

"그렇습니다."

실바릴은 부드러운 목소리로 말하고 있지만, 딱히 교본을 쓰는 게 아니고 칠판을 사용하는 것도 아니기 때문에 우리는 미리 준비한 종이다발에 깃털 펜으로 배운 것을 썼다.

정말로 수업 같았다.

“소환은 두 종류. 하나를 ‘마수소환’이라고 부르고, 또 하나를 ‘정령소환’이라고 부릅니다.”

‘마수소환’과 ‘정령소환’이라고 받아 적었다.

정령이란 분명히 이 세계의 어딘가에 있지만, 좀처럼 모습을 볼 수 없는 존재다.

나도 스크롤로 불러낸 빛의 정령 정도밖에 본 적이 없는 것 같다.

“어떻게 다릅니까?”

“마수소환은 인간인 여러분이 알다시피 현재 어딘가에 있는 생물을 불러내는 것입니다. 태고의 맹약에 따라 ‘~인’이라는 이름이 붙은 것은 불러낼 수 없습니다만, 그 이외라면 이 세상에 존재하는 모든 생물을 불러낼 수 있습니다.”

모든 생물. 예를 들어서 드래곤 같은 것도 소환할 수 있다는 건가.

“태고의 맹약이란?”

“이 세계에 소환 마술이 생겨났을 때에 맺어졌다고 하는 맹약입니다. 마술은 이 맹약을 위반할 수 없습니다.”

사람은 무리… 하지만 정말로 무리일까.

전이로 사람을 날리는 것과 소환으로 사람을 불러내는 것은 어떻게 다른 걸까.

뭐, 됐어. 지금은 기초다. 그런 데까지 수업이 진행되었을 때에 다시 묻기로 하자.

"죄송합니다. 수업을 계속해 주세요."

"예. 마수소환은 자기보다 강한 마력을 가진 자를 소환할 수 없고, 했다고 해도 제어할 수 없을 가능성도 있습니다."

그러고 보면 예전에 읽은 책에 그런 내용이 있었지.

'시그의 소환술'이었던가.

자기 역량으로 제어할 수 없는 자를 불러내어 잡아먹혔다는 이야기다. 나는 마력만큼은 남아도니까 어떻게 소환할 수 있을 것 같지만, 나를 따를지는 알 수 없나. 뭐, 너무 대단한 것을 불러낼 생각도 없다. 애초에 지금 집에 애완동물이 셋이나 있으니까. 불러낼 만한 것도 없겠다.

"그렇다면 소환은 생물만 가능합니까?"

"예. 죽은 자는 소환할 수 없습니다."

"그런 게 아니라 물건, 예를 들어서… 지금 내 집에 있는 옷을 소환할 수 있습니까?"

"그건 불가능합니다."

그럼 록시의 속옷을 소환하는 것은 불가능한가.

아니, 하지만 잠깐만. 나나호시는 페트병 소환에 성공했다. 완전히 불가능한 것도 아니다. 단순히 지금 이 세계에 그런 기술이 존재하지 않는다고 봐야 할까.

그리고 페르기우스가 나나호시의 연구를 보고 그 기술을 확립한다면.

그래, 페르기우스가 나나호시에게 협력하는 이유는 그거군.

"계속해도 되겠습니까?"

"아, 예. 계속 말허리를 잘라서 죄송합니다."

"아뇨, 질문을 하는 것은 수업을 잘 듣고 있다는 증거입니다."

실바릴은 느긋하게 고개를 끄덕이고 수업을 진행했다.

"정령소환이란 것은… 정령을 창조하는 마술입니다."

"창조? 만들어내는 겁니까?"

"예. 소환자의 마력을 써서, 어떤 능력을 가진 정령을 만들어 내는 마술. 그것이 정령소환 마술입니다."

그렇다면 나나호시에게서 받은 스크롤. 거기서 나오는 빛의 정령은 내가 만들었다는 건가?

"정령은 낮긴 하지만 지능을 가지고 마력을 다 쓸 때까지 소환자의 명령에 따릅니다."

"그건 절대적인 겁니까?"

"…아뇨, 따르지 않도록 마법진을 만들면 자유로운 정령을 만들어 낼 수도 있습니다."

자기가 만드는 거니까 뭐든지 마음대로 가능할까.

프로그래밍에 가까운 느낌인가?

어라? 프로그래밍에 가깝다니, 어디서 비슷한 말을 들은 것 같은데….

"그건 이상하지 않나?"

크리프가 불만스럽게 말했다.

"페르기우스 님의 종인 너희는 400년 전에 소환된 정령이지? 그런 것치고 지능이 높고, 계속 사라지지 않는 것은 이상하지 않나?"

오오, 역시나 크리프. 예리하게 찌르고 드는군.

실바릴도 만족스럽게 끄덕였다.

"좋은 질문이었습니다. 페르기우스 님의 선조, '초대 갑룡왕' 님은 지극히 지능이 높고 강력한 힘을 가진 태고의 11정령을 만드는 방법을 남기셨습니다. 본래 하루 정도밖에 못 버티는 그 강력한 정령을 페르기우스 님은 수백 년이나 유지하는 기술을 개발하신 것입니다!"

꽤나 자랑스러운 기색이다. 하지만 그것도 이해가 된다. 본래 하루밖에 못 버티는 정령을 영구적으로 작동시킨다. 이른바 영구기관이다. 영구기관은 어느 세계에서든 대단한 것이다.

응? 잠깐? 태고의 11정령? 한 명 부족하지 않아?

"12가 아닙니까?"

"예. 저는 페르기우스 님의 정령이 아니기에."

"아닙니까?"

"예. 저는 라플라스 전쟁 때 페르기우스 님 덕분에 목숨을 건진 이후로 계속 모시고 있는, 단순한 천인족입니다."

천인족. 뭐, 날개가 있는 것은 그녀뿐이고.

다른 자가 종이라고 하면, 그녀는 심복이라는 느낌이겠지.

어쩌면 연인이든가…. 아니, 설마. 죄다 그쪽으로 연결할 것도 아니겠지.

"그래서 우리가 배울 것은?"

"마수소환을 중심으로. 하지만 페르기우스 님은 이세계 소환을 정령소환과 가깝다고 보시는 모양이기에, 어느 정도 그쪽도 건드릴 것이라 생각합니다."

양쪽을 다 배울 수 있다는 건가.

기대되네. 곳곳에서 마수를 소환하여 동물원이라도 열어보는 것도 재미있을지 모르겠다.

"그 정령소환. 가능하면 자세하게 배우고 싶습니다."

"나도 정령소환에는 흥미가 있군."

자노바와 크리프도 정령소환에 흥미를 가진 모양이다.

아, 그렇지. 기억났다. 프로그래밍. 자동인형의 코어다. 그걸 보고 프로그래밍 같다고 생각했다.

그렇다면 정령소환을 배우다 보면 어쩌면 그 인형을 완성시킬 수 있을지도 모른다. 광룡왕 카오스 씨가 완성시킬 수 없었던 것을 우리가 그리 쉽게 만들어 낼 순 없겠지만, 그래도 분명히 도움이 될 것이다.

어느 지식이 어디서 도움이 될지는 모른다고 해도.

"그럼 마수소환의 기초부터 시작하죠. 일단 이쪽의 마법진을 보시지요."

그런 생각을 하면서 우리는 실바릴에게 소환술의 기초를 배우기 시작했다.

마법진 제작에서 다른 세 명에게 뒤쳐진 상태니까 이러다간 낙오생이 되겠다.

남에게 맡기지 말고 나도 마법진의 기초를 배워두면 좋았을 것을. 하지만 지금부터라도 늦지 않았다. 공부에 이르고 늦는 건 없다.

애초에 나는 아직 이 세계에서 18세니까.

자노바를 봐라. 녀석은 입학 당시에 20대 중반이었지만, 그래도 인형 제작의 기술을 갈고 닦았다. 나도 그를 본받아야지.

그렇긴 해도 지금 이 상태면 나는 낙오생 결정이다.

이 수업이 끝난 뒤에 복습과 예습을 해야겠지.

"그런데 여러분, 슬슬 점심시간입니다만 뭔가 드시고 싶은 것이 있거든 말씀해 주세요."

실바릴의 그 말로 그날 수업은 중단되었다.

점심식사.

어제 저녁에는 옛날부터 아슬라 왕국에서 전해지는 향토요리를 대접받았다.

고기경단과 감자를 함께 끓인 것이나 향초 수프.

밀 이외의 곡물을 많이 섞은 잡곡빵… 등등.

마법도시 샤리아에서 항상 먹던 것과 크게 다르지 않았다. 성의 외관과 비교해서 검소하지만, 소박하고 맛있었다.

물론 옛날부터 전해진다고 생각했던 것은 우리뿐이지, 페르기우스에게 아슬라 왕국의 요리라면 바로 이것이라는 모양이었다. 400년 전의 정석 요리란 소리다.

전란의 시대는 기술을 진화시키고, 평화로운 시대는 요리를 진화시킨다는 말을 어디서 읽었다.

아슬라 왕국도 400년 동안 식문화가 크게 바뀌었겠지.

식사는 각 방에 나오지만, 나는 실피와 함께 먹었다. 아무리 호화로운 방이라고 해도 혼자서 식사하는 건 적적하니까.

전생에서는 그런 생각을 전혀 하지 않았지만, 나도 꽤나 변했군.

아침식사는 혼자였지만 어쩔 수 없다.

자, 그런 식사시간인데, 점심식사는 원하는 것을 만들어 준다는 모양이다. 광속의 심부름꾼인 아르만피가 다녀오면 전국 어디의 재료라도 가져올 수 있겠지.

아니, 아예 레스토랑에 주문하고 그걸 가져오는 수도 있을까. 편리한 배달방법이군.

“그럼 미리스 요리도 가능할까?”

“호오, 그럼 실론의 요리를 부탁하지.”

크리프와 자노바는 자기 고향의 향토요리를 희망했다. 그들도 이러니저러니 해도 고향이 그리운 걸까.

“알겠습니다. 준비하지요.”

실바릴은 가면을 쓴 채로 부드러운 목소리로 그 말을 받아들였다.

“아무거나 좋아.”

나나호시는 그렇게 말했다. 그녀는 깨닫지 못한 모양인데, 이건 기회다.

나는 기회를 붙잡는 남자. 기회는 최대한 활용하라고 빨간색의 로리콘도 말했다.

"식초에 절인 백미에 신선한 생선을 얹은 요리. 알고 있습니까?"

"어? 있어?"

내 말에 나나호시의 안색이 환해졌다. 하지만 실바릴은 고개를 내저었다.

"아뇨, 모릅니다. 쌀은 상비되어 있습니다만."

나나호시가 낙담했다.

하지만 나는 환희했다. 쌀이 있으면 어떤 식재료든 반찬으로 살릴 수 있다.

"그럼 밀가루를 달걀과 냉수에 풀고 새우나 오징어, 야채 등에 입혀서 고온의 기름에 튀긴 요리는?"

"들은 적 없습니다. 밀가루와 달걀은 있습니다만…."

달걀도 있나! 그렇다면 오래간만에 그걸 먹을 수 있겠군!

그렇긴 해도 SUSHI도 TENPURA도 역시 없나.

그렇다면 SUKIYAKI도 없을 것 같군. 맛술, 설탕, 간장으로 끓이는 요리.

장인이 만드는 것에는 아득하게 못 미치겠지만, 이것들은 재료만 있으면 그럴 듯하게 만들 수 있을 것 같은데….

역시 간장이야. 우리가 요구하는 일본식은 간장 맛이다.

"저기, 콩을 발효시켜서 만든 소스 같은 것은 있습니까? 간장이나 장이라고 하는 것입니다만."

"성 안에는 없습니다."

역시 이 세계에는 없는 걸까.

"하지만 비헤이릴 왕국에 그러한 소스가 사용되었다고 들은 적이 있습니다. 아르만피에게 명해서 찾아 오게 하지요."

"오! 부탁합니다!"

아르만피의 고생은 아무래도 좋다.

찾아 준다고 하니까 찾아달라고 해야지.

한 시간 뒤. 결국 간장은 찾을 수 없었다.

단 한 시간으로는 도저히 찾을 수 없었다. 이제부터 식사를 만들려는 타이밍에 말한 내게도 잘못이 있다.

간장은 찾을 수 없었다.

하지만. 그 대신 아르만피는 다른 것을 가져왔다. 다갈색의 식재료를.

그것은 콩을 발효시켜서 만든 식재료로, 이쪽 세계의 말로 '두부'라고 불리는 것이었다. 하지만 나는 그 재료를 '된장'이라고 부르기로 했다.

아니, 딱 보니 된장이잖아.

비헤이릴 왕국… 분명히 중앙대륙의 북동부에 위치한 나라다. 된장과 간장은 표리일체. 어쩌면 이 나라라면 간장을 찾을 수 있을지도 모른다. 언젠가 가 보자.

십년이든 이십년이든 기회가 되거든 꼭 가 보자.

아니, 그건 그렇다고 하고.

쌀은 있다. 된장도 있다. 그렇기에 흰 살 생선을 준비해달라고 했다.

무 간 것과 생강은 없었지만 레몬은 있었다. 절임도 있으면 좋겠는데, 없는 걸 졸라 봤자 안 나오니 그만두자.

실바릴에게 내가 아는 레시피를 최대한 가르치고, 있는 재료를 활용했다.

"이러한 것이면 되겠습니까?"

잠시 뒤에 나온 것은 따뜻한 흰 쌀 밥. 모락모락 김이 오르는 조개 된장국.

그리고 갈색으로 구운 생선과 레몬이다.

이것을 2인분. 한쪽은 나나호시를 위해 준비하게 했다. 내 쪽에는 날달걀도 있다.

"역시 가끔은 이런 것도 먹고 싶네."

"……뭐, 그래."

겉보기로는 완벽한 구성이지만, 나나호시는 불만인 듯했다.

역시 겉모습뿐인 일본식으로는 불만이었을까. 뭐, 됐어. 어차피 일본의 맛과는 거리가 멀다. 흉내내긴 했지만 맛을 보면 일목요연하다.

“손을 모아 주세요. 잘 먹겠습니다.”

“…잘 먹겠습니다.”

그녀는 눈썹을 찌푸린 채로 스푼과 포크로 먹기 시작했다.

정말로 맛없다는 표정으로, 포크로 흰 살 생선의 뼈를 발라내고 레몬을 뿌려서 입에 넣고. 쌀밥을 스푼으로 떠서 입에 넣고 우물거리고. 백자 그릇에 담긴 된장국을 입가로 가져가서 마시고.

그리고 말했다.

“이 된장국, 국물도 제대로 안 우러났잖아….”

그녀의 눈동자에는 커다란 눈물이 맺혀 있었다. 울면서도 손을 멈추지 않고 먹었다.

사실 맛은 없었다. 쌀은 퍼석거리고, 된장국은 아무래도 짰다. 생선은 맛있지만 비린내가 나고, 레몬이 잘 맞지 않았다.

아무래도 밸런스가 나빴다. 맛있지 않다. 우리의 기억에 있는 일본식은 더 섬세한 것이었다.

하지만 나나호시의 손은 멈추지 않았고 눈물도 멈추지 않았다.

그리고 그녀는 묵묵히 계속 먹어서 순식간에 바닥까지 비웠다.

“…잘, 먹었습니다.”

마지막 한마디에 나도 만족했다.

그 뒤에 오후 강의가 끝났다.

소환 마술 강의는 재미있었다. 실바릴의 가르침이 좋은 걸까.

오늘은 대단한 것을 배우지 않았지만, 조만간 점점 따라갈 수 없어지겠지. 이 기회에 예습해둬야지….

그렇게 생각하면서 나는 강의 후에 공중성채 안을 돌아다녔다.

이른바 탐색이란 것이다.

공중성채 안은 한없이 넓어서 도무지 하루 이틀 중에 모든 것을 다 볼 수 없을 정도였다. 이 정도로 거대한 건축물을 공중에 띄우다니 거듭 놀랄 뿐이다.

그렇게 생각하는데 앞쪽에서 두 남자를 발견했다.

자노바와 크리프였다.

아무래도 두 사람도 강의 후에 탐색을 하던 모양이었다. …어라? 이상하네. 왜 나를 부르지 않았지? 혹시 나만 따돌리나?

"자노바랑 크리프 선배. 둘이서 어쩐 일입니까?"

가능하면 따돌리지 말고 나도 좀 끼워 주지. 그렇게 생각하면서 그들에게 다가갔다.

"스승님. 실은 복도를 걷는데 크리프 님이 불러 세워서."

"음, 이게 좀 신경 쓰여서 말이야."

아무래도 둘이서 행동하던 게 아니었던 모양이다. 즉, 나를 따돌리는 게 아니었다. 고맙다. 그리고 우리는 그냥 동물이 아니다. 인간이다. 인간은 무리 짓는 생물. 무리를 만들어서 지

상 최강의 생물이 되었다. 셋이서 강해지자고.

"이건…."

크리프의 시선 앞. 거기에는 계단이 있었다. 지하로 이어지는 계단이었다. 아무래도 공중성채는 무식하게 큰 성이 위로만 솟은 게 아니라 지하까지 존재하는 모양이다.

"헤에…. 조금 재미있겠네요. 가 보겠다면 나도 함께하겠습니다."

"그거 든든한데…. 하지만."

"무슨 문제라도?"

"아니, 멋대로 들어가도 되나 싶어서."

"그건… 모르겠군요."

성 안을 자유롭게 돌아다녀도 된다고 했다. 하지만 과연 지하는 성에 포함될까. 남의 집 지하실에 멋대로 들어가도 되는 걸까. 예를 들어 우리 집 지하실에는 중요한 것도 있으니 삼가 주면 좋겠다.

"괜찮지 않겠습니까?"

그렇게 말한 것은 자노바였다.

"들어가도 되지 않겠습니까? 페르기우스 님은 문이 잠겨 있지 않은 방이라면 마음대로 들어가도 된다고 말씀하셨습니다. 문도 없으니까 괜찮겠죠."

"아니, 잠깐만. 말로는 하지 않았어도 존재하는 룰이 있잖아."

세간에서는 보통 매너라고 부르는 것 말이다.

"그런 것일까요…. 흐음."

자노바는 잘 모르겠다는 얼굴로 고개를 갸웃거렸다.

그는 왕족이니까, 남을 들여놓고 싶지 않은 방이란 말이 딱와 닿지 않겠지.

"어머?"

셋이서 그렇게 수군대는데, 그곳에 네 번째 인물이 등장했다.

나나호시다. 고독함을 좋아하는 그녀도 인간. 무리의 기운에 낚여서 나타난 것일지도 모른다.

"무슨 일이야?"

"아니, 실은—"

사실을 말했다. 지하실에 왠지 모르게 관심이 가는데, 들어가도 되는지 모르겠다고.

"문제없어."

"정말입니까?"

"지하에는 지하대로 잠겨 있는 문이 있으니까."

"들어간 적 있습니까?"

"응, 전에 조금."

전이라면 분명 올스테드와 함께 왔을 때겠지. 그 이야기에 살짝 다리가 굳었다. 이 앞에 올스테드가 있을 것만 같았기 때문이다.

"대부분 잠겨서 못 들어가지만, 재미있는 게 하나 있어."

"재미있는 거?"

"당신들 같은 남자들이 좋아할 만한 것."

그런 식의 말을 들은 것도 오래간만이군.

나나호시도 소환되기 전에는 '아니, 거기 남자들!' 같은 소리를 했을까. 그런 타입은 아닐 것 같은데.

"뭣하면 안내해 줄까?"

우리는 서로의 얼굴을 바라보았다. 자노바는 가고 싶은 눈치다. 크리프도.

나는 꽁무니를 빼고 싶은데… 여기서 빠지는 것도 싫군. 나나호시가 이런 말까지 하는 걸 보면 위험하지도 않겠고.

"부탁하겠습니다."

나는 자노바, 크리프와 시선을 주고받은 뒤에 그렇게 말했다.

이 하늘을 나는 성은 위만이 아니라 밑으로도 넓은 모양이다.

뿐만 아니라 지하 쪽이 지상보다 복잡한 모양이다.

계단을 어느 정도 내려간 것만으로도 던전 같이 복잡한 구조라는 것을 알 수 있었다.

위쪽은 어디까지나 손님을 환영할 때의 것이고, 아래쪽이 진짜 요새겠지.

우리는 나나호시의 뒷모습을 보면서 길게 이어진 지하공간의 복도를 계속해서 걸었다.

처음에는 무수하게 있는 문에 관심이 가서 하나씩 열어보려고 했다.

하지만 거의 모든 방이 잠겨 있었다. 잠기지 않은 방도 모두 텅 비어 있었다. 그렇긴 해도 대체 계단을 몇 번이나 내려간 걸까. 꽤나 깊은 데까지 온 것 같다.

처음에는 지하라고 해도 불빛이 있고 어둑어둑함 속에서도 청소가 되어 있는 게 보였지만, 어느 틈에 주위는 어두워지고 음침한 공간으로 변했다. 문도 거의 사라지고, 갈림길이나 꺾이는 길, 오르막이나 내리막처럼 미로 같은 통로가 이어졌다.

물론 청소도 되어 있지 않아서 때때로 쥐가 발밑을 뛰어다녔다. 왠지 기분 나쁘고 눈이 녹색으로 빛나는 쥐였는데, 기분 나쁠 뿐이지 마물 같은 것도 아닌 모양이라서 우리의 모습을 보자마자 도망치기만 했다.

아무래도 진짜로 사용하지 않는 구역에 들어온 모양이다.

하지만 나나호시의 발걸음은 멈추지 않았다.

나에게 빛의 정령을 소환하라고 하더니 더욱 안쪽으로 들어갔다.

"흐음, 이 건축 양식, 처음 보는 것이로군요. 제가 모른다면 제1차 인마대전 이전의 것이든가 아니면…."

자노바는 내부를 보는 것만으로도 재미있는지, 아주 생생한 모습으로 계속 안으로 들어갔다.

"저기, 사일런트. 길 잃은 것 아니겠지?"

"괜찮아."

크리프도 처음에는 재미있어했지만, 방에 들어가는 것도 아니고 그저 통로를 걸을 뿐이라는 상황이 다소 지겨워진 눈치였다.

"으음, 대단하군요. 이런 장소는 좀처럼 와 볼 수 없습니다. 자, 스승님, 이쪽의 돌벽을 보십시오. 독특한 양식으로 만들어졌습니다. 언뜻 보면 크기가 제각각인 돌… 그것도 자연석으로 만들어졌습니다만, 여기가 그 거대한 성의 지하라는 사실을 생각하면 무너지지 않는 게 신기할 따름입니다. 이 근처에서는 좀처럼 볼 수 없는 것입니다. 저도 건축 관련으로는 그리 흥미가 없었는데, 이 성은 정말로 신기해서 시선을 빼앗기게 됩니다. 대체 왜 이런…."

자노바는 정말 즐거운 눈치였다.

방금 전부터 새로운 것을 하나 발견할 때마다 감탄사를 외쳤다.

"스승님, 이걸 어떻게 보십니까?"

"나도 그리 밝은 게 아니라서…. 아니, 이 방식 본 적이 있어. 산기즈미 방식*이었나."

"오오, 역시나 스승님! 아십니까. 그 산기즈미? 라는 건 어떤 이론으로 쌓는 것입니까?"

"여기 봐, 모서리 부분 말이야. 여기만 자연석이 아니라 잘라낸 직사각형의 돌이 교대로 사용되었잖아? 이렇게 하면 모

※산기즈미 방식 : 직사각형의 돌을 서로 엇갈리며 쌓는, 1600년 전후의 일본의 건축 방식.

서리의 강도가 세져."

"아하, 과연. 모서리의 강도가 세지면 자연스럽게 전체의 강도도 세지니까요."

이런 곳에서 산기즈미를 볼 수 있다니, 어쩌면 이 성을 만든 것은 전국시대 사람일까. 아니, 설마. 돌 쌓는 법으로 강도를 올리는 방법은 어느 세계고 크게 다르지 않다. 이 세계는 석조 건축이 왕성하고, 이런 방식을 좋게 보는 시대가 있었던 거겠지.

"…어라?"

또 계단을 하나 내려갔을 때 이제까지와는 분위기가 조금 다른 공간이 나왔다.

미로가 아니라 다소 넓은 통로에 커다란 문이 하나 존재했다.

문에는 알현실에서 보았던 갑룡왕의 문장이 그려져 있었다.

왠지 중요한 것이 숨겨져 있을 듯한 방이다.

"막힌 길인가…?"

나는 그렇게 중얼거렸다.

"아냐, 여기가 목적지야."

하지만 나나호시가 고개를 내저었다.

그리고 그대로 눈앞의 문에 손을 뻗었다.

"오…."

그러자 나나호시가 거의 힘을 주지 않았음에도 불구하고 문이 끼익 소리를 내며 움직였다.

우리의 발밑에 조금 큰 쥐가 쪼르르 달려갔다.

쥐는 틈새에서 튀어나왔다. 문이 열리고 약간의 틈이 생겼다.
아무래도 잠기지 않은 모양이다.
문 안쪽이 널찍한 방이라는 건 알 수 있었다. 시야 안에는 문이 없었다. 이번에야말로 정말로 끝이다.
하늘을 나는 성의 지하 깊숙한 곳.
정말로 뭔가가 숨겨져 있을 것처럼 으리으리하게 문장이 그려진 문과 그 안에 있는 방.
"흠, 나잇값도 못 하는 소리입니다만, 왠지 두근거리기 시작하는군요."
"나도야."
나도.
"역시… 남자들은 이런 걸 좋아하네…."
나나호시의 중얼거림이 들렸다. 아니, 나나호시, 착각하진 마. 남자라도 이런 걸 싫어하는 사람이나 흥미 없는 사람은 있어. 나는 아니지만!
"…안에 들어가 보자."
아, 크리프의 호기심이 한계를 넘은 모양이다. 스윽 안으로 들어갔다.
나는 말없이 빛의 정령을 방 안으로 보냈다.
"호오."
방 안이 불빛을 받자, 거기에는 신기한 광경이 펼쳐져 있었다.
벽화다. 벽에 가득 그림이 그려져 있었다.

"이건…! 대단하군!"

자노바가 감격한 기색으로 벽화를 향해 달려갔다.

나도 왠지 모르게 보물을 발견한 기분으로 뒤를 따랐다.

"벽화인가. 꽤나 오래되었군…."

벽화는 군데군데가 망가진 모습이었다. 그렇긴 해도 돌 자체가 튼튼한 탓인지, 뭐가 그려진 것인지 모를 만큼 망가지진 않았다. 다만 적어도 내가 알기로 이 세계에 벽화라는 문화는 거의 존재하지 않는다. 떠오르는 것은 전생에서 보았던 이집트의 벽화인데, 그것과도 다소 다른 느낌이었다.

"얼마나 오래된 것인지 짐작도 안 갑니다…. 스승님, 이건 대발견일지도 모릅니다!"

"아니, 페르기우스 님이라면 이 벽화의 존재를 알 거라고 생각하는데."

벽화의 내용을 말로 설명하기란 어렵다.

하지만 거기에 그려진 것은 이야기였다.

모든 그림에 특징 있는 한 인물의 이야기가 그려져 있었다. 그 인물이 본 것, 체험한 일을 그림으로 남기려는 듯한 인상을 받았다.

다만 장면이나 상황은 그림인 탓도 있어서 알기 어려웠다.

거꾸로 뒤집힌 산들, 날개가 달린 사람들, 사람들이 숭상하는 왕 같은 인물, 떠오르는 바위, 모이는 사람들, 날아다니는 드래곤, 바싹 붙어 있는 두 사람과 한 아기, 쓰러진 인간, 한탄하는 왕, 날뛰는 왕, 의논하는 사람들, 사람들의 뒤에 선 수상쩍은 그림자 하나…. 마지막에는 아마도 이 이야기의 결말인 듯한 그림이 하나 있었는데, 이것만큼은 그리다가 만 것이라서 뭐가 그려진 것인지 알 수 없었다.

"…왠지, 이 이야기를 어디서 본 적이 있는 것 같은데."

"나도 그래. 하지만 뭐였더라."

"흐음."

셋이서 고개를 갸웃거리자, 뒤에서 끼익 하는 소리가 들렸다.

돌아보니 거기에는 아르만피, 그리고 은발의 위엄 넘치는 인물이 서 있었다.

페르기우스다.

"이런 곳에서 뭘 하고 있지."

"페르기우스 님."

자노바가 무릎을 꿇었기 때문에 나와 크리프도 다급히 무릎을 꿇었다.

슬쩍 옆을 보니 나나호시는 그대로 서 있었다. 누가 이 녀석에게 예의라는 걸 좀 가르쳐 줘.

하지만 이런 곳이라는 말을 하고 싶은 건 우리다. 역시 멋대로 들어와서 화를 내는 걸까. 뭐라고 하기 위해 내려온 걸지도 모르겠다.

"됐다, 일어서라."

다급히 일어섰다.

"으음, 성이 너무 훌륭해서 계속 구경하다가 이런 장소까지 와 버렸습니다. 하지만 역시나 페르기우스 님의 공중성채. 이런 장소마저도 가슴 뛰는 것이 있을 줄은 몰랐습니다."

자노바가 칭찬을 줄줄 늘어놓았기 때문에 고개를 끄덕여 주었다.

이럴 때의 자노바는 정말 든든하다. 아마도 아첨이 아니라 본심일 테니까.

"하지만 호기심에 사로잡힌 나머지 큰 무례를 저지른 모양이로군요. 나나호시 님의 안내라고 해도, 잠기지 않은 장소라면 문제없다는 생각에 너무 깊은 데까지 와 버린 모양입니다."

"그건 됐다…. 이 벽화라면 내 취미로 준비한 것이 아니다."

나나호시가 '내 말 맞지?'라는 얼굴을 하였다.

"그 말씀은?"

그 질문에 페르기우스는 먼 과거를 돌아보듯이 벽 쪽을 보았다.

"공중성채를 손에 넣었을 때, 안에는 거의 아무것도 남아 있지 않았다. 뭔가가 존재했다는 흔적은 있지만, 모든 것이 풍화되고 무너진 상태였다."

페르기우스는 그렇게 말하더니 벽을 보았다. 눈을 가느다랗게 뜨고 벽화를 어루만졌다.

"남아 있던 것은 이 벽화뿐이었다. 이 벽화만큼은 지금과 마찬가지로 거의 완전한 형태로 남아 있었다. 다른 모든 것이 먼지로 돌아가더라도 이것만큼은."

"흠…."

"나는 거기서 선인의 마음을 보았다. 이 사실만큼은 후세에 전해야 한다는 마음을."

페르기우스는 그렇게 말하더니 우리 쪽을 돌아보았다.

"고로 나는 이 방을 잠가놓지 않았다. 이 벽화를 보고 싶다는 자가 나타났다면 그 요망을 뿌리칠 일도 없겠지. 물론 지금까지 그런 자는 한 명밖에 나타나지 않았지만."

"그렇습니까. 무례를 저지른 게 아닌 듯해서 다행입니다. 저는 이런 벽화를 찾아온 것이 아닙니다만, 그래도 머나먼 과거에 누군가가 미래에 남기려고 한 그림… 크나큰 낭만이 느껴집니다."

"나도 그렇게 생각하고 싶지만, 이 벽화는 마음에 안 든다. 아무래도 답답함과 안타까움, 그리고 불안함을 느낀다."

"취향은 천차만별, 그런 일도 있겠지요. 하지만 그러시다면 이러한 방에 오래 있으면 안되겠습니다. 저처럼 힘 조절이 서툰 자가 괜히 건드렸다가 벽화가 망가지는 것도 좋지 않을 테니까요."

자노바는 그렇게 말하고 입구 쪽으로 시선을 돌렸다.

이만 돌아가자는 의사표시겠지.

"흠. 아르만피, 이들을 안내해 줘라."

"예!"

이리하여 우리는 아르만피의 안내에 따라 지상으로 돌아오게 되었다.

하지만 페르기우스는 따라오지 않았다.

그 벽화에 뭔가 생각하는 바라도 있는지 한동안 그 방에 남아 있었던 모양이다.

그 뒤에 우리는 해산하였고, 딱히 어떤 문제도 없이 각자의 방으로 돌아갔다.

시각은 밤, 지하에 간 동안에 해도 져 버렸다. 하루의 끝이다.

하지만 나나호시의 학습은 며칠이나 걸릴까.

학교는 조례만 나가면 아무리 쉬어도 괜찮지만, 집은 너무 오랫동안 비우고 싶지 않군. 루시나 제니스의 용태도 마음에 걸리고.

뭐, 지금은 눈앞의 일을 하자. 지금 내가 해야 할 일은 소환 마술의 예습과 복습이다.

똑똑.

소파에 앉아 짐 안에서 종이다발을 꺼냈을 때 문을 두드리는 소리가 들렸다.

"루디, 있어?"

대답을 기다리지 않고 들어온 것은 실피였다.

그녀는 내 모습을 보자, 사양 않고 방 안에 들어오더니 내 옆에 앉았다.

그리고 푸욱 숨을 내쉬었다. 나는 근처에 있던 주전자로 컵에 물을 따르고 건네주었다.

"수고했어."

"고마워."

실피는 그것을 받더니 꿀꺽꿀꺽 마셨다.

"휴우."

꽤나 지친 모양이다.

"아리엘 님 쪽은 어땠어?"

"으음. 그게 좀 어려운 모양이야."

"그런가."

"페르기우스 님은 아리엘 님의 이야기를 별로 진지하게 들어주지 않아."

아리엘은 페르기우스를 자기 진영에 참가시키기 위해, 자기 쪽에 붙으면 생기는 이점을 이것저것 말한 모양이다.

자기가 왕이 되면 귀족의 지위를 줄 수 있다, 아슬라 국내의 영토를 줄 수 있다, 장사를 한다고 해도 편의를 봐줄 수 있다, 같은 식.

하지만 당연하게도 페르기우스는 그런 건 필요 없다고 단칼에 거절한 모양이다.

"그야 그렇지. 당연해."

"그런가?"

"아니, 페르기우스 님은 그런 것에 흥미가 없든가 혐오하니까, 이런 곳에서 사는 거잖아."
"어? 페르기우스 님은 마신의 부활을 저지하기에 편리하니까 여기에 산다고 하지 않았어?"
실피는 고개를 갸웃거렸다. 그런 말을 했던가. 그것도 이유 중 하나일지 모르지만.
"그런 게 아니라, 권력을 원한다면 충분히 그걸 가질 수 있는 입장이었잖아. 라플라스 전쟁의 영웅이니까. 아슬라 왕궁의 완고함에 신물이 났다고 실바릴도 말했으니까, 그런 걸 제시하는 건 역효과겠지."
이 성을 떠나려면 얼마든지 떠날 수 있겠지.
그런데도 여기에 틀어박혀 있다. 분명 이유가 있다.
"그래, 그 말이 맞아. 아리엘 님도 마음이 급해지셨나…. 저기, 루디. 어떻게 하면 좋을까?"
"어떻게 하면이라고 해도…."
그런 걸 내가 알 턱이 없다.
다만 아리엘은 필요한 것을 이것저것 빼먹은 것 같다.
보통은 일단 친해지려고 하겠지. 그 다음에 부탁을 한다. 난색을 보인다면 그때 조건을 제시한다. 만사에는 그런 단계가 필요하다.
아리엘의 카리스마는 대단하다. 그러니까 지금까지 친해진다는 스텝을 밟지 않아도 동료로 끌어들일 수 있었을지 모른다.

그러니까 카리스마가 통하지 않는 상대에게 고생하는 거겠지.

나나호시나 페르기우스 말이다.

어쩌면 나도 그중 한 명일까. 나는 실피에게 힘이 되고 싶다고 생각하지만, 아리엘을 위해서 뭘 할 생각은 별로 없고.

"일단 페르기우스 님과 친해져야 하지 않을까."

"친해져?"

"그래, 취미나 과거의 무용담 같은 걸 듣고."

"취미나 무용담."

"자노바를 데려가는 것도 좋을지 모르지. 녀석은 아마 우리 중에서 제일 페르기우스 님의 마음에 들었으니까."

자노바가 페르기우스와의 이야기 흐름을 만들고, 아리엘이 맞장구를 친다.

그런 걸로도 효과는 있을지 모른다.

"으음, 알았어. 아리엘 님에게 전해 볼게."

"너무 진지하게 듣진 마. 내가 틀렸을 수도 있으니까."

"우후후, 충고 고마워."

그렇게 말하고 실피는 내 뺨에 입을 맞추었다.

입술의 부드러운 감촉이 공부하려던 내 마음을 날려 버리고 안 좋은 마음을 부추겼다.

이대로 안아들고 저기 침대에서 둘째를… 같은 생각이 스쳤다.

아니, 아니, 한때의 유혹에 휩쓸리면 안 돼. 나는 지금부터 공부해야지. 그러니까 엉덩이를 좀 쓰다듬는 걸로 참는…게 아니라.

"그러고 보니, 루디 쪽은 어땠어?"

"으음, 뭐, 그냥저냥."

에로 마신을 봉인하면서 오늘 일을 이야기해 주었다.

제니스의 저주, 소환 마술, 나나호시와의 식사, 나나호시가 안내해 줘서 지하를 탐험한 것 등을 말이다.

"…루디는 나나호시에게 꽤나 잘해 주네."

이야기를 다 들은 실피는 조금 퉁명스러운 기색이었다.

역시 다른 여자와 둘이서 밥 먹고 외출하는 건 NG일까.

식사 때도 탐험 때도, 그 자리에는 자노바와 크리프도 있었는데… 내가 나나호시를 위해 준비한 게 문제일지도 모른다.

이런, 여기선 기분을 맞춰 주어야지.

나나호시보다도 너에게 폴인러브라고 전해 줘야지.

"어어, 실피에트 씨."

"왜?"

"꼭 안아 줘도 될까요?"

그렇게 말하자 실피는 볼을 불룩거리면서 고개를 돌렸다.

"루디는 금방 그렇게 내 기분을 맞춰 주려고 하네? 왜? 켕기는 거 있어?"

어, 어라? 오늘 실피는 조금 차갑다.

왜지. 화난 걸까. 지금까지는, 뭐라고 해야 한다, 어라?

권태기일까. 이제 곧 3년이니까. 마의 3년차다.

아니, 햇수는 아무래도 좋다. 어쩌지. 큰일이다. 어쩌지.

"농담이야, 미안, 미안. 왠지 나나호시 이야기를 기쁘게 하니까 조금 심술을 부리고 싶어졌을 뿐."

실피는 날름 혀를 내밀고 나를 꼭 안아 주었다.

나도 안아 주었다. 말랐지만 따뜻하고 부드럽다. 평소 실피의 감촉이다.

나는 실피에게 미움 살 짓을 했을지도 모르지만, 미움받는 건 싫어.

모순된 생각이지만… 앞으로는 정말로 조심하자.

"하지만 왜 그렇게 나나호시에게 마음 써 주는 거야?"

"으음…. 그 녀석의 고향에 대해 좀 알기 때문일까. 힘이 되어 주고 싶어. 하지만 그건 애정 같은 게 아니라…."

"우후후, 그래, 그래."

실피는 웃으면서, 변명 같은 말을 늘어놓는 내 머리를 가볍게 두드렸다.

그리고 등을 툭툭 두들긴 뒤에 떨어졌다.

"자, 그럼 아리엘 님에게 돌아갈게. 루디도 힘내."

"어, 응. 실피도 힘내."

이런. 일단 말로 잘 끝냈다 싶지만, 모르는 틈에 실피에게 울분이 쌓인 모양이다. 이럼 안 되지, 안 돼.

역시 나나호시와 거리를 두어야 할까. 녀석이 기뻐할 일을 자꾸 하면 안 되는 걸까. 으음.

"어라?"

실피는 신나게 방에서 나가려다가 문을 연 상태로 멈춰섰다.

문 앞에 나나호시가 있었다.

"미안해, 방해할 생각은 없었는데… 콜록… 콜록…."

그녀는 크게 기침을 하고 있었다. 가슴과 목을 누르면서 꽤나 괴로운 모습이었다.

"미안해. 이야기, 들어서. 콜록… 나도, 루데우스와 어떻게 될 생각은 없으니까, 안심하고… 쿨럭…."

"어어, 응. 그건 괜찮은데. 저기, 괜찮아?"

"괜찮… 콜록, 콜록."

나나호시는 이제까지 본 것 중에서 가장 안 좋아 보였다. 기침도 뭔가 목에 걸린 듯한 느낌이라서 왠지 불안했다.

"아까부터, 왠지, 기침이 심해서… 콜록… 콜록…. 해독을 좀 걸어달라고, 크리프에게 갔더니, 바쁜 모양이라서, 루데우스에게… 하지만, 나 때문에 오해를 산다면, 오늘은 됐고 내일이라도 크리프에게."

"아니, 됐어. 괜찮아. 그렇게 신경 안 써도…."

실피는 당황한 기색으로, 발길을 돌리려는 나나호시의 어깨를 붙잡았다.

"응, 그럼 내가 해 줄게. 하지만 잘 안 듣거든 크리프에게 상급을 걸어달라는 편이 좋을지도."

“고마워, 부탁할 수 있을까….”

“알았어. 그럼 일단.”

실피가 가만히 나나호시의 목덜미에 손을 댔다. 그녀는 무영창으로 해독을 쓸 수 있다.

내게는 불가능한 재주다. 아니, 아직 내게도 가능성은 있겠지.

“어라?”

그렇게 생각하는데 실피가 고개를 갸웃거렸다. 다음 순간 나나호시가 크게 기침을 했다.

“콜록… 콜록….”

“어라? 뭔가 이상한데? 마력이 왠지… 어라?”

실피는 고개를 갸웃거리면서도 다른 손을 나나호시의 어깨에 댔다.

그동안에도 나나호시의 기침은 점점 크고 심해졌다.

“어이, 괜찮아?”

그 목소리에 불안을 느끼며 말을 건 순간… 나나호시가 목을 눌렀다.

“우욱… 컥!”

처벅 하는 소리가 났다.

“어?”

바닥에 핏덩어리가 떨어져 있었다.

“어, 어이.”

“…….”

나나호시는 자기 손을 보고 멍하니 있었다.

그리고 천천히 '이거 뭐야?'라고 말하듯이 손바닥을 내게 보여 주었다.

그 손바닥은 피로 새빨갰다.

그 직후에 나나호시는 무릎부터 무너졌다. 정신을 잃은 것이다.

"어? 왜?"

멍해진 것은 나만이 아니었다. 실피도 멍하니 서 있었다.

"지금, 왠지, 나나호시의 안에서… 왜? 어?"

그녀는 얼굴과 손에 피를 묻히고, 쓰러진 나나호시를 내려다보고 있었다.

그 안색은 창백했다. 나는 재빨리 실피에게 다가갔다.

"실피."

내 입에서 나온 것은 메마른 목소리였다.

실피는 움찔 몸을 떨더니 겁먹은 눈으로 뒷걸음질 쳤다.

"아, 아냐! 내가 한 거 아냐. 난 안 그랬어."

실피는 방구석까지 물러났고, 나는 말없이 그녀를 쫓아갔다. 그녀는 등에 벽이 닿자 도망갈 곳이 없다고 깨달았는지 눈을 감았다.

"아까는 분명히 그런 말을 했지만, 그건 조금 심술을 부려볼까 했던 것뿐이지… 그러니까, 이런… 이런 짓은 안 해!"

나는 주머니에서 손수건을 꺼내 마술로 만든 온수를 적셔서 실피의 얼굴에 묻은 피를 닦았다. 될 수 있는 한 천천히.

"어?"

그리고 그녀의 손에 묻은 피도 닦았다. 환자의 피는 병원체의 온상이다. 닦는 정도로 어떻게 될 것 같지 않지만, 묻은 채로 놔두는 건 좋지 않겠지.

실피는 저항하지 않고 그걸 받아들였다.

"괜찮아. 실피, 나는 다 봤으니까. 실피는 잘못한 거 없어."

"으, 응."

나는 냉정했다. 실피가 당황하는 걸 보고 오히려 냉정해졌다. 아마도 익숙한 것이다.

"괜찮아, 실피가 한 게 아냐. 나나호시는 전부터 몸이 안 좋았어. 알겠지?"

"응…."

"지금은 타이밍이 좀 안 좋아서, 최악의 타이밍이 겹쳤어. 실피가 뭘 잘못한 게 아냐."

"…으, 응. 하지만, 왠지, 아까, 마술을 쓰려고 했더니, 나나호시의 몸 안이, 이상한 느낌이라서, 전혀, 해독 마력이 안 통해서… 그 정도가 아니라… 왠지 커져서…."

나나호시는 입과 코에서 피를 흘리며 쓰러져 있다. 의식은 없다.

위험한 상태다.

실피는 혼란스러워했다. 그녀를 진정시키는 편이 좋다. 아

니, 반대인가. 뭔가 시키는 편이 낫나. 혼란에 빠진 사람에게는 어떤 지표를 주는 편이 잘 되는 경우가 있다.

"잘 들어, 실피. 크리프나 페르기우스 님, 아무튼 사람을 불러다 줘."

"사, 사람?"

"나는 나나호시의 상황을 보고 응급처치를 할게. 그동안에 실피는 사람을 불러와. 할 수 있지?"

"으, 응."

실피의 눈에 초점이 돌아왔다. 그리고 문 밖을 향해 달려갔다.

그녀도 꽤나 수라장을 겪었다고 생각하지만, 갑자기 눈앞에서 지인이 피를 토하면 놀라는군. 자기가 건드린 직후였고.

아무리 질투했다고 해도 실피가 그런 짓을 할 사람이 아니라는 것은 나도 잘 안다.

하지만 실피는 제법 충동적일 때도…. 아니, 아니, 말도 안 돼.

"좋아."

나는 생각을 멈추고 나나호시 쪽을 보았다.

응급처치라고 해도 할 수 있는 일은 얼마 없지만, 할 수 있는 일은 하자.

제4화 통곡

나나호시가 쓰러지고 사흘이 지났다.

의식은 아직 돌아오지 않았다. 피를 토한 원인도 모르는 상태다.

그 뒤에 실피가 도와줄 사람을 찾자 금방 아르만피가 나타났다.

그는 나나호시의 모습을 보더니 곧바로 의무실로 데려가 주었다.

나는 그동안에 다른 이들을 모아서 사정을 설명했다.

나나호시가 몸 상태가 안 좋아져, 해독 마술을 걸었더니 피를 토하며 쓰러졌다는 것. 지금은 의무실에서 치료를 받고 있다는 것. 솔직히 너무 갑작스러워서 나도 상황을 이해할 수 없다는 것.

다른 이들은 혼란스러워하면서도 일단 납득해 주었다.

현재 나나호시는 '속죄의 율즈'에게 치료를 받고 있다.

율즈에게는 치유의 능력이 있다. 사람의 체력이나 건강을 다른 이에게 옮기는 능력이다.

해독 마술과는 전혀 다른 이론의 능력이기 때문에 현재의 해독 마술로 고칠 수 없다고 하는 병이라도 어느 정도 고친다…라는 모양이다.

다만 혼자서는 할 수 없기 때문에 누군가의 협력이 필요하다고 했다.

그 말에 실피가 주저 없이 나섰다.

실피가 나나호시의 옆에 눕고, 치료가 시작되었다.

하지만 나나호시는 의식을 잃은 상태에서도 괴로운 표정을 지었고, 기침도 멎지 않았다.

"카로완테. 어떻지?"

페르기우스가 그 모습을 보고, 부하 중 한 명에게 진찰을 명했다.

'통찰의 카로완테'. 그는 남의 능력이나 비밀을 간파한다는 능력을 가졌다.

이렇게 아플 때는 그 병을 꿰뚫어보는 힘을 가졌다고 한다. X레이 같은 능력이다.

그런 그는 나나호시의 용태를 보고 고개를 내저었다.

"율즈의 능력으로는 완치할 수 없습니다."

"그럼 서고를 조사해라."

"예."

그렇게 말하고 페르기우스와 그 부하는 치료법과 병명을 찾기 시작했다.

나나호시의 증상과 서고에 있는 문헌을 대조하는 모양이다.

나도 돕겠다고 했지만, 외부인을 서고에 들여놓을 수 없다며 거절당했다.

물론 그동안에도 율즈의 치료는 계속되었고, 실피도 의무실에서 나오지 않았다.

결과적으로 나는 할 일 없이 기다리게 되었다.

물론 아무것도 못 하는 채로 헛되이 사흘을 보낸 건 아니다.

일단 집에 돌아가서 록시에게 사정을 설명했다. 나나호시가 쓰러졌고 실피가 치료 행위를 거들고 있다. 그렇기 때문에 돌아오기까지 다소 시간이 걸린다고.

록시는 그 말을 듣고 즉시 행동해 주었다. 학교에 연락을 취해서 휴학 신청을 하고, 가족에게 설명을 마쳤다. 그리고 집안의 일은 맡겨달라고 장담하였다.

그녀는 나보다 훨씬 냉정한 것 같았다. 이런 사태에 익숙하겠지.

결국 나는 아무 일도 하지 못했고, 해야 할 일은 그녀가 다 끝내주었다.

나는 노른과 아이샤에게 더 늦어진다는 말을 남기고, 옷가지 같은 것을 더 챙겨서 공중성채로 돌아갔다.

물론 돌아왔다고 해도 할 일은 없었다.

할 수 있는 일이라고 하면 그저 나나호시가 무사하기를 비는 것뿐이었다.

"…나나호시, 나을 수 있을까."

나와 마찬가지로 할 일이 없어진 이는 더 있었다.

크리프다. 그는 성 안에 만들어진 예배당 같은 장소에서 열심히 기도를 올리고 있었다.

"모든 것은 미리스 님의 뜻대로."

크리프는 손을 모으고 눈을 감은 채로 그렇게 말했다.

곤경에 빠져서 신에게 의지하나. 나는 애초부터 신 따위를 믿지 않는다.

내가 이 세계에서 믿는 것은 나를 도와준 사람뿐이다.

하지만 지금 록시나 실피에게 기도해도 위안이 안 되리란 것은 나도 잘 알고 있다.

"……."

예전에 본 영화가 떠올랐다.

우주인이 지구를 침략해 오는 유명한 영화다. 분명히 우주인은 압도적인 과학력으로 지구인을 압도하고 없애려고 한다. 하지만 마지막에는 갑자기 우주인의 모든 기계가 정지한다. 우주인은 지구의 감기 바이러스에 대한 저항력이 전무해서, 다들 감기로 죽어 버리는 것이다.

나나호시는 트리퍼다.

전생자인 나와 다르다. 나이도 먹지 않고 마력도 없는 모양이라서 마도구도 쓸 수 없다. 어쩌면 마력만이 아니라 면역도 없었을지 모른다.

아니, 그거라면 더 일찍 이렇게 되어도 이상하지 않다.

그 전이사건으로부터 8년.

나나호시가 이 세계에 온 뒤로 8년이나 지났다. 이제 와서 그럴까?

"……."

그 녀석, 죽는 걸까….

★ ★ ★

나나호시가 쓰러지고 나흘. 우리는 원탁의 방에 불려갔다.

거기에는 속죄의 율즈를 제외한 모든 사역마와 페르기우스가 있었다.

페르기우스는 혼자서 화려한 의자에 앉았고, 사역마들은 그의 뒤에 서 있었다.

"앉으시지요."

우리는 의자를 권하는 실바릴의 말에 따라서 자리에 앉았다. 현재 실피가 율즈와 함께 치료에 매달려 있기 때문에 그녀를 제외하고 여섯 명이었다.

"나나호시 님의 병이 판명되었습니다."

우리가 자리에 앉자, 실바릴이 한 발 앞으로 나서서 그렇게 말했다.

드디어 알아낸 모양이다.

"나나호시 님의 병은 '드라인병'입니다.

드라인병. 들어본 적 없다. 주위를 보니 역시 아는 이는 없었다.

이 중에서 제일 병에 밝을 듯한 크리프조차도 곤혹스러운 얼굴로 고개를 내저었다.

"모르시는 것도 무리는 아닙니다. 머나먼 옛날, 인간의 마력이 지금보다 훨씬 적었던 시절의 병입니다. 당시에 마력을 갖지 않고 태어난 아이가 몇 명 있었던 모양인데, 열 살 정도에 예외 없이 이 병에 걸려서 목숨을 잃었다고 합니다."

일단 나나호시의 상황과 일치하지 않는 건 아니다.

나나호시는 열 살이 아니지만, 이 세계에 온 지 8년이다. 그리고 마력이 없다….

아무튼 실피 때문은 아닌 모양이다.

"문헌에 따르면 마력을 갖지 않은 자는 체외에서 들어오는 마력을 중화하는 힘이 약하고, 10년 정도에 걸쳐 천천히 마력이 축적되어서 병으로 변한다…라고 합니다."

마력을 갖지 않은 자는 마력을 중화하는 힘이 약하다.

좀 알기 어렵지만, 마력에도 선옥균과 악옥균이 있다는 느낌일까.

마력을 가진 이는 체내의 선옥균이 악옥균을 퇴치해 주지만, 없는 이는 악옥균을 그대로 체내에 축적한다.

문헌을 어디까지 신용할 수 있을지는 모르지만, 설득력 있는 이야기다.

"그 문헌에 치료법은 없습니까?"

"없습니다. 7,000년 정도 전에 인간의 마력이 강해지면서 근절된 병이라고 기록되어 있습니다."

7,000년 전이라고 하면 제1차 인마대전 무렵일까. 분명히 인마대전은 1,000년 가깝게 계속되었다고 했다. 전쟁은 여러 가지

를 진보시킨다. 인간도 어떠한 방법으로 스스로를 강화했을지도 모른다. 그 부산물로 병이 근절되었다. 그런 가능성은 있다.

그렇긴 해도 7,000년이라. 그런 옛날의 일이라면 아무래도 남아 있는 문헌도 적겠지.

병명을 알아낸 것만이라도 기적일지 모른다.

"그래서 어떻게 합니까?"

"정체시킨다."

내 질문에 대답한 것은 실바릴이 아니었다.

떡하니 앉아 있던 페르기우스였다.

"시간의 스케어코트의 힘을 써서 나나호시의 시간을 정체시킨다."

페르기우스가 그렇게 선언하자 한 남자가 앞으로 나왔다. 입 부분이 튀어나온 가면을 쓴 남자였다.

병아리, 아니, 가스마스크에 가까울까. 그가 '시간의 스케어코트'인가.

분명히 그는 만진 상대의 시간을 멈추는 능력을 가졌다. 동시에 자기도 정지하지만, 그것을 쓰면 나나호시가 갑자기 죽는 일도, 증상이 악화되는 일도 없다.

"그렇군요, 그 다음에는요?"

"지상에 있는 자에게 연락을 취해서 치료법을 찾게 한다."

응. 그 방법이라면 좋겠지. 페르기우스의 이름을 동원하면 싫다고 할 녀석은 없을 거다.

"물론 나나호시를 구하려는 자가 얼마나 있을지는 알 수 없지만."

"갑룡왕님의 위광으로 어떻게 해 주시는 것 아닙니까?"

"나와 나나호시는 단순한 거래상대다. 내가 누군가에게 빚을 지면서까지 돕진 않는다."

조금 차갑지 않나.

하지만 나나호시와 페르기우스의 관계를 모르니까 뭐라고 하기 힘들군.

"착각하지 마라. 이 성에 손님으로 있기에 도와주는 것이다. 하지만 나는 라플라스를 찾아내고 라플라스를 쓰러뜨리는 것만을 목적으로 살고 있다. 거기에 방해되지 않을 정도의 조력만 할 생각이다."

라플라스를 감시하는 일이 있으니까 필요 이상의 노력을 나눌 수 없다는 소린가.

누군가에게 부탁하면 빚이 생긴다. 빚이 생기면 갚아야만 한다.

하물며 세상에서 사라진 병의 치료법, 상대의 요구는 커지겠지.

페르기우스가 나나호시를 상대로 그렇게까지 할 의무는 없겠지.

아니, 이미 충분하고 남을 만큼 의리를 지켰다고 할 수 있다. 나나호시의 생명을 붙들어 놓고 유지한다. 자기는 그 이상 하지 않지만, 돕겠다는 자가 있으면 도우면 된다. 페르기우스는 그렇게 말하는 것이다. 틀린 건 아니다.

"…나나호시를 저버릴 생각인가!"

그렇게 소리친 것은 크리프였다. 크리프는 일어서서 페르기우스를 상대로 소리쳤다.

"저버린다는 말은 하지 않았다."

"거짓말! 너는 이렇게 대단한 성을 가졌고 이렇게 유능한 사역마를 데리고 있지! 그럼 치료법 정도야 찾을 수 있을 거야!"

크리프의 말에 페르기우스는 눈썹을 꿈틀거렸다.

"그걸 찾을 수 있다고 찾아야만 할 이유는 되지 않는다."

"웃기는 소리! 약자를 돕는 것은 힘을 가진 자의 의무다!"

"흥, 미리스 교의 짜증나는 교의를 들먹이지 마라."

"뭐라고!"

크리프는 그저 감정에 따라 말하는 것뿐이라는 게 보였다.

그는 미리스 교도다. 미리스 교는 기독교와 비슷하다. 곤경에 빠진 어린양에게 손을 내밀어야 한다는 교의가 있을지도 모른다.

하지만 그걸 페르기우스에게 말하는 건 아니다. 페르기우스는 페르기우스의 생각으로 움직인다.

400년 동안 오직 한 목적을 위해 움직였다.

분명히 페르기우스는 나나호시가 연구한 이세계 소환의 지식이 필요하겠지.

하지만 그것은 라플라스라는 존재보다 중요하지 않다. 어디까지나 심심풀이의 일환이다.

"네 말은 나나호시를 버리겠다는 거다! 도울 거면 끝까지."

"크리프, 그만해요!"

크리프가 의자를 박차고 일어선 순간 엘리나리제가 외쳤다.

그녀는 크리프의 어깨를 붙잡아 그 움직임을 막았다.

"크리프, 마음은 알겠지만, 진정해요."

"……."

"이런 데서 당신을 잃고 싶지 않아요."

둘러보니 열한 명의 사역마 전원이 싸울 준비를 하고 있었다.

페르기우스는 자리에서 일어서려던 크리프를 보고 비웃듯이 입가를 일그러뜨렸다.

"불만이 있거든 네가 움직이면 되지 않나? 너의 신도 그렇게 말했다. 남을 도울 때에 남을 의지하지 말라, 였던가?"

"큭…."

크리프는 분한 얼굴로 무너지듯이 의자에 앉았다.

그라고 딱히 페르기우스와 싸우고 싶었던 건 아니었겠지.

다만 페르기우스라는 강대한 인물을 앞에 두고, 그라면 뭐든지 할 수 있고 도울 수 있을 거라고 생각했을 뿐이다.

"후우…."

자, 어떻게 한다. 나나호시를 돕고 싶다. 하지만 방법을 모른다.

아리엘이나 다른 이들의 얼굴을 보니, 역시 비슷하게 생각하는 모양이다. 아이샤도 나나호시와 교류가 있으니 죽으면 슬퍼하겠지. 게다가 이대로 죽으면 실피가 책임을 느낄 것 같다.

내가 할 수 있는 일이 뭔가 없을까.

"실례하겠습니다."

그때 원탁의 방의 문이 열렸다.

속죄의 율즈다. 그녀는 우리를 향해 말했다.

"나나호시 님이 의식을 되찾으셨습니다."

그 말에 나는 반사적으로 일어섰다.

"어, 어떻습니까?"

"표면적인 증상은 개선되었습니다."

"표면적인?"

"예. '드라인병'으로 쌓인 마력은 육체를 변질시키고 증상을 유발하는 모양이기에, 그 증상을 치료하였습니다."

그 말을 들으니 에이즈 같은 느낌이군. 여태까지 기침을 한 것도 그 증후였겠지.

지금까지 해독으로 표면적인 증상을 치료했는데, 근본적인 치료에는 이르지 않았다는 건가.

"그 마력을 빨아내거나 할 수 없습니까?"

"제게는 불가능합니다."

"그럼 누군가 가능한 사람은?"

율즈는 내 질문에 천천히 고개를 내저었다.

"그렇습니까…."

어떠한 방법으로 체내의 마력을 빨아낼 수는 없을까.

예를 들어서 그러한 마도구를 쓴다든가. 지금은 7,000년 전보다 그런 면으로 발달하였을 것이다. 하지만 어떻게 하면 될까. 흡마석을 쓰면 제거할 수 있을까? 아니, 그건 체내의 마력을 빨아내는 게 아니다. 하지만 불가능하지는 않을 것 같다.

만들 수 있을까? 하지만 제작에 시간이 얼마나 걸릴까? 애초에 가능하다는 확증도 없다. 제길.

"아무튼 잠깐 나나호시를 좀 보고 오겠습니다."

내가 그렇게 말하고 일어서자, 뒤를 따르듯이 다른 이들도 일어섰다.

의무실은 썰렁했다.

가구는 객실과 그리 다르지 않지만, 벽의 석재가 그대로 드러났고 창문이 없었다.

방 중앙 부근에는 수술대 같은 게 있고, 선반 안에는 나이프나 붕대 같은 것이 준비되어 있었다.

"……."

나나호시는 구석에 있는 침대에 누워 있었다.

토한 피는 깨끗하게 닦아내고, 어느 틈에 청결한 느낌의 입원복 같은 것으로 갈아입었다. 이미 위험한 상태로는 보이지 않았다.
다만 생기는 없었다.
"나나호시, 괜찮아?"
그렇게 묻자, 그녀는 이쪽을 힐끗 보고 말했다.
"괜찮아 보여?"
그렇게 보이지 않는다.
그녀의 얼굴은 새파랗고, 눈 밑은 시커먼 모습이었다. 누가 어떻게 봐도 건강하지 않았다.
'속죄'의 능력은 환자 쪽도 소모시키는 걸까.
참고로 다른 쪽의 침대는 비어 있었다.
실피는 우리가 들어올 즈음에 객실로 옮겨졌다.
그때 상태를 봤는데, 실피 쪽도 꽤나 쇠약해진 모습이었다. 나흘 동안 실피는 계속 치료에 참가하였다. 먹지도 마시지도 않은 건 아니지만, 역시 체력 소모는 크겠지.
"병을 못 고친다고 들었어."
"그래."
나는 침대 옆에 있는 의자에 앉았다.
율즈 여사는 병의 상태를 숨기지 않은 모양이다.
"뭐, 금방 좋아질 거야."
"그럴 리 없잖아."
그렇게 말하더니 나나호시는 벽 쪽으로 고개를 돌리고 침묵했다.

지금은 조금 무책임한 말이었을지도 모른다.

내가 입을 다물자, 다른 이들이 저마다 말을 붙였다. 위로하는 자, 마음 굳게 먹으라고 하는 자, 반드시 낫는다고 말하는 자. 말은 제각각이지만, 기운을 내게 하려는 말뿐이었다.

하지만 이럴 때에 이런 말은 역효과가 될지도 모른다.

정말로 힘든 이에게 알맹이 없는 말만큼 듣기 싫은 것은 없다.

"……."

마침내 말이 끊기고, 반응이 없는 나나호시에게 아무도 말을 걸지 않게 되었다.

무거운 침묵이 자리를 지배하고 껄끄러운 분위기가 흘렀다.

"그럼 나나호시. 저는 먼저 방으로 돌아가도록 하겠습니다. 또 오겠어요."

아리엘을 시작으로 한 명, 또 한 명 방에서 나갔다.

마지막으로 크리프가 남았지만, 엘리나리제의 재촉에 방을 나갔다. 그들이 나갈 때 엘리나리제가 "…뭐라고 할 말이 없네요."라고 말하는 게 들렸다.

그리고 내가 남았다.

왜 남았는지는 나 자신도 모르겠다. 하지만 조금 더 곁에 있을 필요가 있다고 생각했다. 혼자 놔두면 위험하다는 생각이 왠지 들었다.

"……."

하지만 무슨 말을 해야 할지 모르겠다.

병에 걸린 상대. 나을지 알 수 없는 상대.

무슨 말을 해 봤자 알맹이 없는 말이 될 것 같다.

나나호시는 불안하겠지. 소환 마술 쪽은 순조로웠다. 제1단계에서 좀 막혔지만, 제2단계, 제3단계는 순조로웠다. 제4단계도 페르기우스의 말을 듣기론 곧 방법이 확립된다는 느낌이었다. 제5단계는 모르겠지만, 그 연장선상의 이야기다.

앞으로 1년이나 2년만 있으면 돌아갈 수 있다.

그렇게 생각한 순간 갑자기 암이라는 선고를 받은 꼴이다.

암은 불치병이 아니게 되었다고 해도, 치사율이 높은 병이라는 건 변함없다.

궁지에 몰린 나나호시가 절망을 품기에는 충분할 정도다.

언젠가처럼 날뛰어도 이상하지 않다.

하지만 정말로 낫지 않는 병이라면. 이제 미래는 없다, 돌아갈 수 없다고 확정되었다면, 날뛰는 것도 좋을지 모른다. 날뛰고 날뛰다가 지치면 분명 그 뒤의 짧은 여생을 즐길 여유가 나오겠지.

그럴 거라면 나도 함께 있어 주자.

"나는 애초에 몸이 튼튼한 편이 아니었어."

내가 조용히 있자, 나나호시가 한숨을 내쉬듯이 말을 꺼냈다.

그 목소리는 생각보다 씩씩하게 들렸지만, 그러는 척하는 목소리라는 것은 명백했다.

"자주 앓아눕는…정도는 아니었지만, 매년 감기에 걸리고."

띄엄띄엄 꺼내는 그녀의 말을 나는 묵묵히 듣기로 했다.

"성적은 좋았지만, 딱히 운동을 잘하는 것도 아니었고. 어느 쪽이냐면 집 안에 있는 걸 좋아했고."

"이쪽 세계에서는 의학이 별로 발달하지 않았잖아?"

"그거 알아? 이쪽 세계의 사람은 마술이 있기 때문인지 몰라도, 상처를 씻지도 않아. 그러다가 때를 놓쳐서 죽거나 팔다리를 자르게 되는 사람이 많아. 멍청하잖아. 하다못해 물로 상처를 씻기만 해도 예방할 수 있는데."

"나, 내가 마술을 쓸 수 없다는 걸 알고 꽤 여러가지로 예방을 했었어. 병을 안 옮으려고 사람이 있는 곳엔 가지도 않았고. 잘 모르는 음식은 먹지도 않았어."

"분명히 당신이 보자면 건강하지 않은 생활이었을지도 모르지만, 일단 방 안에서 운동도 했고, 나름대로 신경 쓴다고 썼어."

"왜냐면, 병에 걸리면 못 나을지도 모르고."

"아니, 병에 걸리면 아마 못 나을 거라고 생각했고."

"혹시나 병에 걸린다면 내가 모르는 병이고…."

"…애초에 이 세계는 이상하지 않아?"

"자기 체중도 못 견딜 만큼 커다란 동물이 나오지, 마술인지 뭔지 모르지만 물리법칙을 무시하지."

"그야 나도 처음에 왔을 때는 좀 재미있다 싶었거든?"

"나도 일단 게임 같은 것도 했고, 검이나 마법을 싫어하진 않아. 두근거리지 않았던 것은 아냐."

"당신처럼 이 세계에서 살아갈 수 있는 걸 부럽게 생각한 적도…."

거기서 나나호시는 말을 끊었다.

어깨가 떨렸다. 천천히 이쪽을 보았다.

그 얼굴은 아주 일그러져 있었다. 새빨간 눈에는 커다란 눈물이 고여 있었다.

"죽기 싫어."

눈물이 주르륵 흘렀다.

그게 시작이었다.

"이런 데서 죽기 싫어! 이런 이상한 세계에서 죽기 싫어! 뭐야! 대체 뭐야! 이상해! 그거 알아?! 난 8년 전부터 하나도 변하지 않았어! 키도 안 자라, 머리카락도 안 자라! 배는 고프고 밥도 먹고 화장실도 가는데, 손톱도 안 자라고 생리도 안 와!"

나나호시는 바로 옆에 있던 주전자를 들어서 던졌다.

주전자는 벽에 부딪쳐서 커다란 소리를 내며 깨지더니 바닥을 물로 적셨다.

"나는 이 세계의 인간이 아냐! 이 세계에서 사는 게 아냐! 사체 같은 거야! 그런데 왜! 왜 병에는 걸리는 거야! 이상하잖아! 왜 내가 이런 걸 겪어야 해! 죽기 싫어! 이런, 이런 이상한 세계에서 죽기 싫어!"

나나호시는 펑펑 눈물을 흘리면서 소리쳤다.

"난 아직 키스도 한 적 없어! 좋아하는 사람도 있는데, 좋아한다고 말도 못 했어! 부러워! 당신이! 매일 즐겁게, 충실하게 살고! 뭐? 아버지가 죽었어?! 어머니가 아파서 큰일이야?! 그래서 뭐! 좋잖아! 나는 이대로 가다간 아버지의 죽음도 못 봐! 내가 죽어도 어머니는 그걸 알 수도 없어! 만나고 싶어! 아버지랑! 어머니랑! 기억해! 그 날 아침의 일. 아버지는 오늘 일찍 돌아온다고 그랬어. 어머니는 오늘 저녁에 꽁치를 굽는다고 했어. 나는 아버지한테 친구가 오니까 늦게 와도 된다고 했고, 어머니한테는 꽁치가 질렸다고 불평했어. 왜 그랬을까. 분명 아버지도 어머니도 걱정하시겠지. 만나고 싶어, 돌아가고 싶어, 죽기 싫어. 이런 데서 죽기 싫어… 우우… 흑….”

나나호시는 무릎을 껴안고 얼굴을 묻었다.

들리는 것은 오열뿐이었다. 오열과 비통한 울음소리뿐이었다.

“…….”

가슴에 꽂혔다.

이 세계에 왔을 무렵이라면 아마 꽂히지 않았겠지.

만나고 싶다, 돌아가고 싶다. 가족과 만나고 싶다.

그런 말을 들어도 과거의 나는 분명 이해할 수 없었겠지.

그런 건 잊고 이 세계를 즐기면 된다고 생각했을지도 모른다.

하지만 지금은 다르다.

돌아가고 싶다는 마음도, 만나고 싶다는 마음도 안다.

대수롭지 않은 일상은 소중한 것이다.

없어진 뒤에는 돌이킬 수 없다…. 없어진 뒤에는 돌이킬 수 없는 것이다.

파울로는 죽었다. 제니스도 기억이 돌아오지 않을지 모른다.

부에나 마을에서의 그 따스한 가족은 돌아오지 않는다.

하지만 나는 앞으로 내 가족과 생활을 지켜야만 한다.

실피, 록시, 루시, 리랴, 아이샤, 노른, 제니스.

그녀들과 떨어지게 되면 분명 가슴이 찢어질 만큼 괴롭겠지. 그녀들 중 누군가가 없어지면 분명 미친 듯이 찾겠지.

혹시 내가 이대로 원래 세계로 돌아간다면.

설령 거기서 지금처럼 마술을 쓸 수 있고 아무리 떠받들어준다고 해도, 나는 이 세계로 돌아올 생각만 하겠지.

"흑… 흑…."

나나호시는 무릎을 껴안고 떨고 있었다.

그녀는 크리프와도 자노바와도 실피와도 필요 이상으로 친해지지 않았다.

하지만 내 말은 들어주었다.

내 부탁도 들어주었고, 내가 개최하는 전시회에도 참가해 주었다.

기억을 더듬어 봐도 그녀가 귀찮았던 적은 별로 없다.

나나호시는 나와 일본어로 이야기할 때, 아주 조금이지만 기뻐하는 듯했다.

그녀에게 일본어로 말할 수 있는 나는 유일한 위안이었을지도 모른다.

"누가 좀, 도와줘…."

나나호시의 작은 목소리에 나는 일어섰다.

원탁의 방으로 돌아오니, 페르기우스는 아직 거기에 있었다.

다른 부하는 없었다. 그저 페르기우스만이 거기에 있었다. 나를 기다렸다는 듯이.

"무슨 일이지?"

"…저도 움직이겠습니다. 페르기우스 님의 업무에 지장이 생기지 않는 레벨로 도와주신다면 감사하겠습니다."

그렇게 말하자 페르기우스는 의외라는 듯이 끄덕였다.

"호오, 움직이나. 네가."

페르기우스는 뚫어져라 나를 보았다.

내 의지를, 그리고 그 안에 있을 참뜻도 찾으려는 것처럼. 마치 내가 아무 일도 없으면 움직이지 않을 거라고 보았던 모양이지만, 딱히 타산이 있어서 움직이는 게 아니다. 켕기는 데가 없기에 나는 똑바로 페르기우스를 볼 수 있었다.

"좋다. 나도 나나호시가 죽는 것은 바라지 않으니까."

"감사합니다."

하지만 어떻게 한다.

머나먼 과거, 7,000년 전에 근절된 병. 그 치료법이라니 도저히 짐작도 가지 않는다.

해독이나 치료 마술로 낫지 않는 건 틀림없다. 그걸로 나을 거면 페르기우스도 그렇게 했겠지.

그렇다면 마도구인데, 이걸로 어떻게 될지는 모르겠다.

몸 안에 작용한다고 하면 크리프의 마도구가 가까울지 모르겠는데, 지금으로선 크리프의 마도구는 엘리나리제 전용이다.

엘리나리제의 용태를 보면서 조금씩 조정하고 있고, 효과는 나오고 있다. 하지만 완성에는 이르지 않았다.

어쩌면 나나호시에게 사용하더라도 조금씩 조정과 개량을 하면 병을 억제할 수 있을지도 모른다.

하지만 몸을 조사하고 상태의 변화를 확인하면서 조정하려면 시간이 걸린다.

그리고 아마도 나나호시에게는 시간이 없다.

이번에는 피를 토했다. 표면적인 증상은 회복되었지만, 분명 곧 재발한다.

다음에는 즉사할지도 모른다. 또 시간을 정지시킨 상태로는 실험도 할 수 없다.

마도구로는 안 된다.

언젠가 만들면 될지도 모르지만, 지금은 더 바로 효과가 나오는 치료법이 필요하다.

누가 아는 게 있지 않을까. 예를 들어서 인신이라든가, 올스테드. 그 정도라도 아는 게 있지 않을까.

인신과는 연락이 되지 않는다. 어쩌면 오늘 밤에 조언 하나라도 해 줄지 모르지만. 하지만 내 쪽에서 접촉을 취할 수는 없다.

올지 안 올지 모르는 연락을 기다리며 하루를 낭비할 생각은 없다.

"페르기우스 님. 용신 올스테드와 연락이 안 됩니까?"

"불가능하다. 녀석이 어디에 있는지 파악되지 않는다."

올스테드와는 연락이 안 되나.

"하지만 아마 녀석도 모르겠지. 녀석이 나타난 것은 약 100년 전. 현명한 남자지만 7,000년 전의 병에 대해 알 리가 없다."

올스테드, 100살 정도인가. 더 오래 살았다고 생각했는데, 페르기우스와 비교하면 훨씬 젊은가. 아니, 그래도 나보다는 나이가 많지만.

"그렇습니까, 하지만 7,000년 전의 일을 아는 인물이라면…."

아니, 잠깐. 한 명 떠올랐다.

그만큼 오래 살았을 인물이다.

병에 대해서 잘 알고 있지는 않아 보였지만… 이야기를 들어 보는 것뿐이라면 공짜다.

"한 명 짚이는 사람이 있습니다…."

"호오."

애초에 찾을 수 있을지도 알 수 없다.

전에 만난 건 우연이었다. 우연히 만나고 그대로 헤어졌다.

연락수단은 물론이고 자그마한 실마리조차도 없다.

하지만 뭔가 해야만 한다. 아무것도 하지 않으면 아무 일도 일어나지 않는다.

“저를 마대륙으로 보내주시는 건 가능하겠습니까?”

“마대륙? 뭘 하려는 거지?”

내가 만난 건 과거에 딱 한 번.

록시와도 만난 모양인데, 지금은 어디에 있는지 알 수 없다.

하지만 그녀의 이름은 전부터 알고 있었다. 아직 피트아령이 있던 무렵, 역사 수업에서 배웠다. 한 번 만난 뒤로도 잊을 수 없었다.

“마계대제 키시리카 키시리스를 찾아가 볼까 합니다.”

7,000년 전. 인마대전을 발발시킨 인물의 이름을.

제5화 다시 마대륙으로

계획은 간단하다.

일단 페르기우스의 힘을 빌려서 마대륙으로 넘어간다. 거기서 마계대제 키시리카를 찾아내어 그녀에게 치료법을, 혹은 치료법을 알 만한 사람을 묻는다.

실로 간단하다.

마계대제 키시리카가 어느 성에서 떡하니 버티고 있다면 말이지.

아쉽게도 키시리카는 마대륙을 방랑한다고 한다. 찾아내려면 우연에 기댈 수밖에 없다.

몇 달이 걸릴지 알 수 없다.

하지만 꼭 상황이 나쁜 것만은 아니다. 페르기우스는 마대륙에 있는 주요 도시로 가는 마법진을 그릴 수 있다고 했다.

즉, 이 성에서 마대륙에 있는 대부분의 도시로 단숨에 이동할 수 있다.

이동시간은 언제나 나를 고민시켰다. 그것이 이번에 한해서는 거의 0이 된다.

운이 좋으면 1주일 이내에 키시리카를 찾을 수도 있겠지.

하지만 전이마법진이란 것은 정말 무서운 것이다. 하늘에 있는 이 성에서 단숨에 다른 도시로 이동할 수 있다. 전쟁이 일어나면 지형이나 방비를 아랑곳하지 않고 공격할 수 있다는 소리다. 물론 이 성이 공격받는 일은 없다.

먼 옛날에 금기시된 것도, 페르기우스나 올스테드가 몰래 사용하는 것도 이해가 된다.

아니, 분명 이 두 사람만이 아니겠지.

아마도 이 세계에는 금기시된 기술이나 도구를 몰래 쓰는 녀석이 많을 것이다.

조금 비겁하긴 하지만, 세상이란 그런 것이다.

나도 거기에 좀 편승해서 키시리카를 찾기로 했다.

마대륙을 탐색하던 무렵의 록시처럼 도시 하나하나를 이 잡듯이 뒤지기로 했다.

시간이 얼마나 걸릴지 모르지만, 적어도 1년 내로는 할 수 있겠지.

이동이 하루면 끝나니까.

문제는 키시리카가 도시에 없을 때, 엇갈릴 가능성도 있다는 사실이다.

일단 그런 것은 록시를 흉내내서 각각의 도시의 모험가 길드에 의뢰를 내는 것으로 해소할까 한다.

마계대제를 찾는 사람에게는 금일봉. 키시리카 사냥이다.

물론 생포한 경우지만.

나는 다른 이들을 방에 모으고 내 계획을 설명했다.

아리엘, 루크, 크리프, 엘리나리제, 자노바, 그리고 실피.

실피는 내가 페르기우스와 대화하는 동안에 의식을 되찾았다.

하지만 기력이 많이 소모되었다는 게 일목요연했다. 애초부터 야윈 몸이 더욱 마른 것처럼 보였다. 적어도 앞으로 닷새는 안정을 취하는 편이 좋겠다는 이야기였다.

"나나호시를 돕기 위해 모두에게 협력을 부탁하고 싶습니다."

그렇게 말하자 아리엘은 즉시 고개를 끄덕였다.

"그런 거라면 제 쪽에서는 마도구를 제공하도록 하지요."

아리엘은 자기가 가지고 있던 반지 모양의 마도구를 제공해 주었다.

한 쌍의 반지 모양을 한 것으로, 마력을 넣으면 두 반지의 보석이 동시에 빛난다고 한다.

위급한 상황을 알릴 때 사용하는, 아슬라 왕국의 비장의 마도구라나. 무엇에 쓸 수 있을지는 모르겠지만, 무슨 일이 있을 때에는 도움이 되겠지. 삐삐라는 느낌으로.

"자노바와 엘리나리제 씨는 함께 가 주세요."

자노바와 엘리나리제에게는 호위를 부탁했다.

이러니 저러니 해도 자노바는 신의 아이다. 히드라 같은 상대가 있어도 어떻게든 해 주겠지. 나는 투기를 쓸 수 없으니까 방어력이 낮지만, 디스터브 매직이나 흡마석 덕분에 마법방어력이 높다. 자노바가 앞에 나서 주면 그 히드라와도 싸울 수 있다.

너무 과신하다가 자노바가 죽으면 곤란하지만, 엘리나리제가 도와준다면 안심이다.

"나는…."

"크리프 선배에게는 마도구 제작을 부탁하고 싶습니다만."

솔직히 말해서 치료법이 발견될지 알 수 없다.

키시리카가 뭔가 안다고만 할 수 없다. 시간만 쓰고 헛수고일 패턴도 있을 수 있다. 그걸 피하기 위해서라도 다른 방향으로도 접근할 필요가 있겠지.

나나호시의 병과 저주는 비슷하다.

그러니까 크리프의 연구를 조금 손보면 나나호시의 수명을 연장시킬 마도구를 만들 수 있을지도 모른다.

"아니, 나도 가지!"

그렇게 생각했는데, 크리프는 반대했다.

"나도 데려가 줘! 나도 나나호시를 위해 뭔가 하고 싶어!"

연구를 계속하는 게 바로 그 뭔가인데, 크리프도 더 움직이고 싶은 거겠지.

뭔가를 한다는 실감은 평소와 같은 일로는 얻을 수 없다.

"부탁이야, 루데우스. 나도 고향으로 돌아가고 싶다는 녀석의 마음을 이해해."

크리프는 그렇게 말하며 부탁했다.

생각해 보면 크리프도 고향을 떠난 지 오래되었다.

키가 작으니까 15세 정도로 보이지만, 분명히 그는 19세다.

미리스 신성국을 떠난 지 6~7년 되었다고 했는데, 나나호시의 '고향으로 돌아가고 싶다'는 마음은 크리프의 그것과 다르다. 하지만 본질적으로는 분명 전혀 다르지 않다.

"알겠습니다."

"괜찮은 건가?!"

애초에 내가 엘리나리제를 데리고 가고 나나호시가 동결상태가 되면, 연구도 한정되리라는 것은 알고 있었다. 억지로 동시 진행하지 않아도 된다. 치료법을 찾을 수 없다고 판명된 시점, 혹은 키시리카를 도저히 찾을 수 없다고 포기한 시점에서 우리가 전력으로 도우면서 연구를 진행시키는 방향도 괜찮겠지.

"예. 크리프 선배, 잘 부탁드립니다."

연구로 원만하게 넘어가기 위해서라도 수색기간은 짧게 할까.
반년에서 1년 정도로.
"…그럼, 나는… 뭘, 하면… 돼?"
마지막으로 실피가 안색이 나쁜 얼굴로 물었다.
아직 체력이 회복되지 않았다. 우리를 따라오는 건 무리겠지. 게다가….
"실피는 한동안 여기서 쉬도록 해."
"응, 그 다음은?"
"휴양이 끝나거든…."
말할까 말까 조금 망설였다.
"집에 돌아가서 루시를 돌봐 줘."
"어?"
실피의 얼굴이 어두워졌지만 나는 말을 이었다.
"나는 오랫동안 못 돌아올지도 모르고, 그동안 부모가 없는 것은 아이에게 좋지 않을 거야."
아이에게는 부모가 반드시 필요…하다고 말할 생각은 없다.
하지만 역시 파울로나 제니스가 있었기 때문에 지금의 내가 있다.
돌봐 주는 부모가 있는 편이 좋다.
그야 1주일이나 2주일 정도는 부모가 없어도 되겠지만, 그래도 몇 달이나 놔두는 건 좋지 않다.
"으음, 응. 확실히, 그래. 루디가 없으니까, 내가 루시를 봐

줘야지."

"미안."

"아냐."

나나호시가 피를 토한 원인이 실피에게 없다고 말했지만, 그래도 뭔가 하고 싶은 거겠지.

"실피는 열심히 해 주었어. 뒷일은 나한테 맡겨."

"응…."

실피는 고개를 끄덕였지만, 다소 불만인 듯했다.

그녀도 결코 루시를 사랑하지 않는 건 아니겠지.

하지만 실피는 열 살 때 전이한 뒤로 자립할 수밖에 없었다. 그리고 양친은 재회하지도 못하고 모두 죽었다.

그래도 그녀는 노력했다. 운이나 남들에게 도움을 받은 부분은 많겠지만, 열심히 일했고 결혼하여 자력으로 해냈다.

그녀에게 부모란 없어도 어떻게든 되는 존재일지도 모른다.

어쩌면 부모가 없어도 자식이 성장한다는 게 이쪽 세계의 일반적인 생각일지도 모른다.

그녀는 아직 18세다.

인간은 자식이 생겼다고 극적으로 생각이 바뀌는 게 아니다. 자식을 기르는 과정에서 변해가는 거라고 생각한다.

전생에서 내가 18세일 때는 자식을 만들 생각도 하지 않았다.

그와 비교하면 실피는 대단하다.

"하지만 록시도 불평할 텐데? 마대륙에 대해서는 록시가 제일 잘 알겠고."

"그래. 일단 문제가 생기면 록시와도 의논할게."

록시는 이 자리에 없다.

나도 록시의 지혜를 빌리고 싶지만, 페르기우스는 어째서인지 성에 마족을 들여놓기 싫어하는 모양이라서 부탁을 해도 거절당했다.

뭐, 록시도 교사로서의 생활이 있다.

모처럼 교사로 자리 잡았다. 고작 1년 만에 잘리는 것도 안 되지.

나는 나나호시를 돕겠지만, 현재 생활도 지켜야 한다.

생활은 중요하다. 양쪽 다 중요하다. 그러니까 실피와 록시에게 지키게 한다.

물론 여기에는 내 이기적인 마음이 많이 들어 있다.

내 생각이 이론적으로 옳다고는 생각하지 않지만, 그래도 역시나 실피와 록시를 위험한 곳에 보내고 싶지 않다. 파울로처럼 눈앞에서 죽는 것은 절대로 사양이다.

이 세계에서 안전한 곳은 없다고 생각하지만.

그래도 마대륙보다는 마법도시 샤리아 쪽이 위험도는 낮을 것이다.

"이번에는 팔 잃어버리지 마."

실피는 불안한 기색이었다.

"선처하겠습니다."

그렇게 되지 않기 위해 자노바와 엘리나리제가 있다. 하지만 그들이 위기에 빠지면 나는 남아 있는 오른팔을 희생하더라도 구할 생각이다. 물론 목숨까지 걸고 싶진 않지만….

이번에는 잘 해 보자.

다시 집에 돌아가서 록시나 다른 가족에게도 설명했다.

오랫동안 돌아오지 못할지도 모른다고 말하자 아이샤가 불안한 표정을 지었다. 물론 이번에는 쉽게 오갈 수 있다. 며칠에 한 번씩 돌아올 생각이기도 하다. 출장 같은 것이다. 오랫동안 돌아오지 못할지도 모른다는 말은 예방선 같은 것이다.

갑자기 전이마법진을 쓸 수 없게 되거나 돌아올 수 없게 된다는 가능성도 있고.

"그럼 그동안 잘 부탁하겠습니다."

"알겠습니다. 루디도 조심하세요."

록시는 자기도 가겠다고 주장할 줄 알았는데, 자세히 설명하자 얌전히 집에 남겠다고 말했다. 조금 김이 샜다.

자, 공중성채에 여러 차례 왕복하게 되겠지만, 준비는 중요하다.

여차할 때도 있다. 페르기우스는 설령 전이마법진을 쓸 수 없게 된다고 해도 칠대열강의 비석 앞에서 마도구를 쓰면 사람을 보내 주겠다고 말했다.

그걸 신용하지 않는 건 아니지만, 무슨 일이 있을지 모른다.

우리가 나간 직후에 라플라스의 부활이 확인되어서 그쪽에 매달려 있다거나.

그러니까 돈이나 환금 가능한 것을 많이 준비하고, 전이유적의 지도도 챙겨왔다.

이것들이 있으면 반년 이내로 돌아올 수 있겠지.

그 이외에도 빛의 정령의 스크롤 등, 편리한 아이템을 몇 개 가져왔다.

준비는 다 됐다.

전이마법진은 공중성채의 지하에 있었다.

"이쪽입니다."

실바릴에게 안내받은 방은 지하 3층 정도일까.

탐색하러 왔을 때는 잠겨 있던 방이었다.

방 안에 조명은 없었지만, 마법진이 푸르스름한 빛을 내었기 때문에 어둡지 않았다.

"페르기우스 님이 새로이 그리신 전이마법진입니다. 마대륙에서 현재는 사용되지 않는 마법진으로 접속되어 있습니다."

"현재는 사용되지 않는?"

"전이마법진 중에는 어떠한 이유로 한쪽만 파괴되어서 다른 쪽이 효력을 잃는 일도 자주 있기에."

두 개가 한 세트인 전이마법진. 한쪽이 망가져서 못 쓰게 된 것을 재이용한다는 것일까.

이 세계에는 그런 마법진이 많이 있겠지.

"페르기우스 님은 그런 마법진을 모두 파악하고 있습니까?"

"위대하신 분이시기에."

실바릴은 자랑스럽게 말했다.

이럴 때에 더 많은 곳에 전이마법진을 설치해두고 자유롭게 쓸 수 있으면 편리하겠는데…. 하지만 전이마법진 자체는 금기니까 가르쳐 주지 않겠지.

뭐, 너무 내 생각만 하면서 많은 상대를 적으로 돌리는 것도 무서우니까.

욕심은 그만 부리자.

게다가 이런 것은 나 말고도 쓰는 이가 있다는 사실도 잊어선 안 된다.

예를 들어서 흉포한 마물이 운 나쁘게 전이마법진을 타는 일도 있을 것이다. 내가 생각 없이 만든 마법진 때문에 마을이 하나 붕괴했습니다, 같은 이야기를 들으면 꿈자리가 안 좋다.

"이 마법진이 가장 마계대제와 가까울 거라고 페르기우스 님은 말씀하셨습니다."

"페르기우스 님은 키시리카 님이 어디 있는지 짚이는 바가 있는 겁니까?"

"물론입니다."

그런가. 짚이는 데가 있나.

어디 커다란 도시로 보내달라고 하고, 그 다음은 알아서 어떻게든 하려고 했는데….

"다만 헛짚을 가능성도 있다고."

"…그렇겠죠."

내가 아는 마계대제 키시리카는 행동을 예측할 수 없는 타입이다.

여기에 있겠거니 했어도 어느 틈에 이동할 가능성도 있다.

그 약혼자라는 바디가디도 그렇지만…. 아, 그렇지, 바디가디도 있었지.

최근에는 못 봤는데, 어쩌면 자기 영토로 돌아갔을지도 모르겠다.

녀석도 오래 사는 모양이니 이야기를 들어볼 가치는 있다.

"알겠습니다. 일단 가 보겠습니다."

"저쪽 상황은 확인하지 않았습니다. 출구가 닫혀 있을 가능성도 있으니 주의하시길."

"출구가 닫혀요?"

"전이마법진을 숨기기 위해 입구를 막았다는 소리입니다."

입구가 없으면 찾을 수 없다. 그래, 맞는 말이다.

비밀문을 찾는 녀석은 있겠지만, 곡괭이를 들고 벽을 무너뜨리려는 녀석은 많지 않다.
물론 그렇게 생각했는데 발굴된 것이 고대 이집트인이다.
의외로 전이유적도 도굴꾼이나 고고학자에게 발견되었을지도 모른다.
"뭐, 안 될 것 같거든 일단 돌아오겠습니다."
"무운이 있기를."
실바릴의 배웅을 받으며 우리는 마법진에 뛰어들었다.

전이하는 게 이걸로 몇 번째더라.
전이사건, 베가리트 대륙에 다녀온 걸로 두 번, 페르기우스의 마도구… 이걸로 다섯 번째인가.
꿈에서 깨어나는 듯한 감각에도 왠지 모르게 익숙해졌다.
"휴우."
그렇게 나온 곳은 어두운 방이었다. 곰팡이 냄새가 나고 먼지가 가득했다. 꽤나 오랫동안 방치된 곳인 모양이었다.
불빛도 없었다. 촛대조차도 없었다. 완전히 폐허다.
그러고 보니 어디로 나오는지 물어보는 것을 잊었군.
"에취!"
뒤에서 크리프가 재채기를 했다.
돌아보니 다른 세 사람도 마법진에서 나오는 중이었다. 엘리나리제는 익숙했고 자노바도 당당한 발걸음이었지만, 크리프는 신기하다는 듯이 마법진을 바라보았다.

"꽤나 먼지가 많은 곳이로군요. 얼른 나가지요."

자노바의 말에 따라서 나는 밖으로 나가는 길을 찾았다.

"응?"

벽을 보았지만 문 같은 건 없었다. 계단도 없었다. 천장에도 구멍은 없었다. 지면을 주의 깊게 보아도 역시 밖으로 이어지는 길은 없었다. 밀실이다.

이게 닫혔다는 건가. 실바릴의 말이 맞군.

"저기, 어디로 나가는 거라고 생각해?"

"흠."

전원이 나뉘어서 나가는 방향을 찾았다. 위, 아래, 좌, 우, 좌, 우, B, A.

"이쪽이네요."

잠시 뒤에 엘리나리제가 벽 너머에서 공간을 발견했다.

벽을 두들겨서 그 소리로 판별한 모양이다. 벽이 두꺼운 건지, 나는 귀를 대도 알 수 없었다.

역시나 엘프족이다.

"좋아. 펀치다. 자노바."

"흠!"

자노바가 벽을 파괴했다. 두께가 50센티미터는 될 만한 두꺼운 벽에 커다란 구멍이 났다.

자노바는 그걸 시작으로 모래집이라도 부수듯이 구멍을 넓히고, 사람이 한 명 지날 정도의 크기로 만들었다. 엘리나리제가 자노바의 옆을 빠져나가서 그 구멍을 통과했다.

"제가 앞에 서지요."

벽 너머에는 어두운 공간이 있었다.

어두컴컴하다. 석조 건물 안이라는 건 알겠는데, 반대로 말하자면 알 수 있는 것은 그것뿐이다.

여기가 지상인지 지하인지도 모르겠다.

"루데우스. 불빛을."

엘리나리제의 말에 따라서 빛의 정령의 스크롤을 써서 불빛을 밝혔다.

그러자 사방 10미터 정도의 방임을 알 수 있었다.

"윽."

방 안을 본 크리프가 신음했다. 어두운 방의 바닥에는 백골 사체가 몇 개나 굴러다니고 있었다.

역시나 마대륙이라고 해야 할까. 뼈의 형태가 제각각이라서 가짜라는 느낌이었다.

"아무래도 여기는 감옥이었던 모양이네요."

엘리나리제의 말에 해골을 보니, 그 손발에는 녹슨 수갑이 채워져 있었다.

크리프가 침통한 표정으로 손을 모았다.

"큭…. 미리스 님의 구원이 있기를."

크리프 흉내를 내서 나도 손을 모았다.

나무아미타불, 나무아미타불. 평온히 잠들기를. 잠시 실례하겠습니다. 금방 나갈게요.

"갈까요."

그렇긴 해도 백골밖에 없군.

대체 몇 명이나 갇혀 있었을까.

그들도 벽 하나 너머에 전이마법진이 있다고는 꿈에도 생각하지 않았겠지.

아니, 분명히 페르기우스는 사용되지 않는 전이마법진으로 연결했다고 했지. 그렇다면 그들이 여기로 전이된 뒤에 이 마법진을 닫았다는 소릴까.

그렇다면 조금 악취미인데.

"계단이 나왔어요. 올라갈게요."

방구석에는 계단이 있었다. 죄인은 있는데 쇠창살 같은 것은 존재하지 않는 모양이다.

그렇게 생각했는데 계단으로 향하는 길 옆에는 녹슨 경첩이 떨어져 있었다.

어쩌면 당시에는 나무문이 있었을지도 모르겠다. 그게 수천 년 지나면서 썩어서 없어졌다든가.

계단 끝에는 금속 뚜껑이 있었다.

위쪽으로 열리는 문이라고 해도 좋지만, 아무튼 뚜껑이다.

엘리나리제가 주의 깊게 덫을 찾고 열어보려고 했지만, 아무래도 안 열리는 듯했다.

위에 뭔가 무거운 것이 얹혀 있을까.

“좋아, 가라, 자노바로보. 열어 버려.”

“스승님, 로보라는 건 대체…?”

“강철 같은 몸과 괴력을 가진 남자를 어느 지역에서는 그렇게 말하지.”

“하하하, 그렇군요…. 흐읍!”

자노바가 문에 손을 대고 힘을 주었다.

문은 끼기긱 하는 무거운 소리를 내면서 열리고, 위에서 흙먼지가 쏟아졌다.

“우호옵!”

“흙은 내가 치울게. 계속해.”

“아, 알겠습니다, 스승님.”

자노바가 힘으로 문을 열고, 쏟아지는 흙먼지를 내가 마술로 없앴다.

자노바는 엄청나게 무거워 보이는 문을 밀어젖혀서 열었다.

문 틈새에서 쏟아지는 것은 햇빛이다. 아무래도 밖인가 보다.

사람이 드나들 수 있을 정도로 열렸을 때, 엘리나리제가 슬쩍 빠져나가서 밖으로 나갔다.

“괜찮은 것 같네요.”

그 말을 기다린 뒤에 우리도 밖으로 나갔다.

밖은 급경사를 이룬 곳이었다.

아래쪽에는 검붉은 대지. 고저차가 심하고 바위가 굴러다니는 대지가 펼쳐졌다.

멀리 보이는 생선뼈 같은 숲은 마대륙 특유의 것이다.

저기서 움직이는 건 그레이트 토터스일까. 그립군.

"여기가 마대륙인가…!"

크리프가 꿀꺽 침을 삼키고 조심스럽게 언덕 아래를 내려다보았다.

주위에 도시는 보이지 않았다. 정말로 이런 곳에 키시리카가 있는 걸까.

가장 가까운 도시까지 이동할 필요가 있을까. 애초에 여기는 어디쯤에 있는 거지?

일단 돌아가서 그런 것을 확인하는 편이 좋을지도 모르겠다. 아니, 그 전에 주위 탐색인가.

"크리프 선배, 마대륙은 거대하고 흉포, 게다가 무리를 짓는 마물이 많으니까 조심하세요."

"그래, 알고 있어."

크리프는 진지한 표정으로 끄덕였다. 여기는 위험한 곳이다.

중앙대륙이나 미리스 대륙처럼 생각했다간 실력 있는 전사도 죽어나갈 정도다.

"주위에 마물은 없네요. 괜찮아요."

엘리나리제는 그런 쪽으로 빈틈이 없다. 나도 방심은 하지 않는다…고 생각하고 싶다.

당시에는 루이젤드가 있었으니 나 자신의 인식은 그리 대단하지 않을지도 모르지만… 베가리트 대륙에서의 경험을 살릴 수 있겠지.

"또 미리스 교도는 아마도 거의 없습니다. 생각의 차이는 크지만, 괜한 일로 싸우지 말아 주세요."

"그런 건 알고…. 아니, 그렇군. 알았어."

조금 잘난 척했던 걸지도 모르겠다.

하지만 크리프도 마족이 우글대는 장소에 가 본 적이 없겠지.

약간의 착오로 싸움을 벌이는 것도 진행에 방해가 된다.

예전의 에리스 때와는 다르다. 그런 것은 피하도록 하자.

"크리프는 마신어를 모르니까 괜찮아요."

엘리나리제가 중간에 나서서 감쌌다.

그런 그녀도 마신어를 할 줄 모른다.

2년 가깝게 마대륙을 여행한 모양인데, 거의 록시가 담당했다고 한다.

물론 야한 쪽 관련으로는 알고 있는 모양이다. 크리프가 들으면 졸도할 만한 매일을 보냈겠지. 그것도 저주 탓이지만.

"스승님!"

그렇게 생각하는데 자노바가 언덕 위로 올라가서 크게 외쳤다.

저 녀석의 사전에는 '조심한다'는 단어가 없는 걸까. 없겠지. 절벽에서 굴러 떨어져도 멀쩡한 남자이기도 하고.

"뭐 보였어?!"

그렇게 말하면서 우리도 경사면을 올라갔다.

"어차."

경사면 끝은 깎아지른 절벽이었다.

그리고 절벽 너머로 펼쳐진 광경은 눈이 번쩍 뜨이는 것이었다.

"오오, 대단한데. 도시가 이런 식으로 되어 있나…."

크리프가 감탄사를 외칠 정도였다.

우리는 거대한 크레이터의 가장자리에 서 있었다.

아래쪽으로는 도시가 펼쳐졌다. 크레이터의 중앙에 있는 것은 반쯤 무너진 검은 성과 성을 둘러싼 거대한 도시다.

"짚이는 데라는 게 여기였나…."

나는 이 도시를 알고 있다.

마대륙 삼대도시 중 하나.

크레이터는 천연의 성채가 되어 마물의 침입을 막는다.

또한 밤이 되면 크레이터의 내벽에 박힌 마석이 빛나서 도시를 밝게 비춘다.

성의 유래도 알고 있다. 과거에 마계대제 키시리카 키시리스가 본거지로 삼았다는 성이고, 라플라스와 마왕이 싸우다가 무너진 성이다.

별명 '옛 키시리카 성'.

여기는 나에게 다소 안 좋은 기억이 남은 도시.

리카리스 시다.

제6화 키시리카를 찾아서

리카리스 시.

여기는 내가 마대륙에서 모험가가 된 도시고, 루이젤드와 에리스와의 추억이 있는 곳이다.

마지막에 쫓겨나다시피 해서 나왔기 때문에 안 좋은 기억이 남았다.

하지만… 그래도 여기에서의 경험은 나쁘지 않았다. 만사는 너무 어렵게 생각하지 말고, 너무 고민하지 않는 편이 좋다고 배운 것도 여기였다.

경사면을 내려가서 크레이터 바깥을 따라 주욱 돌아서 입구로 향했다.

입구에는 예전과 마찬가지로 경비병 두 명이 서 있었다.

예전에는 루이젤드를 시내로 데려가려고 가면을 씌웠던가….

"어이, 문지기가 있는데. 괜찮은 거야?"

"괜찮습니다. 기본적으로 마대륙의 도시는 오는 이를 막지 않으니까요."

"하지만 뭔가 분위기가 보통이 아닌데."

크리프의 말처럼 문지기의 모습은 왠지 삼엄했다.

전신을 감싸는 칠흑의 갑옷을 입고 풀페이스 투구까지 썼다. 갑옷은 뾰족뾰족해서 뭔가 흉흉했다.

내가 리카리스 시에 있을 때에는 이런 장비의 병사가 없었다. 요 몇 년 동안 복장이 바뀌었을까.

[거기 서라.]

시내에 들어가려는데 병사가 제지했다.

[무슨 일인가요?]

[아니, 그쪽의 여자 말인데….]

병사는 엘리나리제를 뚫어져라 바라보았다.

크리프가 방패가 되듯이 엘리나리제의 앞으로 나섰지만, 엘리나리제는 당당한 모습이었다.

"무슨 일인가요?"

[…어때?]

다른 병사가 종이 한 장을 꺼내어 엘리나리제와 몇 번이나 대조하였다.

슬쩍 엿보니까 서큐버스와 비슷한 요염한 미녀의 그림이었다.

키가 크고 가슴이 크고 파도치는 듯한 머리칼이 인상적이다. 색이 칠해지지 않은 탓도 있지만, 엘리나리제와 비슷하게 보이기도 했다.

뭐, 가슴은 완전 부족하지만.

[아니군.]

[그래, 아냐.]

병사들은 그렇게 말하며 종이를 집어넣었다.
[막아서 미안하군. 통과해도 좋다.]
[무슨 일 있었습니까?]
[너희는 몰라도 된다.]
쌀쌀맞은 말에 조용히 그 자리를 뒤로 했다.
“누군가를 찾는 모양이로군요.”
“그런 것 같아요.”
이 도시에 범죄자라도 도망쳐 왔을까.
우리와는 관계없지만, 조심하도록 하자.
사람을 찾다가 뒷골목에서 살인귀와 조우, 이런 이야기가 되면 좋은 꼴은 못 본다.
“아무튼 어떻게 할까요?”
“돈을 만들죠. 모험가 길드로.”
“알겠어요.”
짧은 대화를 나누고 우리는 길을 걸어갔다.
“오오, 대단하군….”
입구 근처의 시장을 보고 크리프가 감탄을 했다.
여기는 여전히 활기로 가득하다.
여러 종족의 상인과 모험가. 그들이 타고 있는 것은 도마뱀 같은 마수다.
하지만 그들이 하는 행동 자체는 마법도시 샤리아 입구 부근과 그리 다르지 않다.

상인은 모험가와 싸움을 벌이고, 시민들이 신기하다는 눈으로 돌아다니고, 거지가 상인에게 동정을 사려고 다가가다가 걷어차이고. 이런 건 어디고 다름없다.

크리프도 그런 광경을 많이 보았을 테니까 단순히 여러 종족이 북적대는 모습이 신기한 거겠지.

하지만 조금 마음에 걸리는 것도 있었다. 검은 갑옷을 입은 병사가 여기저기에 서 있었다.

그들은 엘리나리제를 볼 때마다 놀란 얼굴로 품에서 종이를 꺼냈다. 하지만 멀리서 봐도 아니라는 걸 알았는지 말을 걸어오진 않았다.

"크리프 선배의 아내는 이쪽에서도 인기가 많네요."

"으, 으음…. 괜찮을까?"

"엘리나리제 씨가 예전에 이 도시에서 사고를 친 게 아니라면."

그렇게 말하며 엘리나리제를 보자 그녀는 어깨를 으쓱였다.

"켕기는 건 하나도 없답니다."

그렇게 말하면서도 엘리나리제의 시선은 나를 피하고 있었다.

켕기는 건 없지만, 야한 짓은 했겠지.

모험가 길드는 하나도 변하지 않았다.

비바람을 맞아서 다소 열화된 걸까. 전부터 이런 것 같기도 하다.

안으로 들어가자 시선이 일제히 우리에게 쏠렸다.

그리운 감각이다. 이전에는 여기서 연극을 한 판 벌여서 성대하게 웃음을 샀지. 덕분에 루이젤드도 쉽게 받아들여졌지만, 결국 그것들도 다 날아갔다.

시선은 금방 사라졌다. 엘프와 인간의 파티는 보기 드물긴 해도, 종족이 다른 것만으로는 주목할 가치가 없겠지.

우리는 접수대로 가서 라노아 금화 몇 개를 마대륙의 돈으로 환전했다.

백 닢 가까운 녹광전을 확인도 하지 않고 금화주머니에 주르륵 넣었다. 이전에는 지갑 안을 보고 하나씩 세던 게 일과였는데, 나도 변했군. 아니, 그 무렵과 비교해서 유복해졌을 뿐일까.

그 뒤로 모험가 길드에 키시리카 수색의 의뢰를 냈다.

[용모는 조그만 여자애, 머리는 보라색, 본디지 패션에 스스로를 마계대제라고 말하고 살짝 맛이 간 웃음소리를 내는 게 특징.]

수색 요청이라서 랭크가 낮지만, 보수는 두둑하게 설정했다.

그게 게시판에 붙는 것을 보는데, 문득 의뢰 게시판 구석에 피트아령의 수색 요청이 적혀 있는 게 보였다.

미리스의 수색단은 해산했지만, 이쪽에는 아직 수색 요청이 그대로 붙어 있다.

연락처가 여전히 미리스 신성국의 파울로 앞으로 되어 있었다. 이대로 두면 이걸 본 사람이 고생해서 미리스에 가도 허탕만 치지 않을까.

나는 접수대로 가서 연락처의 이름을 난민 캠프의 알폰스로 바꿔달라고 했다.

아마 지금도 난민을 받아들이고 있겠지.

내 주소를 적는 것도 좋겠지만, 모르는 사람까지 다 돌봐 줄 순 없다.

"자, 일단 이쪽은 이걸로 오케이고."

"이 다음에는 어떻게 할 거지?"

크리프의 질문에 앞으로의 일을 생각했다.

물론 나도 찾는 편이 좋겠지. 1주일 정도 체재하면서 정보 수집. 사람도 쓰고 내 다리도 써서 조사하는 것이다.

모험가 길드에 의뢰를 내놓는 것은 어디까지나 보험이다.

"일단은 정보 수집이군요."

나는 주위를 둘러보았다.

그러자 한 남자가 우리 쪽으로 다가오고 있었다.

말 머리를 가진 남자다. 이 녀석에 대해선 잘 기억한다.

우리를 덫에 빠뜨린 남자다. 이 녀석 때문에 우리는 이 도시에서 쫓겨나게 되었다…정도는 아니지. 우리도 룰을 위반했으니까.

[여어!]

말 머리 남자—노코파라는 예전과 마찬가지로 씩씩하게 말을 붙여왔다.

이 녀석은 새 얼굴을 보면 말을 거는 게 일과일까.

그렇게 생각했는데, 그는 내가 아니라 엘리나리제에게 말을 걸었다.

[오래간만이군! 록시와는 이미 헤어졌나?]

엘리나리제는 의심어린 눈으로 노코파라를 보았지만, 그러다가 뭔가 떠오른 것처럼 짝 하고 손뼉을 쳤다.

"아, 록시의 예전 파티 멤버였던 분이였지요."

"…예?"

록시의 예전 파티 멤버? 그게 뭔 소리야?

"루데우스, 통역해 주세요. 이분은 제…가 아니라 록시의 지인이에요."

엘리나리제가 떠미는 바람에 노코파라의 앞에 섰다.

이 녀석은 8년 전에 우리를 봉으로 삼으려고 했던 남자다.

록시의 예전 파티 멤버…란 소리면, 이 녀석은 혹시 록시한테도 그랬던 걸까. 그런 이야기는 들어본 적도 없는데.

[여어, 나는 노코파라. 너는 내 말을 알아듣나?]

나를 기억하지 못하는 걸까.

어쩔 수 없겠지. 그로부터 8년, 내 모습도 많이 변했다.

노코파라도 늙…은 걸로는 보이지 않는다. 말이 늙으면 어떻게 되는지 나는 잘 모른다.

반대로 생각하면 노코파라도 인간의 얼굴을 잘 구분할 수 없는 걸지도 모르겠다.

[예, 노코파라 씨. 나는 마신어를 할 줄 압니다.]

“루데우스, 이분은 도시 사정에도 밝으니까 정보 수집을 도와달라고 하죠?”

“…….”

이 녀석의 정보 수집 능력이나 끈질긴 점이라면 나도 잘 안다.

남의 움직임을 유심히 보는 남자다. 정보 수집이라는 점에서는 도움이 되겠지.

우리는 예전에 이놈에게 당할 뻔했다.

하지만 어쩌면 이 녀석도 우리에게 원한을 품었을지도 모른다.

그걸 들쑤셔서 괜히 일이 귀찮아지는 것보다는 그냥 내 정체를 숨기고 이용하는 편이 나을 것 같다.

[진흙탕입니다. 잘 부탁합니다.]

[음, 진흙탕…. 응? 어디서 만난 적 있나?]

[아뇨, 설마요.]

혹시 이 자리에 에리스가 있었으면 분명 노코파라를 용서하지 않았겠지.

하지만 그는 루이젤드가 스펠드족이라는 걸 몰랐고, 우리에게 빈틈이 있었던 것도 사실이다. 예전 일을 들먹이며 괜한 다툼을 벌일 시간도 없다.

과거를 흘려보내자. 이 녀석도 사람들 앞에서 추태를 보였고.

[우리는 사람을 찾고 있습니다. 협력해 주실 수 있겠습니까?]

[…얼마 낼 거지?]

갑자기 돈 이야기를 꺼내기에 울컥했다. 하지만 일에 보수를 내놓는 것은 당연하다.

[녹광전 둘. 발견하거든 추가로 둘이면 어떨까요?]

[네 넢?! 그, 그렇게 받아도 되나!]

아, 너무 많았나. 오래간만이라서 여기 물가를 까먹었다. 뭐, 됐어.

[그만큼 급한 상황입니다. 하지만 우리에게 돈이 있다고 해서 좋지 않은 생각은 하지 마시지요.]

[어이, 어이, 내가 록시의 친구를 속여먹을 리가 없잖아! 뭣하면 그 반액으로 해 줘도 좋은데?]

노코파라는 실실 웃으면서 코를 실룩였다.

키시리카의 정보를 말해 주자 그는 '반나절 뒤에 연락하겠다'는 말을 남기고 도시 뒤편으로 사라졌다.

"용케 참았네요."

노코파라의 뒷모습을 지켜본 뒤에 엘리나리제가 말을 붙여 왔다.

"뭐가 말인가요?"

"지금 떠올랐는데, 당신은 예전에 저자에게 속은 적이 있지요?"

"어떻게 아는 건가요?"

"예전에 이 도시에 왔을 때에 슬쩍 들은 게 있어요. 노코파라가 '데드엔드'를 속이려다가 죽을 뻔했다고. 록시는 모를 거라 생각하지만…."

알고 있었나. 뭐, 스펠드족이 도시에 왔다는 이야기는 모를 리가 없나.

"그건 불행한 사고 같은 거였지요."

쉽고 편하게 전진하려던 내가 저지른 자업자득이기도 하다. 사람을 이용하려는 노코파라에게는 구역질이 나지만, 나는 남을 보고 뭐라고 할 수 있을 정도의 성인도 아니다.

노코파라가 나를 보고도 누군지 알아차리지 못했다면 그걸로 됐다.

"어찌 되었든 노코파라를 어떻게 할 생각은 없습니다. 이번에 또 우리를 속이려고 하면 이야기는 다르지만요."

부처님도 세 번까지 참는다는 말이 있는데, 나는 부처가 아니다. 두 번이나 당하면 다음은 분명 용서하지 않겠지.

"그런데 노코파라가 예전에 록시의 파티 멤버였다는 게 무슨 소린가요?"

"아, 그건 말이죠—"

록시와 노코파라의 관계를 들어보니 내 기분이 복잡해졌다. 노코파라는 내게 싫은 녀석일지도 모르지만, 그런 녀석이 내가 모르던 무렵의 록시를 알고 있다는 것에 약간의 질투를 느겼다.

뭐, 노코파라도 어렸을 적에는 좋은 녀석이었을지도 모른다.

아무리 좋은 녀석이었어도 성장해서 좋은 인간이 된다고만은 할 수 없으니까.

반나절 동안 할 일은 많았다.

일단 숙소 확보다.

이 도시에는 모험가용 숙소가 많이 존재한다.

풋내기용 숙소부터 랭크 높은 이를 위한 것까지.

이번에는 고급 숙소를 잡았다. 비싼 곳을 잡은 이유로는 방범의 의미가 강했다.

뭐, 방값으로 얼마를 뜯기든 마대륙의 돈은 가치가 적으니까 별 타격이 안 되지만….

"…그립군."

숙소를 찾는 도중에 '늑대의 발톱 여관' 앞을 지났다.

과거에 우리가 묵었던 곳이다.

신출내기인 듯한 세 젊은이가 이래저래 떠들면서 숙소에서 나가는 참이었다. 의뢰에는 다소 늦은 시간이었지만, 물건이라도 사러 나가는 것일까.

그러고 보면 과거에 이 숙소에서 함께 묵었던 신출내기 모험가… 크루트 일행은 어떻게 되었을까. 내 판단 미스로 한 명 죽었는데, 아직 잘 지내고 있을까.

아니, 아무리 그래도 8년이나 지났다. 죽었을지도 모른다. 하지만 혹시 어디서 만난다면 예전 이야기라도 하고 싶군.

아, 그래. 피헌터 쪽으로도 연락해서 이야기를 해 볼까.

이름은 분명히 쟈릴과 베스켈. 애완동물 찾는 것이 특기인 피라미 악당이다. 이번에 찾는 건 애완동물이 아니지만, 키시리카도 동물 같은 것이니 의외로 찾아줄지도 모르겠다.

"일단 지인의 가게에 가 볼까 합니다."

"역시나 스승님, 인맥이 탄탄하군요."

"거기 정도밖에 모르지만."

그렇게 생각하면서 나는 피헌터가 하는 가게로 가기로 했다. 애완동물 가게다.

분명히 이 근처일까, 정도의 어렴풋한 기억을 더듬어서 길을 걸었다.

기억도 모호하고 도시도 변했다. 그래도 몇 번 다녀본 길이고 표식이 될 만한 건물도 대충 기억했다.

하지만 거기에는 다른 가게가 있었다. 마물의 고기를 가공해서 파는 정육점이었다.

바늘두더지 같은 털을 가진 남자가 가게를 보고 있기에 물어보았다.

"어서 옵쇼."

"전에 여기에 애완동물 가게가 있었을 텐데, 어떻게 되었는지 모릅니까?"

"아, 자릴 말인가. 녀석은 2년 전에 마수를 길들이다가 잘못 해서 죽었어."

어? 죽었어? 진짜로?

"베스켈은?"

"베스켈? 녀석은 1년 전에 여기를 떠났어. 자릴이 없으면 일을 할 수 없어서."

베스켈도 없나.

그건 그렇고 자릴이 죽었나.

마대륙이 가혹한 곳이라는 건 알았지만, 진짜로 죽었다는 말을 들으니 역시나 조금 슬프군.

마지막에는 녀석도 루이젤드를 배신했지만, 그래도 함께 일했던 사이고 일단 친하게 지낼 수 있었다.

"베스켈이 나한테 이 가게를 넘겼어. 넌 녀석들하고 친구였나?"

"예, 뭐, 대충."

"그래, 그럼 싸게 주지."

나는 키시리카의 정보도 물어보았고, 정보료로 그레이트 토터스의 건육을 하나 산 뒤 그 자리를 뒤로 했다.

그레이트 토터스의 고기는 여전히 맛이 없었다.

그로부터 반나절 동안 정보 수집에 힘썼다.

정보 수집 자체는 효율이 별로 좋지 않았다.

아무래도 마신어를 할 줄 아는 게 나뿐이니까, 혼자서 묻고 다니는 꼴이었다.

역시 무리를 해서라도 록시를 데려오는 게 좋았을지도 모르겠다.

아니, 시내를 뒤지고 다니는 거라면 한 명이든 두 명이든 그리 다르지 않나.

정보 수집은 전문가인 노코파라의 움직임을 기대하면 된다.

그렇게 생각하면서 물어보고 다녔지만….

[용모는 조그만 여자애, 머리는 보라색, 본디지 패션에 스스로를 마계대제라고 말하고 살짝 맛 간 웃음소리를 내는 게 특징.]

[아, 그 애라면 봤어. 요즘에는 못 봤는데… 1년 정도 전일까.]

그런 대답이 많이 돌아왔다.

의외다. 실로 의외다. 이거 한 방에 당첨 제비를 뽑은 걸지도 모르겠다.

"대박 아닌가!"

크리프가 기쁜 듯이 외쳤다. 이미 찾은 거나 마찬가지라고 말하는 모습이다.

하지만 엘리나리제는 고개를 내저었다.

"하지만 최근에는 못 봤다는 이야기네요?"

그렇다. '1년 정도 전에 봤다'란 소리다. 더 말하자면 '최근

반년 들어 안 보이게 되었다'는 이야기도 많았다. 어쩌면 이미 이 도시에 없을지도 모른다.

그렇다면 다음으로 물어봐야 할 것은 '어디로 갔는가'일까.

여기 리카리스 시는 마대륙의 북동쪽 끝에 위치한다.

다음 도시로 간다면 남쪽이나 서쪽이다. 남서 방향에 산이 있었을 테니까, 그쪽으로 갈 가능성은 낮다…. 아니, 그래도 키시리카면 또 몰라.

내가 키시리카에 대해 자세히 아는 것도 아니지만, 가도로 가지 않을 것 같은 분위기는 있었다.

가도로 가지 않는다면 정말로 어디로 갔을지 모르겠는데….

"일단은 노코파라의 성과를 들어보지요."

"반나절 만에 그렇게 결실이 있을 거라곤 생각되지 않는데요…."

아무튼 우리는 모험가 길드로 돌아갔다. 테이블 하나를 차지하고 식사라도 하면서 기다릴까 했는데, 노코파라가 돌아왔다.

[여어. 기다리게 했군.]

녀석은 나갔을 때와 마찬가지로 기분 좋은 얼굴이었다.

[아무래도 본인까지는 못 찾았지만, 정보를 물어왔어.]

[들어볼까요.]

기본적으로 노코파라가 얻은 정보는 우리가 아는 것이었다.

고작 반나절 만에 얻을 수 있는 정보라야 빤하다는 소리겠지.

하지만 역시나라고 할까. 많이 목격된 장소나 마지막 목격 증언 등, 자세한 정보를 모아왔다.

용케 반나절 동안에 이렇게나 조사할 수 있군. 아마도 평소부터 어느 정도 수집했든가, 정보에 밝은 인물과의 연줄이 있겠지. 그 다음은 정보의 종류에 맞추어 잘 정리할 수 있다면 팔아먹을 레벨의 정보가 완성된다.

기스도 이런 걸 잘 하겠지.

[그래서 그 마계대제 말인데, 마왕님도 찾으시는 모양이야.]

[마왕?]

[그래, 1년 정도 전부터 말이야. 인근 영지의 마왕님이 여기까지 왔거든.]

아무래도 현재 이 리카리스 시의 중앙에 있는 성, 옛 키시리카 성에 마왕이 머물고 있는 모양이다.

시내에서 이따금 보았던 검은 갑옷의 병사들은 그 마왕의 사병이랄까, 기사랄까, 친위대에 해당된다나.

[혹시 그 마왕의 이름은 바디가디?]

[아니, 틀렸어. 바디 님이 아냐. 아토페 님이야. 바디 님의 누님이고, 정말 무서운 마왕님이지.]

바디가디에게 누나가 있었나.

역시 팔이 여섯 개에 근육이 불끈대고, 검은 아마조네스란 느낌일까.

[무섭습니까?]

[그래. 라플라스 전쟁에서 살아남은 무투파 마왕님이니까. 괜한 짓을 하다간 단방에 목이 날아가.]

시원시원하던 바디가디를 생각하면 잘 상상이 안 가는데…. 그런 거라면 최대한 접근하고 싶지 않군.

아니, 하지만 바디가디와 혈연이라면 불사속성을 가졌을지도 모른다. 즉, 7천 년 전부터 살았을 가능성도 있다. 그렇다면 드라인병의 치료방법을 알지도 모른다.

지금부터라도 알현 허가를 얻어서 물어보는 것도 방법일까. 만날 수 있을지는 모르겠지만.

[그러고 보면 바디가디는 돌아오지 않았습니까?]

[아직 돌아오지 않았어…. 어이, 아무리 그래도 마왕님이니까 그렇게 막 부르는 건 아니잖아.]

[이거 실례.]

바디가디는 아직 돌아오지 않은 모양이다.

그 녀석, 진짜 어디를 어슬렁대는 걸까.

아니, 애초에 8년 전부터 이미 이 도시에 없었다. 떠돌아다니는 게 취미겠지.

"—그런 식이야."

지금 이야기를 간추려서 다른 이들에게 설명하자 자노바가 턱에 손을 댔다.

"하지만 찾고 있다고 해도 초상화가 전혀 달랐습니다."

듣고 보니 분명히 그 초상화는 내 기억에 있는 키시리카와 전혀 달랐다.

내가 아는 키시리카는 꼬마다. 응, 그림을 봤을 때는 몰랐는데, 분명히 그 그림의 미녀는 키시리카와 비슷하다. 키시리카가 성장하면 그런 식이 되는 걸까.

어쩌면 요 몇 년 동안 키시리카도 성장한 걸까. 아니, 그건 아니다. 반대다. 꼬마를 봤다는 정보는 있었다.

그렇다면 그 마왕이란 녀석은 키시리카가 꼬맹이라는 사실을 모르는 걸까.

으음…. 노코파라에게도 물어볼까.

[친위대가 가진 초상화랑 실제 모습이 다른 것 같은데, 그건 어떻게 생각합니까?]

[마왕님은 그런 쪽으로 대충이니까. 나이는 아무래도 좋다고 생각하는 걸지도 모르지.]

[아하, 과연.]

바디가디는 대충이었다. 그럼 아토페도 그럴지 모른다.

[그럼 그 아토페 님에게 이야기를 들어볼까요.]

그렇게 선언하고 일어서자, 노코파라가 허둥거렸다.

[어, 어이, 그만둬. 아토페 님은 위험하니까 안 만나는 편이 좋아.]

[아니, 이것도 필요한 일입니다. 예의를 잃지 않으면 문제없겠죠.]

문제없을까? 문제없다고 생각하고 싶다.

여차하면 자노바를 방패로 써서 내가 공격하고. 바디가디에게 그랬던 것처럼 한 방 먹이고 도주…. 그리고 어디서 바디가디를 찾아서 중재를 부탁하여 용서를 받자.

좋아, 이걸로 가자.

"알현이라면 맡겨주십시오. 제 지위를 이용하죠."

자노바가 일어서서 웃었다.

자신이 있는 모양인데, 괜찮은 걸까? 일단 이 녀석도 왕족이니까 그런 걸 잘하는 걸까. 하지만 그런 거라면 아리엘을 불러오는 편이….

잠깐, 페르기우스를 상대하던 모습을 떠올리면 자노바 쪽이 상대에게 좋게 보일 가능성도 있나.

아리엘은 연줄을 만드는 것에 바쁜 것 같으니 속셈을 들키면 혐오감을 줄 가능성도 있다.

[아토페 님은 예술적인 것에 밝은 분입니까?]

[어? 예술? 아니, 글쎄. 뭐, 마왕님 정도 되면 대충 뭔가에 취미를 가졌겠지만. 아토페 님이 예술이라… 글쎄.]

바디가디의 취미… 뭐였더라. 녀석은 그런 게 없었던 것 같다.

아니, 술이 취미가 되려나? 비싼 술을 자주 마셨고.

무섭다고 해도 바디가디의 경우와 비슷하다고 생각하면 어떻게든 될 것 같다.

"좋아, 일단 가 보죠."

이야기가 매듭지어졌을 때 엘리나리제와 크리프도 일어섰다.

한 시간 뒤. 우리는 성이 보이는 위치에 서 있었다.

결론부터 말하자면 실패했다.

자노바가 실론 왕국의 문장을 보여주고 내가 통역하여 알현하고 싶다는 말을 넣었지만,

[그런 나라는 모른다. 아토페 님은 바쁘시다! 알현 같은 건 없다!]

라면서 쫓겨났다. 문전박대다.

뭐, 아슬라 왕국이나 왕룡왕국, 미리스 신성국이라면 몰라도 실론 왕국은 소국이니 어쩔 수 없나. 일본인에게 아프리카 대륙의 마이너한 나라 이름을 대는 꼴이다.

하물며 이번에는 예약도 잡지 않았다. 이런 반응도 당연하겠지.

“죄송합니다. 제 모국의 위광이 부족했던 모양이라.”

자노바는 안 좋은 말을 들었음에도 불구하고 화내지 않고, 오히려 내게 고개를 숙였다.

“아니, 내 생각이 부족했어.”

“저도 왠지 모를 것 같다고는 생각했습니다만….”

그렇게 말하는 자노바는 눈썹을 찌푸리고 있었다. 자노바가 그다지 애국심 넘치는 편은 아니지만, 그래도 모국이 무시당하면 분하겠지.

“…저기, 좀 쉴까.”

크리프는 근처 벽에 등을 기대고 한숨을 쉬었다. 나는 아직 여유가 있는데….

"확실히 조금 지쳤습니다."

그 말을 듣고 보니 자노바도 땀을 흘리고 있었다.

자노바는 그 능력 때문에 속기 쉽지만 실내 활동이 메인이다. 꼬박 하루 동안 활동하는 건 힘든가.

나도 너무 뛰어다녀서 머리가 조금 안 돌아가는 느낌이었다.

좀 쉴까.

"그렇군요. 그럼 가볍게 식사라도 할까요."

점심을 먹을 시간은 없었다. 도중에 먹은 말린 고기만으로는 부족하다.

이쪽의 밥은 맛이 없으니까 별로 먹고 싶지 않았지만.

"스승님, 마침 저기에 노점이 있으니 저기서 먹을까요. 크리프 님도 어떠신지?"

그러고 보니 방금 전부터 고기를 굽는 좋은 냄새가 풍겼다.

냄새가 나는 곳은 꼬치구이를 파는 노점이었다. 향신료를 듬뿍 쓴, 마대륙 특유의 자극적인 고기를 팔고 있었다.

줄을 길게 늘어선 정도는 아니지만, 손님이 세 명 정도 기다리고 있었다.

"나는 괜찮은데, 길가에서 먹는단 말인가…. 버릇없지 않나?"

"이제 와서 무슨 말씀을…."

두 사람이 그렇게 말하는 사이에 엘리나리제가 맨 뒤에 섰다.

"제가 줄을 서고 있을게요. 그동안에 루데우스는 의자라도 준비해 주세요."

"말을 모르는데 괜찮나?"

"숫자는 손가락으로 보여주면 되니까요."

말을 몰라도 통하는 게 있다는 소린가.

나는 시키는 대로 마력을 써서 길가에 의자를 만들었다.

서서 먹는 것도 좋지만, 쉰다는 의미도 포함해서 앉고 싶다. 나는 지면이라도 괜찮지만, 자노바와 크리프는 그렇지 않은 모양이고.

"그럼 나도 같이 서 있지."

크리프도 엘리나리제와 함께 줄을 섰다. 나는 얼른 준비를 마치고 자노바와 함께 의자에 앉았다.

"휴우."

앉으니 단숨에 피로가 밀려들었다.

이렇게 앉아 있으니 오늘 한 일이 헛고생 같이 느껴졌다.

키시리카는 찾을 수 있을지 알 수 없다. 찾더라도 알고 있을지 알 수 없다.

오히려 모를 가능성이 클 것 같다. 바디가디도 그렇지만, 녀석들은 오래 살긴 해도 병이랑은 관계없겠지.

게다가 수천 년 전의 일인데 분명 기억하지 못할 것 같다.

"…스승님, 너무 깊이 생각하시면 안 됩니다."

"어?"

"나나호시 님의 병에 스승님이 책임을 느낄 필요는 없으니까요."

책임은 없다.

"그래."

하지만 책임 문제가 아니다. 내 마음의 문제다.

"물론 태어난 고향으로 돌아가고 싶다는 마음은 저도 조금 이해하기에 이렇게 돕고 있습니다만."

"그런가. 너는 지금 생활이 마음에 든다고 생각하지."

"물론 그렇습니다만, 최근 들어서 고향의 풍경을 그립게 생각하게 된 것도 사실입니다."

자노바도 향수를 느낄 때가 있는 모양이다.

인형이 있으면 어디든 똑같을 거라고 생각했는데, 자노바도 역시 인간인가.

"나나호시 님은 그렇게 필사적이니까 분명 고향에 소중한 것을 남겨두고 왔겠지요."

"좋아하는 사람과 가족… 그런 건가 봐."

두 개뿐이지만, 아주 무거운 것이다. 정말로 소중한 것이다.

"저는 그 둘을 잘 모르지만요."

"너한테는 인형이지."

그런 대화를 나누면서 멍하니 크리프와 엘리나리제 쪽을 보았다.

크리프와 엘리나리제. 저 두 사람도 처음 만났을 때를 생각하면 많이 변했다.

크리프는 여전히 분위기를 못 읽지만, 그래도 남을 잘 지켜보게 되었다.

엘리나리제도 그렇다. 남자 꽁무니만 쫓아다니던 무렵이 그립다.

저 녀석들도 서로를 떼어놓게 되면 전력으로 상대에게 돌아가려고 하겠지.

"……."

두 사람 앞의 손님이 고기를 샀다. 뭐라도 좀 얻어먹으려는 건지, 꾀죄죄한 후드를 뒤집어쓴 거지가 다가왔다가 손님에게 발길질을 당했다.

크리프가 그걸 보고 울컥하는 표정을 지었다.

하지만 엘리나리제의 제지 덕분에 싸움까지는 이르지 않았다.

크리프는 착한 녀석이니까 분명 저 거지에게 먹을 것을 베풀어 주겠지.

그렇게 생각했더니 예상대로 크리프는 고기꼬치를 넉넉하게 사서 거지에게 나누어 주었다.

거지는 고맙다고 말하면서 와구와구 고기를 먹었다.

먹고, 먹고. 다 먹은 뒤에도 뻔뻔스럽게 또 크리프에게 부탁했고, 크리프는 설레설레 고개를 내저으면서도 더 주었다.

그러자 거지는 크리프의 손을 붙잡고 감동에 떠는 느낌으로….

어라? 왠지 데자뷔가.

왠지 옛날에 비슷한 일이 있었던 것 같다.

그게 어디였더라. 분명히 마대륙, 아니, 미리스 대륙이었나.

그때도 이런 느낌으로 거지에게 음식을 나누어 주었더니… 어라, 거지가 아니었던가?

아니, 저 거지, 지금 인간어로 고맙다고 하지 않았어?

그렇게 생각하는데 거지가 입을 열었다.

"와핫하하하핫!"

그 웃음소리는 시내에 울릴 정도로 큰 소리였다.

거지는 한바탕 웃더니 낡은 외투를 벗어던지고 드높게 선언했다!

"짐의 이름은 키시리카 키시리스! 사람들이 말하기를 마·계·대·제! 그대는 짐의 목숨을 구해 주었다. 자, 뭐든지 소원을 말해 보아라!"

현기증이 일었다.

그녀는 이전에 보았을 때와 하나도 달라진 게 없는 모습이었다.

무릎까지 오는 부츠, 가죽으로 된 짧은 바지, 가죽으로 된 튜브탑. 푸르스름한 피부에 쇄골, 몸, 배꼽, 종아리. 그리고 마지막으로 웨이브가 들어간 풍성한 보라색 머리와 염소 같은 뿔.

그것들은 예전에 보았을 때보다 다소 더러워지긴 했지만, 틀림없다.

마계대제 키시리카 키시리스다.

"와하하하하핫! 하하핫! 하하하하하핫!"

크리프가 놀라서 멍해졌다. 엘리나리제가 눈을 휘둥그렇게 뜬 것은 처음 보았다.

나도 무슨 일이 일어났는지 잘 알 수 없었다.

냉정한 것은 자노바뿐이었다. 이 녀석만큼은 턱에 손을 대고 '호오, 저분이 바디 폐하의 약혼녀입니까'라는 소리를 중얼거렸다.

"……."

남에게 인정을 베풀면 언젠가 돌아온다. 그런 말이 문득 떠올랐다.

크리프라는 남자는 바로 그것을 실천한 것이다.

거지에게 음식을 준다는 것은 말로 하기 쉽지만, 좀처럼 할 수 없는 일이다.

애초에 상대는 거지니까. 옷은 낡았고, 근처에 있으면 자극적인 냄새가 나고, 때에 찌든 피부에 붉게 물든 이빨이라서 근처에 있다간 병이라도 걸리지 않을까 싶을 정도다.

그들을 가엾게 여겨서 방금 산 식료품을 나누어 줄 수 있을까.
나로서는 불가능할지도 모른다. 걷어차지는 않겠지만, 박애 정신까진 갖지 않는다.
하지만 크리프는 그런 정신을 가지고 있었겠지. 처음 보았을 때에는 정말 속 좁은 놈이라고 생각했는데. 그는 장래에 좋은 신부님이 되겠다. 비바 크리프.
자, 크리프의 칭찬은 이 정도로 하고.
왜 키시리카는 이런 곳에서 거지 행세를 하고 있었을까.
"자, 자! 사양하지 마라! 무엇을 바라는지 말해라! 그 전에 이름을 말해라!"
"어? 어어…? 크, 크리프 그리몰, 입니다."
크리프는 갑자기 키시리카라고 이름을 밝힌 거지 소녀를 앞에 두고 도움을 청하는 얼굴로 이쪽을 보았다. 그동안에도 키시리카는 크리프의 앞에서 거만한 포즈를 취하며 말을 늘어놓았다.
"크리프인가! 짐에게 음식을 나누어준 공적은 크도다. 반년이나 아무것도 못 먹었으니까!"
나는 그들에게 다가가면서 말을 걸었다.
"뭣하면 더 드시겠습니까?"
"오오! 그래도 되나! 그대는 통이 크군! 통이 큰 남자는 좋다! 대성한다!"
그 뒤로 키시리카는 그레이트 토터스 구이를 한동안 계속 먹었다. 그 작은 몸의 어디로 들어가나 싶을 정도로 꾸역꾸역. 먹고 먹고 먹어댔다.

"휴우, 잘 먹었다. 이걸로 앞으로 1년은 버티겠지!"

키시리카는 배를 빵빵 두들기면서 결국 노점의 고기를 다 먹어치웠다.

노점 주인도 장사가 잘 되어서 만족했겠지.

어디 보자.

"오래간만입니다. 키시리카 님."

"뭐냐, 그대는?"

내가 고개를 숙이자 키시리카는 내 쪽을 노려보았다.

"음? 오오?"

그리고 눈을 빙그르 돌리더니 손뼉을 쳤다.

"오오! 그대인가! 인간 주제에 기분 나쁜 마력을 가진 남자! 물론 기억하고 있지! 마안을 가진 남자, 이름이 분명히, 그래, 어어… 루, 룬, 룬바… 룬바우스, 오래간만이구나!"

"루데우스 그레이랫입니다."

나는 청소 로봇이 아냐.

"루데우스, 오래간만이구나…. 꽤 자란 모양인데, 그래, 그 뒤로 잘 풀렸느냐!"

키시리카는 내 허벅지를 팡팡 때렸다. 마치 어디의 과장님 같군.

"예, 키시리카 님에게 마안을 받은 덕분에 간신히 목숨을 건

졌습니다.”

“와하하하핫! 그래, 그래!”

키시리카는 기쁜 듯이 끄덕였다. 단순하군. 간단해.

“하지만 짐이 상을 주는 것은 단 한 명! 단 한 명밖에 줄 수 없다!”

키시리카는 처억 소리가 날 정도로 크리프를 가리켰다.

“그대다, 크리프 그리몰. 뭐든지 말해 보아라.”

“…….”

크리프는 그 손가락질에 꿀꺽 침을 삼켰다.

여기서 순간 내 안에 ‘설마?’ 하는 마음이 생겨났다. 마계대제 키시리카 키시리스의 포상이라면 마안…이라는 것은 이 세계에서 꽤나 유명한 이야기이다.

그리고 크리프에게는 목적이 있다. 마안을 쓰면 어쩌면 마도구 제작에 도움이 될지도 모른다.

나도 그렇게 생각했다. 그러니까 설마? 라고.

“그, 그럼, 드라인병의 치료방법을 가르쳐 줘.”

“호오.”

“내 지인이 그 병에 걸렸어. 지금은 간신히 버티고 있지만 나을 기색이 없어. 뭔가 알거든 좀 가르쳐 줘.”

안도했다.

기우, 그리고 실례였다. 이거 돌아간 뒤에 크리프에게 밥이라도 사줘야겠군.

"흠, 드라인병이라. 오래간만에 듣는 이름이로구나. 요즘 세상에 그런 병에 걸리는 녀석이 있다니 놀랍군."

나는 자노바에게 눈짓을 하고 서로 고개를 끄덕였다. 아무래도 키시리카는 그 병을 아는 모양이다.

"그 병은 나을 수 있나?"

"물론이지. 그거야 소카스 풀로 차를 끓여 마시기만 하면 똥과 함께 나온다."

내 입가에 웃음이 떠오르는 것을 느꼈다.

좋아. 키시리카가 착각하고 있을 가능성도 있지만, 일단 정보를 얻었다.

소카스 풀로 차를 끓여 마신다, 말하자면 달여서 먹인다는 소리겠지.

"소카스 풀? 처음 듣는데? 어디에 있지?"

"흠…. 환상의 도시 마이오."

"환상의 도시 마이오?!"

이런, 환상 운운하는 도시는 보통 찾기 어렵다.

꿈속에서만 갈 수 있다든가, 사막을 이동해야 한다든가….

"거기서 북쪽에 있는 적룡산맥 끝자락, 적룡의 꼬리라고 불리는 협곡에, 그리고 그 협곡 깊숙한 곳에 있는 드래곤테일의 동굴. 그 안에 군생했던 것이 소카스 풀."

"드래곤테일의 동굴."

여기까지 와서 심부름 퀘스트인가. 게다가 드래곤테일의 동굴이라니, 이름만 들어도 드래곤이 나올 것 같은 동굴이다. 난이도가 높겠군.

아니, 됐어. 나쁘지 않아. 키시리카를 못 찾아서 몇 년이나 뒤지고 다니는 것보다는 낫지.

어라? 하지만 적룡산맥에 적룡의 꼬리라는 곳이 있었나?

"그게 어디에?"

"음. 제2차 인마대전이 끝날 즈음에 용신과 투신의 싸움 끝에 대륙에 구멍이 뚫리며 소멸했다."

"…어?"

그럼 지금은 없다는 소린가.

아니, 내가 알던 거랑 다른데.

대륙에 구멍이 난 건 키시리카와 황금기사의 싸움 때문 아니었어?

아니, 하지만 키시리카는 전투력 면에서 별로 대단하지 않은 모양이고…. 뭐, 좋아. 전승이란 멋대로 뒤틀리는 거지.

지금은 소카스 풀이 중요하다. 그게 더 중요하다.

"저기, 그럼 이제 소카스 풀이 존재하지 않는다는 겁니까?"

"아니, 어디까지나 드래곤테일의 동굴에서 제일 먼저 발견되었다는 이야기일 뿐이다."

키시리카는 천천히 고개를 내저었다. 처음에 발견되었다는 말을 들으면 다른 장소에도 있다는 걸까.

"소카스 풀은 볕이 들지 않는 깊은 동굴 안쪽에서 난다."

볕이 들지 않는 깊은 동굴. 미궁일까. 또 미궁에 들어가야 하는 걸까.

그렇다면 이번에는 멤버를 잘 갖추고 가자. 20명 정도… 아예 상금을 걸고 모험가를 모아서 100명 정도로.

"그러니 짐이 명해서 각 마왕들의 성 지하에서 재배를 시작했다!"

"……."

"소카스 차는 맛있으니까. 게다가 그걸 마신 자의 평균 수명은 길다. 불사마왕의 혈족은 모두 마시고 있지. 하하하하핫!"

"……."

즉, 그 소린가. 마왕이 사는 성의 지하에 재배된다는 소리?

뿐만 아니라 고급차의 원료라면 어디서 팔고 있을 가능성도 있을까.

"하하하하하핫! 멀리까지 따러 가야 할 줄 알았나? 그랬지? 아쉽구나. 저기 키시리카 성에서도 재배되고 있다! 하하하핫!"

이 녀석, 확 걷어차 버릴까.

그렇게 생각했을 때 크리프가 주먹을 쥐고 앞으로 나섰다.

"이 녀석이!"

"기다리세요, 크리프 선배! 일단 정보를 다 빼내야 합니다!"

"으, 음."

이런, 무심코 본심이.

게다가 성에 있다면 아무런 문제도 없다. 오히려 잘 되었다.

우릴 놀린 것 같아서 열받았지만, 이것도 한 수 배운 거라고 생각하자.

좋아, 평상심. 몸을 낮추고 고개를 숙이자.

“그럼 키시리카 님. 그 소카스 차를 조금만 나누어 주실 수 없겠습니까?”

“좋다! 하지만 문제가 하나 있구나.”

“문제?”

“음. 지금 키시리카 성에는 마음에 안 드는 녀석이 와 있다. 머리는 나쁘지만, 조금 귀찮은 상대라서, 짐도 반년 전부터 도망다니고…. 아.”

그때 키시리카는 말을 끊더니 내 뒤를 보았다.

“응?”

나도 고개를 들고 뒤를 보았다.

거기에는 검은 갑옷을 입은 병사들이 있었다. 다섯, 여섯, 일곱… 스무 명 이상은 된다.

또 길 저편에서, 뒷골목에서, 우르르 불어나서….

마지막에는 서른 명 가까운 숫자가 우리를 포위했다.

병사들은 위압하듯이 이쪽을 보았다.

엘리나리제가 앞으로 나서고 허리춤의 검에 손을 댔지만, 그 이마에는 식은땀이 맺혀 있었다. 아무래도 숫자가 너무 많은데다가 도주로가 보이질 않았다.

어쩐다? 오른팔로 자노바, 왼팔로 크리프를 껴안고 날아가? 그러면 키시리카와 엘리나리제가 남는다.

그렇게 생각하는데 선두의 남자가 한 발 앞으로 나섰다.

약간 목이 잠겼으면서도 아직 힘찬 목소리로 그 녀석은 말했다.

"우리는 가슬로 지방의 불사마왕 아토페라토페 님의 친위대다."

유창한 인간어였다. 이쪽에게 맞춰주는 걸까.

"아토페 님의 칙명이다. 키시리카 님을 이쪽으로 넘기고 지금 당장 성으로 출두해라."

그의 말에 뒤쪽의 흑기사들은 초상화와 키시리카를 대조하면서 '어?'라는 느낌의 움직임을 보였다. 노코파라의 예상대로 초상화가 다른 것은 명령을 내린 놈이 대충대충이었기 때문일까.

초상화와 달라도 그렇게 큰 목소리로 키시리카라고 외쳤으니 들키나.

"싫다고 하면?"

엘리나리제가 그렇게 중얼거린 순간, 전원이 일제히 허리춤에서 검을 뽑았다.

칼집에서 검이 뽑히는 스르릉 하는 소리. 그것이 몇 개나 겹치자, 귀에 생생히 남을 정도의 큰 소리가 울렸다.

"몸이 성하지 못할 거다."

내게는 한눈에 상대의 강함을 판단할 수 있는 능력 같은 건 없다.

하지만 그런 나라도 일단 나름 경험을 쌓았다.

실력 있는 녀석이라면 확실히 알 수 있다.

친위대 녀석들은 틀림없이 상당히 강하다. 어지간한 기사단과 비교도 되지 않을 정도로 강하다는 느낌이 팍팍 들었다.

“이, 이런. 이놈들에게 잡히면 무슨 짓을 당할지 모른다! 아토페는 마왕 중에서도 제일가는 바보니까!”

키시리카의 말에 나는 눈썹을 찌푸렸다.

붙잡히면 무슨 짓을 당할지 모르는 바보에게 왜 붙잡힐까.

애초에 나는 이미 아토페라는 녀석에게 볼일이 없다. 여기를 빠져나가서….

아, 하지만 성 지하에 풀이 있다고 했던가.

그럼 숨어들어서…. 아니, 본 적이 없으니까 어떻게 생긴 풀인지도 모르고.

고민하는데 병사가 투구를 벗었다.

“부탁드립니다.”

잿빛 머리의 노전사란 분위기의 남자였다.

그는 부드러운 웃음을 보이며 고개를 숙였다.

“와 주시지 않으면 저희가 아토페 님에게 벌을 받게 됩니다. 결코 나쁘게 하지는 않겠으니 부디….”

그 모습은 실로 진지했다.

나는 NO라고 할 수 있는 일본인…이었던 남자다. 예전과 다르다. 부탁하겠다는 말을 들으면 조금 정도는? 이라는 마음도 들었다.

"그, 그런 녀석의 말을 듣지 마라! 아토페는 말이 통하는 놈이 아니다!"

키시리카의 식은땀 맺힌 얼굴. 뭔가 있는 모양이군.

"이야기는 들었습니다. 소카스 풀은 가슬로 지방에서도 재배되고 있고, 어떻게 재배하는지도 알고 있습니다. 뭣하면 나누어 드릴 테니까 제발…."

노병사가 고개 숙인 모습. 성의가 느껴졌다.

힘으로 끌고 가도 될 텐데 일부러 고개를 숙였다.

아토페에 대해서는 잘 모르지만, 내가 아는 마왕은 바디가디 정도다.

녀석의 부하라면 고생도 많겠지.

"그런데 왜 키시리카 님은 이렇게 아토페 님을 싫어하십니까? 반년이나 도망다닌 이유도 가능하면 말씀해 주시면…."

"1년 전, 이 땅에서 아토페 님이 받을 예정이었던 게크라 지방산 술을 키시리카 님이 혼자 다 마셔 버리셨습니다."

"호오."

노병사는 한숨을 푸욱 내쉬었다.

"아토페 님은 그 술을 매우 기대하고 계셨기에, 열화와 같이 분노하셨습니다. 그리고 본국에서 우리 친위대를 불러들여서 수색을 명하셨습니다만, 우리는 현재 키시리카 님의 존안을 몰랐고 초상화도 이런 것이라서 좀처럼 찾을 수 없어서…."

"그렇군요, 알겠습니다."

나는 마술로 키시리카에게 수갑을 채웠다.

제7화 불사마왕과의 알현

옛 키시리카 성.

그 외관을 한마디로 하자면 마왕성.

특수한 돌을 써서 만든 시커먼 성이다.

페르기우스의 공중성채만큼 섬세하고 우아한 것은 아니지만, 이것도 훌륭한 성이다. 실용성을 중시하는 인간이라면 분명 이쪽이 마음에 들겠지. 천수각 같은 장소에 구멍이 난 것이 옥에 티다.

평소에는 관광명소로 일반에게 공개되고 입장료까지 받는 성이지만, 관광지로서 구경할 수 있는 장소와 관광할 수 없는 장소가 나뉘어 있는 모양이다.

우리가 끌려간 곳은 알현실이다.

일반 공개된 넓고 휘황찬란한 알현실이 아니라 좁고 실무적인 장소였다.

그런 좁은 방 안에 검은 전신갑옷을 입은 이들이 주르륵 늘어섰다.

실로 비좁고 무덥다.

그리고 그 무더운 방의 옥좌에는 아무도 없었다.

"아직인가…."

"왕후귀족 중에는 준비에 시간이 걸리는 이도 있습니다."

"너는?"

"제가 준비에 시간을 들여서 스승님을 기다리시게 한 적이 있습니까?"

"넌 예술품을 좋아하면서 옷에는 신경을 안 쓰지."

"음, 흘려들을 수 없는 말이로군요. 스승님이라면 아시리라 생각합니다만, 단추나 자수 등에는 신경을 씁니다."

"그건 살 때나 만들 때 이야기잖아."

우리는 꼬박 두 시간을 기다리는 꼴이 되었다.

자노바와 잡담을 해서 지루하진 않았지만, 밖에는 이미 해가 떨어졌다.

서 있기 힘들다고는 하지 않겠지만, 하다못해 앉게 해 주면 좋겠는데.

참고로 지금 여기에 있는 것은 나와 자노바뿐이다. 엘리나리제와 크리프는 병사들의 안내를 받아서 지하로 그 풀을 따러 갔다.

"어이, 아토페 님은 왜 이렇게 늦는 거야?"

"그러니까 지금 부르러 갔다고."

"늦잖아. 설마 시외까지 나간 건…."

"시간에 느슨한 분이니까 성 안이라도 하루는 오차라고 생각해."

"하지만 너무 기다리게 하는 것도…."

"너희들, 조용히 못 하겠나."

병사들이 잡담하는 게 들렸다. 꽤나 격식이 없는 곳이군. 이런 모습을 보니 마음이 놓였다.

그때 노병사가 이쪽으로 다가왔다.

"이제 곧 오실 테니 잠시만 더 기다려 주십시오. 또 아토페 님에게 포상을 받지 않도록 부탁드립니다."

"예? 포상?"

"포상을 받는 흐름으로 갔을 경우, 우리로서는 어떻게 할 수 없으니."

"어어…. 예, 알겠습니다."

나는 순순히 끄덕였다.

포상이란 게 뭔지 모르겠지만… 뭐, 받을 생각은 없다.

키시리카를 팔고 뭔가를 받을 만큼 못된 놈으로 전락할 생각은 없다.

참고로 키시리카는 밧줄로 꽁꽁 묶여서 구더기처럼 구르고 있다.

앞으로 그녀는 벌을 받는 모양이다. 엉덩이를 맞을까, 화장실 청소일까, 아무튼 그렇게 무거운 벌은 아닐 것 같지만….

아무튼 방심은 금물이다. 상대는 마왕이고.

내가 아는 마왕이라고 하면 바디가디와 키시리카.

두 사람 다 평소에는 바보 같지만, 화나게 하면… 어라? 괜찮을 것도 같은데?

“비켜라.”

그때 뒤에서 목소리가 들렸다.

돌아보니 거기에는 한 여자가 서 있었다.

그 여자는 내가 지금까지 본 이들 중에서 가장 마족다웠다.

검푸른 피부. 하얀 머리. 붉은 눈동자. 박쥐 같은 날개. 그리고 이마에 난 굵직한 뿔 하나.

복장은 병사들과 같은 검은 갑옷.

아니, 그들보다 더 오래된 느낌이었다. 갑옷 표면은 생채기투성이고, 장식도 다 떨어져나갔다. 역전의 갑옷이다.

또한 그녀의 허리에는 그 가는 팔로 휘두를 수 있을지 의심스러울 정도의 대검이 걸려 있었다. 칼집도 병사들 것보다 멋졌다.

키는 그리 크지 않았다. 일반적인 성인 여성과 비슷한 정도겠지. 아리엘보다는 크지만, 나보다는 작은 것 같다.

하지만 특필할 것은 그런 게 아니다.

그녀에게서 나오는, 뭐라고 말할 수 없는 살기나 노기에 비슷한 기운이다.

앞뒤 가리지 않는 폭력의 냄새… 그것은 한없이 에리스에 가까웠다.

여기사, 아니, 여기사단장 정도 되려나.

거스르지 않는 편이 좋겠다.

"안 들렸나? 비키라고 했다."

"아, 예."

시키는 대로 나는 길을 양보했다.

"좋아."

여기사단은 긴 머리를 흔들면서 성큼성큼 옥좌로 다가가서 빙글 돌아보았다.

허리에서 칼집째로 검을 끄르더니 그 끝을 쿵 하고 바닥에 찌르고 노려보는 포즈를 취했다.

그리고 크게 숨을 들이마시고 선언했다.

"내가 불사마왕 아토페라토페 라이백이다!"

"…예?"

내가 그렇게 고개를 갸웃거리는 동시에 검은 갑옷들이 황급히. 검을 뽑아서 바치는 자세를 취했다.

하지만 그중 한 명이 그것을 따라하지 않고 옥좌로 다가갔다.

방금 전의 노병사였다.

"아토페 님! 왜 그쪽에서 오시는 겁니까! 여기에 들어오실 때는 뒤쪽에서 오시라고 그렇게 말씀드리지 않았습니까!"

"당연한 소리. 앞에서 들어오는 게 기분 좋기 때문이다."

"기분 따라서 움직이시면 어쩝니까!"

"이거 아나? 긴 여행을 거쳐 마왕에게 도전하는 용사는 알현실을 지나서 마왕과 싸울 때, 대단히 자랑스러운 기분이 된다더군."

"그러니까 그게 어쨌단 말입니까! 과거의 오대마왕 중 한 명이신 아버님이 한탄하시겠습니다! 뿐만이 아닙니다. 마왕님의 남편이신 라이백 님의…."

"시끄럽다!"

아토페는 검을 뽑고 눈에도 보이지 않을 정도의 속도로 노병사를 공격했다.

노병사는 재빨리 검을 뽑아서 그걸 막으려고 했지만 한 발 늦어서 투구가 날아가고 뒤로 쓰러졌다. 주위의 검은 갑옷들이 황급히 달려갔다.

"손님 앞에서 시끄럽게 떠들지 마라! 죽은 아버지가 한탄한다!"

투구는 데굴데굴 내 앞까지 굴러왔다. 투구는 한가운데에 금이 가 있었다. 엄청난 위력이다.

슬쩍 주워들고 보니 안에 피가 질척하게 묻어 있었다.

"우왓!"

어? 뭐야? 그럼 공격이 머리에 도달해서….

그렇다면 지금 이 사람, 어? 죽었어?

"알겠습니다. 하지만 실수 없도록 부탁드립니다."

그렇게 생각하는데 노병사는 아무 일도 없었던 것처럼 일어섰다.
그는 머리에서 슈욱슈욱 연기를 내면서 아토페에게 고개를 숙였다. 괜찮은 모양이다.
어쩌면 저 사람도 불사계 일족일까.
아니면 여기에 있는 전원이?
“알면 됐다. 좋아, 다시 해 보자.”
“하핫!”
아토페는 검을 칼집에 되돌리고 하이랜더 같은 포즈를.
방금 전의 노병사는 다른 병사에게 예비 투구를 받아 병사들의 제일 앞줄로. 그리고 병사들은 다시 검을 뽑아서 바치는 자세를.
“내가 불사마왕 아토페라토페 라이백이다.”
자노바가 얼른 무릎을 꿇고 고개를 숙였기에 나도 따라했다.
이런 예의는 자노바를 따라하면 아마도 괜찮겠지.
“일단은 고맙다고 하지. 너희 덕분에 바보를 붙잡을 수 있었다.”
그렇게 말하는 아토페의 시선 끝에는 키시리카의 모습이 있었다.
멍석대제가 된 그녀는 완전히 체념한 얼굴로 지면을 보았다.
뭔가 좀 가엾네. 은혜를 원수로 갚게 되었다.
하지만 어쩔 수 없지. 우리에게도 목적이 있다.
“이 녀석의 어렸을 적 초상화가 없어서 수색에 시간이 걸렸다. 용케 찾아 주었군."

아, 그 그림은 역시 그런 이유였나. 너무 대충이잖아.

"그리고…."

아토페는 그 포즈 그대로 시선을 들어서 엉뚱한 곳을 보다가… 그리고 정지했다.

5분 정도. 그 자세 그대로 그녀는 멈추었다.

태엽 감은 게 끝났나?

"무어, 뭐였지?"

"포상입니다."

아무래도 할 말을 잊어버렸던 모양이다. 그리고 방금 전의 노전사의 이름은 무어라고 하는 모양이다.

음흉하게 웃을 듯한 느낌의 이름이다.

"음, 그렇지. 포상을 주어야겠지."

아토페는 말했다.

"아뇨, 포상은 필요 없습니다."

나는 준비했던 대사를 말했다. 여기까지의 말은 분명히 정해진 것이겠지.

그러니까 방금 전의 무어 씨도 '필요 없다고 말해라'라고 했다.

그렇게 생각했는데, 아토페는 쿵 하고 발을 굴렀다.

"너, 내 포상이 필요 없단 말이냐?"

찌릿 노려보는 날카로운 눈빛에는 살기가 담겨 있었다. 내

다리가 바들바들 떨렸다.
이건 진짜 살기다. 리니아나 프루세나와 다르다. 루이젤드가 노려보았을 때와 같은 감각이다.
"아뇨, 바, 받겠습니다."
이런 상대에게는 거스르지 않는 편이 낫다. 꼭 주고 싶다고 하면 받는 편이 낫다. 응, 그래. 무어는 받지 말라고 했지만, 일부러 상대의 화를 돋우면서까지 거절할 것 없잖아.
그런 식으로 변명을 하면서.
"무엇을 받을 수 있겠습니까."
그렇게 묻자 아토페는 만족한 듯이 눈을 가늘게 떴다.
"힘이다."
힘. 힘인가. 분명히 탐나는 것이긴 하지. 받을 수 있다면 받고 싶다.
아니, 하지만 무어 씨는 받지 않는 편이 낫다고 말했으니까. 방금 전에 지하에서 차를 받았으니까 이만 돌아가겠다는 느낌으로 이야기를 돌려서….

"네게는 내 친위대에 들어와서 몸을 단련할 권리를 주마!"

"예?"
어라? 머리에 손을 대어서 잠재능력을 끌어내 준다든가, 키시리카처럼 마안을 주는 게 아니라?

"너는 약해 보이지만, 10년만 수행하면 말단 레벨은 되겠지."
"아니, 저기."
"10년 동안 내가 쉴 틈 없이 확실히 단련시켜 주마. 어떠냐, 영광이지?"
10년 동안 쉴 틈 없이….
아니, 나는 아내도 자식도 있는 몸이라서 그런 부트캠프 같은 것은 사양하고 싶다.
그야 분명히 10년이나 수행만 하면 강해지겠지.
하지만 다른 걸 전부 내던지면서까지 강해져서 어쩔건데? 그렇게 강해져서 누굴 쓰러뜨리라고? 지켜야 할 생활을 내던지면서 뭘 지킨단 말인가.
어쩐다. 하지만 거절해야 해. 친위대 같은 것에 들어가고 싶지 않다.
그렇게 생각하면서 무어 씨 쪽을 보니 체념한 얼굴로 고개를 흔들고 있었다.
"죄송합니다만, 그 명예는 사양할 수 있도록 해 주십시오."
"사양할 것 없다! 자, 누가 이 녀석들에게 예비 갑옷과 계약 준비를 해라!"
그 말에 친위대 몇 명이 방 밖으로 나갔다.
"마대륙에서도 최고의 갑옷을 입고, 마대륙에서도 최고의 훈련을 받아서, 마대륙 최강으로 이름 높은 친위대에 들어오는 것이다. 명예로운 일이지! 계약을 하면 내게 거스를 수 없지만, 어차피 계약을 안 해도 내게 거스를 수 없다! 오히려 기쁘지?"

기쁘지 않다.

하지만 지금까지 만난 마왕 중에서 가장 마왕다운 언행이었다.

그런 의미로 마왕다운 사람을 만나서 조금 기쁘지만.

어쩌면 지금 이 자리에 있는 친위대 중에도 이렇게 억지로 계약한 사람이 있을까?

"죄송합니다만, 제게는 기다리고 있는 가족이 있기에 10년이나 집을 비울 수 없습니다."

"…가족 같은 건 신경 쓸 것 없어. 나는 100년 정도 자식과 못 만났지만, 무소식이 희소식이라고 하지."

그러니까 나도 10년 정도는 괜찮다고? 말도 안 되는 소리.

"이, 인간의 10년은 상당히 길고, 저는 가족에게 금방 돌아가겠다고 약속했습니다. 게다가."

"게다가?"

아토페의 얼굴이 실룩실룩 움직였다. 기분이 안 좋아진 모양이다.

"병에 걸린 친구가 기다리고 있습니다. 한시라도 빨리 치료법을 찾아서 돌아가야만 합니다. 또 지금은 할 일도 많아서 자기 자신만을 위해 힘을 얻는 것은—"

"시끄럽다!"

아토페의 노성이 울렸다.

무섭다, 무서워. 진짜 무서워. 뭐야, 뭐야, 왜 소리치는데?

"친위대가 될 거냐, 말 거냐. 어느 쪽이야! 확실히 해!"

"아, 안 될 겁니다!"

그렇게 대답하자 아토페는 굳었다. 단정한 얼굴이 순식간에 시뻘게졌다.

"뭐라고! 왜 거절하지!"

어라? 나는 지금까지 이유를 말했는데.

"어어…."

이럴 때는 자노바를 믿자.

그렇게 생각하고 옆을 보자, 그의 머리 위에는 물음표가 떠올라 있었다.

아, 지금은 계속 마신어로 말했고, 이 녀석은 마신어를 몰랐지. 자노바에게 부탁할 수 없다.

이럴 때는 어떻게 하면 좋지? 어떻게 하면 설득할 수 있지?

주위를 보니 어느 틈에 방의 분위기가 확 변해 있었다.

병사들의 분위기는 화기애애한 것에서 뭔가 이질적인 것으로 변하였다.

말하자면 그건… 나를 거부하는 느낌.

"거 봐라."

키시리카가 말했다.

"이 녀석은 바보다. 엮이지 않는 편이 낫다. 제대로 말이 안 통해.”

“시끄러! 바보는 아냐!”

아토페는 갑자기 소리치더니 검을 뽑았다.

“그래, 사람을 바보로 알았군! 포상을 받는다고 했다가 안 받는다고 했다가! 내 머리가 나쁘다고 바보 취급을 했겠다!”

그리고 성큼성큼 이쪽으로 다가왔다. 어? 뭐야? 잠깐만.

“아토페 님! 고정하십시오!”

“나는 바보가 아냐! 바보가 아냐!”

붕붕 검을 휘두르면서 화난 얼굴로 다가오는 아토페를 검은 갑옷이 붙잡았다.

“비켜!”

그걸 내던지고 제설차처럼 다가오는 아토페.

아, 이런, 위험하다. 마술? 아니, 공격하면 안 되겠지.

[여기선 제가.]

그렇게 생각한 순간 역시나 자노바가 일어서서 앞으로 나섰다.

“흠!”

다가오는 아토페의 팔을 덥석 붙잡았다.

아토페는 자노바도 날려 버리고 전진하려고 했지만, 역시나 신의 아이의 힘이라고 해야 할까, 아토페의 전진이 멎었다.

“음! 너 힘이 좋군!”

아토페는 감탄한 것처럼 눈을 치켜뜨며 자노바를 보더니 입가에 웃음을 띠었다.

자노바는 그런 그녀를 꾸짖듯이 말하였다.

[진정하십시오. 우리는 우롱할 생각이 전혀 없습니다. 그저 풀을.]

"못 알아듣는 말로 하지 마!"

아노페는 자노바의 말에 귀를 기울이지 않았다.

아니, 인간어를 모르는 모양이다. 무어 씨는 할 수 있는데.

아토페는 검으로 자노바를 깡깡 때리고 퍽퍽 걷어차다가 통하지 않는 것을 알자, 으르렁대듯이 말했다.

"이놈, 이렇게 단단한 걸 보면 상당한 투기를 띠었군! 재미있어!"

아토페는 그렇게 외치더니 자노바에게 붙잡힌 자기 팔을 검으로 잘라냈다.

자기 팔을 말이다. 아무런 주저도 없었다. 그냥 거기를 붙잡혀서 귀찮은 것처럼. 스웨터의 실이 문에 걸렸으니까 가위로 잘라내는 정도로, 그렇게 가볍게 말이다.

"음!"

아토페의 몸에서 떨어진 순간, 팔은 탄력 있는 고깃덩어리로 변했다.

자노바의 손에서 떨어진 고깃덩어리가 바닥에 툭 떨어졌다. 그것은 꾸물꾸물 꿈틀거리면서 아토페에게로 돌아가서 팔에 붙었다. 그리고 순식간에 원래대로 팔의 모습이 되었다. 바디가디 때와 똑같다. 물리 대미지는 없나.

"좋다, 나는 불사마왕 아토페라토페 라이백! 북신류 개조, 칼맨 라이백의 아내! 네놈에게 진짜 북신류를 보여주마!"

아토페는 대검을 위로 쳐들었다.

자노바는 그것을 받아낼 생각일까, 주먹을 움켜쥐고 서 있었다.

"……."

그걸 본 순간, 내 등골에 서늘한 것이 지나갔다.

뭔가 안 좋다. 자노바가 죽는다, 그런 예감이 들었다.

자노바는 신의 아이이다. 어지간한 공격은 긁힌 상처 하나 남지 않지만, 무적인 것은 아니다.

저 용신 올스테드도 내 마술에 대미지를 입었다.

만사에 절대란 없다. 자노바도 불을 싫어한다. 물리적인 충격에 강할 뿐이지, 대미지를 받지 않는 것은 아니다.

"크!"

나는 순간적으로 마력을 모았다. 최대한 빠르게, 최대한 응축시켰다.

스톤 캐논… 한 발 늦었다.

하지만 예전보다 내 마법기술은 향상되었다.

"후하하하하! 죽어라! 북신류 오의…."

"일렉트릭!"

내 의수에서 아토페를 향해 벼락이 뻗었다.

째앵 하는 소리와 함께 순간 시야가 번쩍였다.

"우가악!"

아토페는 등을 젖히며 대검을 떨어뜨렸다.

동시에 내 왼손도 팔꿈치까지 저렸지만 문제는 없다. 감전사할 정도의 마력은 넣지 않았다.

"흥!"

아토페의 빈틈을 자노바는 놓치지 않았다.

"가으윽!"

자노바의 철권이 아토페의 안면에 작렬했다.

아토페는 얼굴이 크게 일그러지면서, 부웅 하는 소리가 날 정도로 멋진 포물선을 그리며 날아갔다.

그리고 옥좌 뒤쪽의 벽에 부딪치더니 그대로 쿠과광 소리를 내면서 벽을 파괴. 성 밖으로 떨어졌다.

"아, 아토페 님!!"

검은 갑옷들이 벽에 뚫린 구멍에 참새들처럼 모여들었다.

"음, 이런…. 스승님을 지키려다가 그만 손이 나갔습니다. 죽이고 만 걸까요?"

"아니, 죽진 않았을 거야."

불사마왕이고. 하지만 문제는 이 다음이다.

"음, 저질렀네."

"이건…."

"무슨 짓을."

주위에는 검은 갑옷들이 스무 명 가깝게 있다. 그들은 이런

저런 이야기를 하면서 우리를 포위하려고 했다. 자기 주인이 당했으니 가만히 안 있겠지.

"크."

지팡이를 들었다. 내 책임이다. 내가 무어의 충고를 제대로 들었으면 이렇게는… 아니, 내가 잘못했나? 나는 별로 잘못하지 않은 것 같은데. 그런 건 예상도 할 수 없고, 딱 거절했어도 이렇게 됐을 것 같다.

아니, 누가 잘못했는지는 나중에 따지자. 지금은 이 상황을 빠져나가는 것이 우선이다.

"……."

하지만 그들은 검을 뽑는 일도 없이 이쪽을 보고 있을 뿐이었다.

자노바가 맨손으로 긴장한 기색을 보였다. 자노바에게도 무기를 쥐어주는 편이 좋았을지도 모르겠다. 이제 와서 준비할 틈은 없다. 어디 몽둥이 하나라도 좀 안 떨어져 있을까.

"당신들…."

무어가 다가왔다. 그는 친위대의 대표인 것처럼 입을 열었다. 마신어였다.

"다시 한번 묻겠는데, 우리의 동료가 될 생각은 없습니까?"

"어, 없습니다."

분명히 말한 내게 무어는 말했다.

"저분은 강자를 좋아하십니다. 오의가 직전에 막히고 한 방에 성 밖까지 날아가셨으니, 분명 당신들이 탐이 나겠지요."

이 세계의 마왕은 그런 놈들밖에 없나. 제대로 된 놈 좀 없어?

하지만 그런 말을 하는 것치고 우리를 붙잡을 마음이 없는 것 같다.

밖에 떨어진 아토페를 보고 "우와아." "아토페 님은 금방 방심한다니까." "으음." 같은 소리를 하고 있었다.

"우리 친위대는 명령이 없으면 움직이지 않습니다. 하지만 일단 명령을 받으면… 놓치지도 않습니다."

무어가 그렇게 말하자, 친위대 몇 명이 날카로운 시선을 보냈다. 지시만 기다리는 놈들이라고 비웃을 순 없다. 지금은 그게 고맙다.

"붙잡히면 어떻게 됩니까?"

"당신들은 아토페 님과 결투를 하게 되겠지요."

"……."

"결투에서 지면 기절한 채로 억지로 계약을 하게 될 겁니다. 계약을 하면 아토페 님의 명령에 두 번 다시 거스를 수 없게 됩니다."

"그, 그 계약 기간은 언제까지?"

"물론 죽을 때까지."

꿀꺽, 내가 침을 삼키는 소리가 크게 들렸다.

"물론 10년에 한 번, 2년 동안의 휴가를 받을 수 있습니다만."

10년 동안 2년의 휴가…. 그걸 잘게 쪼개서 환산하면 닷새에 하루는 휴가다. 그런데 전혀 많게 느껴지지 않는 것은 왜일까.

"여기에 있는 이들은 태반이 자기 의사로 아토페 님의 친위대를 맡고 있습니다만, 그렇지 않은 자도 많습니다. 특히나 인간족은 한탄하는 자도 많아서. 우리도 좀 가엾게 여기고 있습니다."

친위대 중 몇 명이 고개 숙였다. 비슷한 식으로 계약하게 된 자도 많았다는 소린가.

포상이라는 이름의 노예계약.

그래, 포상을 받지 말라는 건 이런 소린가. 더 자세하게 말해주었으면….

아니, 상대를 탓해서는 안 된다. 자세하게 듣지 않았던 내가 잘못했다. 방심하지 말자고 생각했으면서도 처음부터 방심하고 있었다.

"…겨, 결투에 이기면 어떻게 됩니까?"

"호오, 이길 수 있습니까. 5천 년 동안 북신 칼맨 님과 마신 라플라스 님 이외에게는 이길 수 없었던 우리의 왕에게 이길 수 있다고?"

"뭐어, 무리겠네요."

불사라는 이름이 붙을 정도고, 내구력이라면 바디가디급이라는 느낌이겠지. 게다가 바디가디보다도 무예에 뛰어난 것 같다.

바디가디는 북신류 검술을 쓰지 않았고.

적어도 나랑 훈련하는 동안은 말이다.
“비기면 어떻게 됩니까?”
“적이라면 재결투를, 아군이라면 동격으로 인정받습니다만….”
내 경우는 어떻게 되지? 뭐, 분명 재결투겠지. 분명히 적으로 간주된 것 같다.
그리고 몇 번이나 다시 붙다가 지겠지.
“어, 어떻게 해야….”
“도망치세요.”
무어는 힘주어 말했다.
“지금쯤 소카스 풀의 채취도 끝났을 테고, 성 지하에는 시외로 나갈 수 있는 비밀통로가 있으니까 그걸 이용하면 될 겁니다.”
그 순간 주위의 검은 갑옷들이 저마다 말했다.
“우리 꼴 나지 말아줘.”
“혹시 미리스 신성국에 가게 되거든….”
“멍청아, 그만둬. 넌 앞으로 3년만 있으면 돌아갈 수 있잖아.”
“하지만….”
뒤의 녀석들에게서 그런 비통한 목소리가 들리지만…. 뭐, 못 들은 걸로 하자.
지금은 내 일만 해도 정신없다.
나는 병사들에게 감사하면서 알현실에서 도망치려다가, 문득 시야 구석에 있는 키시리카와 시선이 마주쳤다. 그녀의 애원하는 눈동자. 이렇게 된 이상, 나도 이 녀석도 똑같은 도망자다.

"키시리카 님을 데려가도 되겠습니까?"

"…뭐, 우리의 임무는 키시리카 님을 붙잡는 것으로 끝났으니까요."

친위대들은 못 본 척해 주었다. 붙잡아두라는 명령은 없었던 모양이다. 벌을 받지는 않을까. 에잇, 될 대로 되라.

나는 키시리카의 밧줄을 마술로 재빨리 태웠다.

"오오, 미, 미안하구나! 신세 지마!"

우리는 알현실에서 도망쳤다.

성 안에서 크리프와 엘리나리제와도 합류했다.

두 사람은 배낭이 빵빵해질 때까지 찻잎을 채웠고, 두 손에 화분을 들고 있었다.

찻잎은 황토색이라서 시든 알로에란 느낌이었다. 이게 그 풀인가.

"햇볕에 약한 모양이라, 지하에서 재배해야만 한다고 해요. 그런데 메모를 받긴 했지만 저는 읽을 수가 없어서."

"나나 록시가 읽을 수 있으니까 일단 서두르죠."

"무슨 일 있었나요?"

여차여차 설명하자 엘리나리제는 역시라는 얼굴을 하였다.

"그런 이야기, 어디선가 들은 적이 있다 싶네요. 키시리카는 마안, 바디가디는 지혜, 아토페라토페는 힘을 준다고 그랬던가요."

"들었으면 좀 가르쳐 주세요."

"난 마신어를 모르니까, 더 자세히 가르쳐 줬어야죠."

뭐, 분명히 내 설명이 부족했을지도 모른다. 하지만 나는 통역사 자격이 없다.

그런 것까진 알 수 없잖아.

"싸울 틈은 없어. 얼른 도망치자. 어어, 지하통로랬지? 돌아갈까?"

크리프의 말에 정신을 차렸다.

그래, 당장이라도 아토페가 자노바에게 박살난 얼굴을 회복하고 달려올지도 모른다. 기운이 철철 넘치는 모습으로.

"아니, 지하로는 가지마라."

아래쪽에서 목소리가 들렸다. 그쪽을 보니 키시리카가 날 올려다보고 있었다. 예전에 만났을 때는 나와 비슷한 키였는데, 어느 틈에 내려다보는 입장이 되었군.

"아까는 배신당한 보복으로 입 다물고 있을까 했는데, 지하통로는 라플라스 전쟁 때 바디가디가 부숴먹은 채로 남아 있다."

"정말입니까."

"정말이다. 아까 그 남자, 보통내기가 아니다. 무어는 아토페의 오른팔 같은 존재니까. 거짓말만 해서 아토페에게 유리하게 일을 진행시키지. 아까도 그런 말을 했지만, 너희가 아토페와 붙은 시점에서 뭔가 꾸미고 있었을 거다."

키시리카의 이야기는 별로 신용할 수 없지만, 그래도 있을 법한 이야기다.

무어에게 속아서 지하에서 막다른 곳에 몰린다, 가능하다.

무어, 이놈… 속였구나.

아니, 가령 우리를 속였다고 해도 그 자리에서 바로 공격해 오지 않은 것만 해도 고마운가.

무어는 아토페 때문에 고생하는 모양이지만, 그래도 우리 편은 아니니까.

애초에 풀도 재배용 메모도 호의로 준비해 주었다.

그 호의를 배신해서 아토페와의 관계를 악화시킨 것은 우리 잘못이다.

키시리카를 넘기고 포상을 딱 거절하고, 그걸로 헤어졌으면 좋았다. 그거면 아토페와의 사이가 나빠지긴 하겠지만, 일단은 문제없다.

"하지만 그거면 그 자리에서 우리를 붙잡는 편이 좋지 않았을까?"

"아토페라면 자기가 몰아넣고 자기가 붙잡고 싶을 테니까."

그래. 시추에이션을 만드는 건가. 저 마왕님의 충신으로 있으려면 그런 것도 중요하겠지. 다른 검은 갑옷들은 그걸 아는 건지 모르는 건지….

"알겠습니다. 그럼 지상으로 도망치는 겁니까?"
"음. 지금이라면 검문도 없을 테니까."
검문, 입구 근처에서 했지.
분명히 지금은 친위대가 성 안에 모여 있으니까 입구에는 없을 것이다.
"하지만 키시리카 님을 놓아주고 그 뒤를 찌를 가능성도 있습니다. 사실 지하통로도 수복되었다든가."
"그렇게 생각하면 어디를 가도 똑같겠지?"
분명히 그렇군. 적이 위로 올까, 아래로 올까. 으음.
"엘리나리제 씨라면 어디로 하겠습니까?"
"저라면 막혀 있을 가능성이 큰 길은 가지 않아요."
"자노바는?"
"저는 좁은 편이 싸우기 쉽겠군요."
"크리프는?"
"나, 나도 지상이다. 어두운 건 싫어."
좋아. 그럼 다수결로 가자.
"그럼 지상으로 가죠. 엘리나리제 씨가 선두에 서서 똑바로 전이마법진으로 가 주세요. 자노바와 크리프가 한가운데, 내가 맨 뒤를 담당하겠습니다. 짐은 자노바와 내가 들죠."
엘리나리제에게서 짐을 받았다. 두 사람에게 짐을 지워주느니 우리가 몰아드는 편이 낫겠지.
나는 다리가 둔해지더라도 마술을 쓰면 어떻게든 되고, 자노바는 짐의 무게와 상관없다.

크리프는 파워가 부족하니까 빈 몸인 편이 낫다.

"나는 어떻게 하느냐!"

"폐하는 자노바의 짐 위에라도 앉아계세요."

"알겠다."

키시리카는 내가 시키는 대로 자노바에게 파일더 온했다. 농담이었는데….

뭐, 됐어. 거기가 제일 안전하겠지.

"좋아, 그럼 출발!"

우리는 성의 출구를 향해 달렸다. 성을 나가기 직전에 어디서 "무어어어어어! 놈들을 쫓아라아아아아!"라는 노성이 들렸다.

무섭다.

밤의 대로를 달렸다. 어둠에 섞이고 싶지만 주위는 아직도 밝다. 크레이터의 벽면에서 번쩍번쩍하는 빛이 쏟아지기 때문이다.

하지만 지상 루트는 정답이었다.

길에 검은 갑옷은 한 명도 없었다. 뒤에서 따라오는 기색도 없었다.

키시리카의 예상대로다. 지금쯤 지하통로를 뒤지고 있겠지.

운 좋게 아토페가 포기해 준다면 좋겠는데… 그건 아니겠지. 생각해 보면 키시리카까지 데리고 왔다. 포기할 이유가 없다.

대로를 빠져나가서 모험가 길드 앞을 지났다. 노코파라는 아직 있으려나.

이렇게 빨리 돌아오게 될 줄은 몰랐다. 숙소 요금도 지불했고, 옷가지도 내버려둔 채다. 아깝네. 하지만 대단한 건 없으니까 포기하자.

인적이 없어진 시장을 지날 때, 과거에 루이젤드의 머리를 물들인 뒷골목이 눈에 들어왔다.

그때도 도망치듯이 도시를 뒤로 했는데 이번에도 그런가.

정말로 이 도시에는 좋은 추억이 없다.

그리고 크레이터의 균열, 도시 입구까지 왔다.

검은 갑옷은 없었지만, 문지기는 있었다.

도마뱀 머리와 돼지 머리. 그들은 우리의 모습을 보고 놀라긴 했지만, 순순히 통과시켜 주었다.

밖으로 나왔으면 이제 금방이다.

크레이터 바깥을 따라서 이동하였다.

"오오? 어디로 가는 거냐?"

"이쪽에 우리가 사용한 전이마법진이 있습니다."

"호오. 전이마법진인가. 그런 게 아직 남아 있었나. 아, 하지만… 아얏, 혀를 깨물었다…."

올 때 표식을 남겨두었다. 문제는 없다.

주위는 어둡지만 엘리나리제가 잘못 볼 리가 없다.
표식을 따라 왼쪽으로 꺾어서 경사면을 올라갔다. 그러면 전이마법진까지는 금방이다.
하지만 그 표식까지 왔을 때 우리는 발을 멈추었다.
멈출 수밖에 없었다.

"흠, 늦었군."

경사면 위. 우리가 지나온 전이마법진의 입구.
거기를 아토페가 가로막고 있었다.
물론 열 명에 가까운 검은 갑옷들도 있었다.
살펴 보니 전이마법진으로 가는 입구 근처에는 구멍이 하나 더 있었다.
어쩌면 지하통로의 출구가 여기일까…?
"역시나 무어. 예상한 대로군. 나중에 상을 내려줘야지."
우리의 움직임을 읽었다?
아니, 미리 앞서서 움직인 것이다. 그렇다면 읽힌 것은 움직임이 아니라 이동하는 방향?
"꽤, 꽤나… 일찍 도착하셨군요?"
"흥, 날아오면 금방이었지. 너희가 달리는 모습도 잘 보였다."
아토페는 등의 날개를 움직이면서 대답했다.
"무어도 온 모양이군."

뒤를 보니, 멀리서 검은 갑옷들이 크레이터를 돌아오는 게 보였다.

하늘에서는 아토페. 열 명의 검은 갑옷은 지하에서 오고, 나머지는 지상에서 쫓아온다.

세 방향에서의 추격… 생각해 보면 당연한가. 제니가타 경부* 도 아니니까 보통은 나뉘어서 찾겠지.

하물며 어디로 갈지를 읽었다면 당연히 모든 루트를 막는다.

배후의 검은 갑옷들이 우리를 포위했다.

도망갈 곳은 없다. 퇴로는 막혔다.

"무어, 잘 했다. 네 말대로 되었다."

"그렇게 생각하신다면 제 말씀도 좀 지켜주시죠."

"거절한다."

아토페는 짧게 말하고 손을 들었다. 그러자 검은 갑옷들이 채앵 하고 일제히 칼을 뽑았다.

"자…."

아토페가 앞으로 나서서 검을 뽑았다.

그리고 높은 위치에서 우리를 검으로 가리키며 말했다.

"아하하하하하! 나는 불사마왕 아토페라토페 라이백! 내게 이기면 용사의 칭호를 주지! 지면 내 괴뢰로 만들어서 죽을 때까지 부려먹어 주겠다!"

※제니가타 경부 : 루팡 3세의 등장인물. 루팡을 잡으려 애쓰는 인터폴 형사.

사나운 웃음. 커지는 압도적인 살기.

나보다 키가 작을 터인 아토페가 5미터 이상 되는 거인으로 보였다.

미안, 실피. 난 못 돌아갈지도 모르겠어.

제8화 불사마왕과의 결투

불사마왕 아토페라토페는 유명하다.

역사에 얼굴을 내밀기 시작한 것은 제2차 인마대전 무렵.

'오대마왕' 중 불사의 네크로스라크로스의 딸로서 등장했다.

마족 쪽의 급선봉인 그녀는 지능이 낮지만, 지극히 높은 전투력과 내구력을 가졌고, 잔혹하기 그지없는 마왕으로 사람들에게 공포를 샀다.

하지만 그 지능이 낮기 때문에 보급선을 끊겨서 부하가 전멸.

인간에게 붙잡혀서 봉인되었다.

부활한 것은 라플라스 전쟁 전이다.

마신 라플라스의 손에 부활하여, 라플라스 쪽의 마왕으로 그 이름을 떨쳤다.

그리고 라플라스 전쟁 후에 북신 칼맨에게 패배하여 그 군문에 들어갔다고 한다.

일설에 따르면 북신 칼맨과 마왕 아토페는 자식을 남겼고,

그 자식이 북신 칼맨 2세가 되었다고도 한다.

또 다른 일설로는 북신 칼맨은 마왕 아토페에게 자기 검술을 가르쳤다고도 한다.

그리고 또 다른 일설로는 북신 칼맨 2세에게 검술을 가르친 것은 마왕 아토페라고도 한다.

모든 설을 믿는다면 아토페는 백전연마의 경험과 초대 북신에게 배운 검술과 불사의 육체를 가진 괴물이다.

싸우게 된다면 절망적이다.

눈앞에는 아토페. 주위에는 검은 갑옷들.

퇴로는 막히고 아토페는 의욕 넘치는 표정으로 검을 들고 있다.

"자, 넷이서 동시에 덤벼봐라."

아토페는 공격해 오지 않았다.

검을 든 채로 우리의 낌새를 엿보듯이 바라보았다.

그 눈은 진지 그 자체다. 그녀의 힘이라면 어쩌면 우리를 유린할 수도 있을 텐데.

"…이번에는 아까처럼 안 당한다. 나는 학습하거든."

그렇게 말하면서 그녀는 번쩍번쩍 빛나는 눈으로 나와 자노바를 교대로 보았다.

경계하는 것이다.

자노바의 괴력과 나의 일렉트릭을.

방금 전의 싸움에서 대미지를 입은 것으로는 보이지 않는다. 자노바의 주먹으로 산산이 부서진 머리도 완전히 부활했다. 하지만 경계하는 걸 보면 통한다고 봐도 좋겠지.

"자, 써 봐라. 이번에는 흘려 주겠어."

자신이 있는 모양이다.

이번에는 피해 버릴 것 같다. 수신류에는 마술을 받아치는 기술이 있다. 북신류에 대해서는 자세히 모르지만, 아무리 그래도 마왕이다. 나 정도의 마술은 흘려 버릴 것 같다.

일단 마안은 뜨고 있지만, 1초 앞이 보인다고 어떻게 될 상대일까?

어쩐다…. 일단은 틈을 만들어야 한다.

하지만 틈을 만들고, 그 다음은 어떻게 하지? 애초에 틈을 만든다고 해도 내 마술이 통용될까?

최대 레벨의 스톤 캐논도 노 가드의 바디가디를 죽이지 못했다. 하물며 아토페는 자세를 잡고 있다. 막힌다면 어떤 마술이라도….

"루데우스."

문득 엘리나리제가 귀엣말을 해 왔다.

"크리프만이라도 전이마법진으로 도망치게 하죠."

그 말에 나는 크리프를 보았다. 크리프는 씩씩한 눈으로 아토페를 노려보고 있었다.

하지만 그 다리는 떨리고 있었다. 전력이 될 것 같지 않다.

"차와 풀과 메모. 세 개를 가져가면 나나호시는 확실히 살릴 수 있어요."

"그렇군요."

그래. 응, 그런 목적으로 왔지. 나나호시를 구한다. 그게 목적이다.

목적이 있다면 목적을 다하는 게 제일이다. 제일이지만….

그래도 나는 살아서 돌아가고 싶다.

아니, 여기서 진다고 죽는 건 아니지만 10년이나 가족을 못 만나게 되다니, 그건 싫다.

"구원을 요청하는 것도 방법이지요. 페르기우스는 아토페와 묵은 원한도 있을 테니, 분명 도와줄 거예요."

페르기우스와 12사역마.

그래, 분명히 그라면 도와줄지도 모른다.

다름 아닌 라플라스를 봉인한 영웅이다.

그렇게 잘난 척 굴었으니, 아토페와도 싸울 만한 힘을 가졌겠지.

"좋아, 그럼 그런 방향으로…. 크리프를 설득할 수 있겠습니까?"

"해 보겠어요."

엘리나리제가 크리프에게로 물러났다.

나와 자노바와 엘리나리제가 돌파구를 연다.

크리프가 거기를 빠져나가서 전이마법진으로 들어간다.

크리프가 페르기우스를 설득하고, 그동안 우리는 버틴다.

마지막으로 크리프가 설득한 페르기우스가 도우러 와서 우리는 살아난다.

…가능할까? 견뎌낼 수 있을까? 크리프가 페르기우스를 설득하는 게 가능할까?

크리프가 설득하는 동안에 패배해서 계약이란 것을 하게 되는 것 아닐까?

그래도 크리프가 돌아가면 나나호시는 구할 수 있다. 그 녀석을 구하고 싶다. 그게 목적이다.

하지만 나도 돌아가고 싶다.

으으, 제길. 쳇바퀴로군.

진정해. 일단 아토페를 일시적으로 못 움직이게 한다.

그 틈에 주위를 둘러싼 검은 갑옷들을 마술로 흩어버리고 크리프가 도망갈 틈을 만든다. 그때 상황이 우리도 도망칠 수 있다면 전이마법진으로 뛰어든다.

좋아. 이걸로 가자.

아토페를 쓰러뜨릴 수는 없지만, 주위의 검은 갑옷들은 다르다.

이번에는 진짜다. 전멸시킬 각오로 가자.

할 수 있지. 할 수 있어. 하자, 한다. 죽인다.

이 자리에 있는 전원을 다 죽여서라도 나는 돌아간다.

좋아. 좋아, 할 수 있어, 루데우스. 이번에는 말로만 하지 마라?

"걱정마시길, 스승님. 마왕 아토페는 제가 목숨과 바꿔서라도 막겠습니다."

자노바는 각오가 되어 있었다. 차분한 모습이다. 든든하다.

이럴 때의 이 녀석은 어떻게 이렇게 남자다울까. 극장판일까.

내가 여자였다면 반해도 이상하지 않다.

"하지만 내가 제대로 도망칠 수 있을까. 나는 다리도 별로 안 빠르고 짐도 있고…."

"추격은 저와 루데우스가 반드시 저지하겠어요. 크리프는 뒤를 돌아보지 말고, 아무런 생각도 말고, 한 걸음 두 걸음 세면서 뛰세요. 넘어지지 말고."

"나도 전투에 참가하는 편이 좋지…."

"넷이서 싸워도 못 이겨요. 구원을 부르러 가는 것도 훌륭한 전투랍니다."

"그래…. 응, 알았어…."

두 사람의 목소리가 들렸다.

여기서 전이마법진의 입구까지는 대략 30보 정도일까.

가깝지도, 멀지도 않다. 하지만 전력으로 달려갈 수 있는 거리다.

"설득했어요."

잠시 뒤에 엘리나리제가 돌아왔다.

크리프를 보았다. 그는 진지한 얼굴로 끄덕였다.

사명감을 띤 남자의 얼굴이다. 자기 혼자 도망친다는 얼굴이 아니다.

구원을 부르러 가는 것도 전투인가…. 엘리나리제는 여전히 말이 교묘하다. 나였으면 그렇게 잘 풀리지 않았겠지.

"저와 자노바, 둘이서 아토페에게 틈을 만들겠어요. 거기에 맞춰서 루데우스, 당신이 주위의 검은 갑옷들을 붙들어 주세요."

"예."

대화는 끝났다. 아토페 쪽을 돌아보았다.

그녀는 검을 든 채로 이쪽을 노려보고 있었다.

"나한테 이길 작전을 세웠냐?"

그녀의 뒤에 적은 없지만, 경사진 곳인 데다가 지면도 고르지 않다.

크리프는 넘어지지 않고 달려갈 수 있을까. 해내야만 한다.

"자노바, 엘리나리제 씨. 일단은 내가 마술로 시작하겠습니다."

"알겠어요."

나는 아토페를 향해 지팡이를 들었다. 사용하는 건 평소처럼 스톤 캐논이다.

하나의 적을 공격하는 거라면 왕급 마술인 '라이트닝'의 화력이 낫겠지만, 이 거리에서는 우리도 전원 다 휘말린다. 자기 마술로 전멸이라니, 그런 바보 같은 결말은 피하고 싶다.

"휴우…."

심호흡을 하고 지팡이에 마력을 담았다.

아토페는 움직이지 않았다. 내가 무영창으로 마술을 쓰는 것을 아는데도 이쪽의 동작을 막을 생각은 없는 모양이다. 나한테는 좋은 일이지만….

〈아토페가 검으로 스톤 캐논을 튕긴다〉

마안에는 아토페가 내 마술을 흘려내는 모습이 또렷하게 비쳤다.

틀렸다. 내 스톤 캐논도 상당한 레벨이라고 들었지만, 아토페에게는 통용되지 않는 모양이다.

그럼 라이트닝일까? 제일 경계하고 있을 마술을 쓴다…?

"스승님. 반드시 제가 도울 테니까 저를 믿어 주십시오."

그때 자노바가 그렇게 말했다.

그는 내 쪽을 보고 있었다. 안경 안쪽에서는 자신감이 넘쳐났다.

"…자노바."

든든하다. 실로 든든한 말과 태도다…. 뭔가 생각이 있는 모양이다.

그럼 나는 거기에 응해야지.

"좋아, 갑니다!"

"예, 스승님!"

최대까지 모은 스톤 캐논을 날렸다.

포탄은 키잉 소리를 내며 아토페에게 날아갔다.

"읽었다!"

순간 아토페는 잔상을 남기며 움직였다.

잔상이라고 해도 아주 조금 팔을 움직여서 검의 위치를 바꾸었을 뿐.

하지만 그 순간 검과 스톤 캐논이 접촉하고 엄청난 불꽃이 튀었다.

스톤 캐논은 방향이 바뀌어서 아토페의 훨씬 뒤쪽, 바위 경사면에 착탄, 엄청난 흙먼지가 일었다.

역시 틀렸나.

"우오오오오오오오오!!"

하지만 다음 순간 자노바가 아토페를 향해 뭔가를 던졌다.

"우아아아아아아아아?!"

그 뭔가는 소리를 지르면서 아토페를 향해 날아갔다.

아토페는 기쁜 표정으로 그걸 요격하려고 검을 들었다.

"읽었… 어라?"

아토페는 날아오는 것을 검으로 베어내려다가 그 움직임을 멈추었다.

그 직후에 투척물은 아토페의 안면에 명중했다.

"아웃?!"

"우욱?!"

아토페의 얼굴에 달라붙은 것은 자노바의 어깨에 올라타 있던 키시리카였다.

"에잇! 냄새 난다! 목욕 정도는 해라, 멍청아!"

"짐이라고 그러고 싶어서… 우햐아아아?!"

아토페는 키시리카를 붙잡아 하늘 높이 내던졌다.

키시리카는 포위망 밖으로 날아가서 철퍽 떨어졌다.

"참나, 뭘 던지고 있… 음?!"

아토페가 황당하다는 듯이 말했을 때, 자노바는 주먹을 움켜쥐고 아토페의 품으로 파고들고 있었다.

그 바로 뒤를 엘리나리제가 그림자처럼 따라갔다.

이런. 나도 넋 놓고 있었네.

"내 품에 뛰어드나. 배짱도 좋군!"

"우오오오오오오!"

자노바가 주먹을 휘둘렀다.

온몸에 소름이 쫙 돋을 정도의 위력이 담긴 주먹이 바람을 가르면서 아토페에게 육박했다.

아토페는 팔토시로 그걸 가볍게 흘리려다가,

"우오?!"

흘리지 못했다. 쿠웅 하는 무서운 소리와 함께 아토페가 헛발을 디뎠다.

그녀의 토시가 이상하게 일그러져 있었다.

"오오오옷!"

자노바는 계속해서 공격했다. 크게 파고들면서 아토페의 몸을 향해 주먹을—

“겨우 그거냐!”

하지만 아토페도 만만히 당하지 않았다. 부자연스러운 자세인 채로 대검을 휘둘렀다.

빠직 하는 엄청난 소리를 내며 아토페의 다리가 구부러졌다. 하지만 기세는 죽지 않아서 자노바의 몸에 검이 부딪쳤다.

“크… 끄으으으.”

자노바가 괴로운 표정을 하면서 무릎을 꿇었다.

내 스톤 캐논을 맞고 가려운 기색도 없는 자노바가 단 일격에….

아토페는 그걸 노려보며 콧김을 내뿜었다.

“제법 괜찮은 몸을 가진 모양인데… 기억해둬라. 절대적인 방어 따윈 없다. 그걸 내 남편 칼이….”

“하압!”

“읍!”

말하는 도중. 자노바의 등을 발판 삼듯이 엘리나리제가 뛰어들었다. 원심력을 가진 참격은 정확하게 아토페의 목덜미, 맨살을 드러낸 부분을 노렸다.

하지만 그 참격은 키잉 하는 소리와 함께 튕겨져 나갔다.

인간의 피부가 낼 수 있는 소리가 아니다. 투기를 이용한 방어인가.

“안 끝났어요!”

통용하지 않는 것을 봐도 엘리나리제는 공격을 멈추지 않았다. 방패를 들고 스텝을 밟으며 찌르기를 거듭했다. 검에서는 눈에 보이지 않는 충격파가 나가서 아토페에게 부딪쳤다.

"흥."

하지만 아토페는 미동도 하지 않았다. 산들바람에 모래가 눈에 들어간 것처럼 불쾌한 듯이 눈썹을 찌푸렸을 뿐이다.

"네 검은 너무 힘이 없다! 알겠냐, 그건 이렇게 하는 거다!"

아토페는 대검을 허리춤에 대고 휘둘렀다.

그 참격을 엘리나리제는 백스텝으로 회피하려고—

"!"

황급히 방패를 들었다.

다음 순간 쿠광 하는 소리가 울리며 엘리나리제는 옆으로 1회전하였다.

엘리나리제는 바위투성이 지면을 데굴데굴 구르더니 고양이처럼 벌떡 일어났다.

그 눈에 비친 것은 전율이었다.

참격은 닿지 않았다. 검을 휘두른 것만으로 충격파를 발생시킨 것이다. 그러나 만약 방어하지 않았으면 그녀의 몸이 두 동강이 났을지도 모른다.

"하지만 다리 움직임은 좋군. 내 밑에서 단련하면 어엿한…."

"우오오오오오오!"

자노바가 뛰어올랐다. 두 팔을 펼치고 아토페에게 달려들었다.

"아아아아아아아!"

그대로 아토페를 정면에서 끌어안았다.

아토페의 두 팔을 꽉 붙들고 번쩍 들어서 지면에서 떼어놓았다.

"음. 이놈, 날 껴안다니 이런 파렴치한… 끄윽!"

자노바가 꽉 힘을 넣자, 아토페의 입에서 검은 피가 흘렀다.

조르기는 유효한가! 아니, 상대는 불사마왕이다. 일시적인 대미지로는 안 된다고 생각하자.

"스승님! 지금입니다!"

"……!"

자노바의 말에 나는 상황을 이해했다. 아토페를 붙잡았다. 기회다.

"크리프, 지금이야, 달려!"

지팡이에 있는 대로 마력을 넣었다.

사용하는 마법은 범위공격. 주위를 포위한 검은 갑옷을 단번에 처리할 생각으로 쏜다.

"알았다!"

크리프가 달리자, 주위의 검은 갑옷들이 놀란 표정으로 검을 들었다. 하지만 이미 늦었다.

"프로스트 노바!"

내 지팡이에서 냉기가 넘쳐났다. 냉기덩어리는 지면을 빠직빠직 얼리면서 우리를 원형으로 에워싼 검은 갑옷들에게 쇄도

했다.
“아닛!”
“으음?!”
허둥대는 검은 갑옷들은 발밑부터 소리를 내며 얼었다.
이건 들어갔다. 완전히 기습이다. 이건 흘려낼 수도 없다.
그렇게 생각한 순간 목소리가 울렸다.
“—로 폭염을 몸에. ‘버닝 프레이스’!”
한 남자에게서 주위를 태워 버릴 듯한 열기가 폭발적으로 퍼졌다. 그 열기는 내 프로스트 노바에 대항하여 수증기를 피웠고, 마술을 쓴 남자와 그 옆의 검은 갑옷을 해동시켰다.
무어다.
그 노전사는 내가 지팡이를 든 순간부터 주문을 외우기 시작해서 시간차로 저항한 것이다.
그렇긴 해도 대단한 마력, 대단한 속도다.
나도 결코 대충한 건 아닌데.
하지만 무어의 마술로 해동된 것은 그와 옆의 두 명뿐이다.
그 외에는 완전히 얼음조각상으로 변하려고 했다. 단순한 마력의 차이로 내가 이겼다.
그리고 나는 드디어 사람을 죽였….
“우리 검은 갑옷을 얼리다니… 대단한 마력이군! 전원, 버닝 프레이스를 외워라!”
“예! 하늘과 땅에 있는 불의 정령이여—”

무어가 주위를 향해 외치자, 얼어붙었던 갑옷들에게서 주문 소리가 들렸다.

죽지 않았다. 아무도 죽지 않았다.

저 갑옷인가. 저 갑옷은 얼음 마술에 대한 내성을 가졌나.

제길.

"음."

크리프가 아토페의 옆을 빠져나갔다.

"무어, 놓치지 마라!"

"예!"

아토페의 외침에 무어가 움직였다.

한 발 늦게 무어의 마술로 해동된 검은 갑옷도 달렸다.

"그렇겐 안 돼요!"

그리고 검은 갑옷 둘의 앞에 엘리나리제가 미끄러지듯이 파고들면서 외쳤다.

"루데우스! 녀석을!"

무어는 뒤를 돌아보지 않고 크리프를 쫓았다.

갑옷을 입은 주제에 무어는 빠르다. 반대로 크리프는 짐이 많다. 앞으로 일곱 걸음 정도면 크리프를 따라잡겠지.

나는 무어에게 지팡이를 향했다.

"스톤 캐논!"

〈무어는 어스 월을 외워서 스톤 캐논을 막으려고 한다〉

할 수 있다. 내가 먼저다. 나는 지팡이에 최대한의 마력을 담아서 마술을 썼다.

“대지의… 큭!”

달리면서 이쪽으로 손을 뻗은 무어의 팔에 레이저 같은 스톤 캐논이 꽂혔다.

무어의 팔이 갑옷과 함께 날아갔다.

외팔이 된 무어는 비틀거리고… 그래도 발은 멈추지 않았다.

“물의 정령이여, 내게 힘을― ‘딥 미스트’.”

무어의 마술로 그의 주위가 안개로 휩싸였다. 연막으로 내 스톤 캐논을 회피할 생각이다.

그렇긴 해도 주문 외우는 게 짧다. 록시처럼 주문을 단축한 것이다.

“윈드 블러스트!”

내 지팡이에서 바람이 생겨서 안개를 흩어 버려도 무어는 미동도 하지 않았다. 그는 비틀거리지도 않고 크리프를 쫓았다. 저 검은 갑옷은 바람 계통도 약화시킨다.

어쩐다. 녀석은 앞으로 몇 걸음이면 따라잡는다. 찬스는 별로 없다.

그때 예견안이 포착했다.

〈무어는 달리면서 주문을 외우기 시작한다〉

“죽은 대지에 꿈틀대는 정령들이여! 나의 부름에 응하여 저 자를―”

“디스터브 매직!”

재빨리 날린 것은 집에서 몇 번이나 연습했던 마술이었다.

실피와 함께 연습했던 마술. 그것은 한 치의 오차도 없이 무어가 만든 마술에 부딪쳐서 없애 버렸다.

"이럴 수가! 디스터브 매직이라고?"

무어는 경악한 얼굴로 자기 손을 보았다. 하지만 발은 멈추지 않았다. 앞으로 다섯 걸음.

"매드풀!"

나는 계속해서 왼손으로 그의 앞길을 막으려고 마술을 날렸다.

역시 익숙한 것을 써야 한다. 아무리 상대가 숙련된 이라도 내가 이제까지 길러온 전술이 통하지 않을 리가 없다. 그런 시뮬레이션을 해 왔는데.

"으음!"

무어와 크리프 사이에 거대한 진흙탕이 생겼다.

매우 끈적대는 진흙탕에 무어의 발이 묶일 뻔했지만,

"불확실한 신이여! 내 부름에 응하여 대지에서 하늘을 꿰뚫어라! '어스 랜서'!"

즉시 자기 발밑을 향해 마술을 날려서 발밑에서 생긴 흙의 창을 발판 삼아서 단숨에 진흙탕을 뛰어넘었다.

"큭!"

멈추질 않는다. 무어의 발이 멈추지 않는다. 다 대처해 온다. 다 저항한다.

숙련된 마술사는 이 정도인가….

“루데우스, 크리프를! 어서!”

“알고 있어!”

엘리나리제의 외침. 힐끗 보니 그녀는 무어의 옆에 있던 두 명을 상대하고 있었다.

2대1. 검은 갑옷은 적극적으로 공격하려고 하지 않지만, 그래도 붙드는 것만 해도 빠듯한가.

“에잇, 놔라, 못 놓겠나, 이 파렴치한! 껴안지 마라! 하다못해 주먹질을 해!”

“죽어도 못 놓는다!”

자노바는 아토페에게서 박치기를 맞아서 이마에서 피를 흘리면서도 버텼다.

다른 검은 갑옷들도 속속 자기 갑옷을 해동하기 시작했다.

주위에 수증기가 피어올라서 어렴풋이 하얗게 물들었다.

“큭.”

어떻게 하면 무어의 발을 멈출 수 있지?

녀석은 강하다. 마술사로서의 경험치가 나와 전혀 다르다. 단순한 마술로는 다 대처하겠지.

더 강한 마술로 날려 버릴까? 안 된다. 아무리 위력이 강해도 크리프가 휘말리는 범위면 쓸 수 없다. 게다가 무어의 대응력에 저 갑옷이 있으면….

“……!”

그때 나는 내 발밑이 젖어 있는 것을 깨달았다.

방금 전의 프로스트 노바의 영향이다. 얼어붙었던 주위의 녀석들이 버닝 프레이스를 써서 자신의 얼음을 녹이는 바람에 주위가 물에 잠긴 것이다.

젖은 것은 제일 먼저 해동한 무어도 예외는 아니다. 물론 나나 엘리나리제의 발밑에도 웅덩이가 생겼다.

그 마술은 아토페도 처음 보는 것이었다…. 그렇다면 무어도 본 적 없을지도 모른다. 아무리 숙련되었다고 해도 오늘 처음 본 마술에 즉시 대응할 수는 없겠지.

하지만 그걸 쓰면 나도, 엘리나리제도, 자노바도 휘말려든다.

…휘말려들지 않는 것은 크리프뿐이다. 크리프는 범위 밖에 있다. 휘말려들지 않는다.

그렇게 판단한 순간 나는 망설이지 않았다.

"일렉트릭!"

아슬아슬하게 감전사하지 않을 마력으로 일렉트릭을 날렸다.

무어를 향해 순식간에 벼락이 내달렸다.

퍼엉 하고 큰 소리가 울리고, 엄청난 방전현상이 일어났다.

벼락은 주위를 무차별로 훑으며 지면에 떨어졌다.

젖은 지면은 일렉트릭을 거뜬히 주위에 퍼뜨리고… 물에 젖은 이들을 모두 감전시켰다.

"키아아아아!"

"끄아아!"

"우오오오오오!"

검은 갑옷들이 연기를 피우며 쓰러졌다. 엘리나리제도, 자노바도, 아토페도. 해동되던 이도. 그리고 무어도.

나도.

"우윽!"

엄청난 충격이 일었다.

등이 뒤로 구부러지고, 관절이라는 관절이 모두 거꾸로 부러지는 것 같았다.

죽을 정도의 마력은 넣지 않았으니까, 죽지는 않는다는 걸 알고 있었다.

하지만 눈앞이 시커멓게 되고 의식이 날아갔다.

정신을 차리고 보니 지면에 쓰러져 있었다.

기절했다는 감각은 있지만, 동시에 기절한지 2초도 지나지 않았다는 걸 깨달았다.

몸은 저려서 움직이지 않았다. 시각은 살아 있다. 크리프는 어떻게 되었지?

고개를 들자, 한쪽 무릎을 꿇은 무어가 보였다. 검은 갑옷 틈

새로 연기를 피우면서 크리프에게 남은 한 손을 향하고 있었다. 중얼중얼 들리는 것은… 주문인가.

디스터브 매직을… 아니, 그럼 늦는다. 나는 왼팔에 마력을 보냈다.

설령 몸이 마비되었더라도 의수는 움직인다.

왼손의 의수를 펼치고 손바닥을 무어에게 향했다.

"'윈드 바인드'!"

"'팔이여, 빨아들여라'!"

무어가 내보낸 바람의 채찍이 순식간에 지워졌다.

"아닛!"

무어는 놀라 이쪽을 보았다. 투구 때문에 표정은 안 보이지만, 아마도 경악했겠지.

꼴 좋다.

크리프는 뒤를 돌아보지 않았다. 앞으로 세 걸음만 가면 전이마법진의 입구다.

이제 아무도 쫓아갈 수 없다. 아무도 따라잡을 수 없다. 아토페조차도 마비된 상태다.

하지만 그녀는 눈을 치켜뜨고 호랑이처럼 날 응시하고 있었다. 날 보고 있었다.

"이놈, 제법이군. 신기한 마술을 다 쓰고."

"……."

"하지만 기대돼. 네가 내 부하로 들어오는 게 말이지…. 크크큭, 너 같은 마술사가 필요하던 판이었어. 귀여워해 주마, 크크큭…."

아토페의 사나운 웃음소리를, 나는 시선을 돌리지 않고 그저 받아들였다.

불사종족의 회복은 나보다 빠르겠지. 이제는 도망칠 수 없다. 저항할 수도 없다.

자노바는 기절했다. 아토페에게 매달린 채였지만, 당장이라도 무너질 것 같다.

녀석은 고통에 대한 내성이 약하니, 일렉트릭에 순식간에 의식이 날아갔겠지.

이걸로… 끝인가.

"……."

그렇게 생각하며 엘리나리제를 보자, 그녀는 몸을 바들바들 떨면서도 일어서려 하고 있었다.

대미지는 나와 별로 다를 바 없을 텐데도 계속 싸울 생각이다.

엘리나리제는 포기하지 않았다. 포기하면 안 된다. 백발의 코치도 그렇게 말했다.

나도 할 수 있다. 하면 할 수 있다.

힘내자. 돌아가자. 돌아가는 거다. 돌아가서, 돌아가면… 그래, 실피와 야한 짓을 하자. 록시랑도 하자. 루시도 안아 주자. 노른에게는 검술만이 아니라 마술도 가르치고. 아이샤가 지은

밥을 먹는 것도 기대된다. 리랴, 그녀에게는 마음고생을 시키는구나…. 제니스의 기억도 분명 돌아올 거고, 그렇게 되면 다 함께 아버지의 묘를 참배하러 가고. 그리고 지금까지처럼 웃으며 산다.

즐겁고 즐거운 이세계 생활. 그래, 그러자, 그렇게 하자.

…좋아, 할 수 있어. 움직인다. 팔이라도 움직이면 마술을 쓸 수 있다.

지팡이는, 지팡이는 어디 갔지. 나는 그게 없으면 안 된다.

좋아, 있다. 몸 밑에 깔려 있었다. 미안, 아쿠아 하티아, 무거웠지.

좋아, 할 수 있어. 도움이 올 때까지 버틴다. 그것뿐이야. 이길 필요는 없어.

크리프 선배, 부탁합니다. 페르기우스가 싫겠지만, 잘 좀 부탁합니다. 잘 설득해 주세요. 설령 지금 당장은 무리라도 1년 이내에 도우러 올 수 있도록 좀 부탁합니다.

"어?"

엘리나리제의 목소리에 고개를 들었다.

그녀의 시선 앞에 크리프가 있었다. 딱 지하감옥으로 가는 입구에 도달해서.

거기서 나온 검은 갑옷과 딱 마주쳐서….

"거짓말이지?"

검은 갑옷이 안에도 있었나.

"아아…."

왜 그걸 생각 안 했을까.

눈앞에 구멍이 있으면 아무리 아토페라도 거기를 조사시킬 생각을 할 텐데.

"큭…."

가슴 안에 검은 것이 싹텄다. 소리 지르고 싶어지는, 힘이 쭉 빠지는, 잘 아는 감각.

절망이다.

이제 실피와 만날 수도, 록시와 만날 수도 없다. 나는 저 바보 같은 마왕의 부하가 되어서 죽을 때까지 몸을 단련하는 것이다.

내 몸에서 힘이 빠지려고 했다. 체념이 몸을 지배하였다.

하지만 그때 경악하는 목소리가 들렸다.

"뭐…야?"

그 목소리는 내가 낸 것이 아니었다. 엘리나리제도 아니었다. 자노바도 아니었다. 무어도 물론 아니었다.

아토페였다.

그녀가 크리프 쪽을 보고 말했다.

"아, 아토페 님…."

검은 갑옷이 크리프를 붙잡고 비틀거리면서 경사면에 나왔다.

뭔가 이상하다.

"그, 마법진 너머는, 페르…."

다음 순간 검은 갑옷이 세로로 갈라졌다.

안에 든 사람과 함께 두 쪽으로.

그리고 갈라진 몸 너머. 그 인물이 모습을 보였다.

빛나는 은발. 금색의 눈동자. 하얀 옷은 피가 튀어서 얼룩무늬로 물들어 있었다.

"불사마왕 아토페라토페인가."

그는 유창한 마신어로 말하면서 입구에서 나타났다.

"설마 네가 있었다니… 하지만 리카리스에 전이마법진을 연결하면 이렇게 될 가능성도 다소 고려해야 했을까."

그의 뒤에서 줄줄이 다른 이들이 나왔다. 광휘의 아르만피, 공허의 실바릴. 다른 이들은 누가 누군지 모르겠지만 총 여섯 명.

"네 부하의 더러운 피로 내 성이 더러워졌다."

그런가. 아토페는 우리보다 먼저 여기에 도달했다.

전이마법진으로 가는 입구를 이미 발견해서 병사들에게 그 너머의 탐색을 명한 것이다.

그리고 병사들이 전이마법진을 발견했다면 당연히 거기에 발을 들여놓았겠지.

그러니까 나온 것이다.

공중성채가 마족에게 더럽혀져서.

"페르기우스으으으!"

아토페가 외쳤다.

'갑룡왕'이 거기에 있었다.

아토페는 페르기우스의 모습을 본 순간 분위기가 변했다.

방금 전과는 비교도 되지 않을 정도의 살기를 내뿜고, 부모의 원수를 발견한 것처럼 이빨을 드러내며 페르기우스를 노려보았다.

"페르기우스, 이놈이!"

아토페는 마비로 움직일 수 없는 몸을 비틀어서 자노바를 밀어냈다.

자노바가 스르륵 쓰러졌다. 아토페는 그걸 개의치 않고 페르기우스 쪽을 향하더니, 등의 날개를 부들부들 움직이면서 힘을 모으려다가 털썩 무릎을 꿇었다.

"하하핫!"

페르기우스가 그걸 보고 유쾌하게 웃었다.

"뭐냐, 꽤나 유쾌해지지 않았나, 아토페라토페. 또 방심했나? 방심하는 것은 너희 불사마왕 혈족의 전통이었나?"

"이놈들은 네가 보낸 거였나! 나를 죽이려고 이런 잔재주를…. 칼과의 맹약은 어쨌나!"

페르기우스는 웃으면서 아토페를 내려다보았다.
아토페는 노기만으로 구성된 목소리로 외쳤다.
무어는 비틀비틀 아토페에게 다가가려고 했지만 마음대로 되지 않았다.
이 자리에서 만족스럽게 움직일 수 있는 것은 페르기우스와 그 부하들, 그리고 크리프뿐이었다.
페르기우스는 절호의 사냥감을 발견한 호랑이처럼 아토페를 바라보았다.
"착각하지 마라. 그 녀석들은 그저 친구를 구하겠다고 내게 조력을 부탁했을 뿐이다."
"거짓말이다! 우아아아아!"
"칼과의 약속은 지킨다. 녀석과는 친구니까."
"네가 칼의 친구라도, 나는 네가 싫어!"
"…나도 너처럼 말이 안 통하는 멍청이는 싫다."
페르기우스는 그렇게 말하더니 손바닥을 위로 향하여 두 손을 들어올렸다.
아토페가 안색을 바꾸었다.
"너, 너, 설마…."
아토페의 질문에 대답하지 않고 페르기우스는 입을 열었다.
"그 용은 그저 충성만으로 산다. 두 발톱은 길고 날카롭고, 결코 주먹을 쥘 수 없다."
그 말은 어디선가 들은 것 같았다.

"저 용이 분노할 때, 주먹을 쥔다. 발톱은 부러지고, 이빨은 뽑히고, 하지만 이해하겠지. 충의를 움켜쥔 용이 어떤 마음으로 충의를 버렸는가를!"

말 하나하나를 곱씹듯이.

그리고 한마디 한마디 나올 때마다 주위의 마력이 페르기우스에서 모이는 게 느껴졌다.

"세 번째로 죽은 용. 가장 날카로운 눈동자를 가진 백은 비늘의 용장. 갑룡왕 페르기우스의 이름으로 소환한다—"

어느 틈에 아토페의 좌우, 우리 전원을 포위하듯이 두 개의 문이 출현해 있었다.

그 문에는 용의 모습이 꼼꼼하게 조각되어 있었다.

장식이 아름다운 백은색의 문.

장식이 아름다운 황금색의 문.

지면에서 자라나듯이 문이 쭈욱 튀어나왔다.

"열려라 '후룡문'."

"불러라 '전룡문'."

페르기우스의 중얼거림과 동시에 문이 열렸다.

뭔가가 흘렀다. 오른쪽 문에서 왼쪽 문으로. 바람이 아니다. 눈에 보이지 않는 뭔가.

나는 그게 뭔지 안다.

마력이다. 저 문은, 이 소환 마술은, 마력을 빨아들이는 것이다.

내 몸의 표면에서 마력이 줄줄 빨려 나가는 것이 느껴졌다. 올스테드 때와는 다르다. 그때보다 더 빨리 몸의 마력이, 체력이 흡수되는 게 느껴졌다.

"아, 아토페 님, 도망치십시오…."

이쪽으로 다가오려고 기던 무어가 쓰러졌다. 아토페는 다리를 부들부들 떨면서 페르기우스를 노려보았다.

"페르기우스!"

그 몸은 방금 전보다 조금 작아진 것처럼 보였다.

어쩌면 저 문 때문에 투기가 사라졌나.

"맹약을 깨려는 거냐!"

"깨지 않는다. 다만 이런 천재일우의 기회는 좀처럼 없어서."

페르기우스가 오른손을 들었다. 손이 하얗게 물들었다. 이윽고 오른손은 빛을 내고 눈이 부실 정도의 흰색이 주위를 뒤덮었다.

"갑룡수도 '일단'."

페르기우스가 손을 내리쳤다. 빛은 똑바로 아토페에게 날아가서 관통했다.

"기억해라, 페르기우스!"

아토페의 몸이 빳빳하게 굳었다. 그리고 한순간이 지난 뒤에 뒤쪽으로 날아갔다.

몸이 좌우로 두 동강 나면서 날아가더니 순식간에 내 시야에서 사라졌다.

"흥, 어차피 죽지 않겠지."

페르기우스는 그렇게 중얼거리더니 흥미를 잃은 것처럼 발길을 돌렸다.

"실바릴, 네 사람을 회수하여 치료해 줘라."

"다른 병사는?"

"내버려둬라."

"마계대제 키시리카의 모습도 보입니다만."

실바릴이 그렇게 말하자, 내 시야 구석에서 엎어져 있던 키시리카가 움찔하는 의성어가 들릴 듯한 기세로 몸을 떨었다.

모르는 사이에 일렉트릭에 휘말려들었던 모양이다. 미안.

"내버려둬라."

"예."

아무래도 키시리카도 눈감아줄 모양이다. 다행이다.

"휴우."

나는 실바릴과 다른 이들이 다가오는 것을 보고 가만히 숨을 내뱉었다.

…살았다.

그 뒤로 우리는 페르기우스의 부하들에 의해 성내로 운반되었다.

크리프 이외에는 모두 어깨에 들려서 이동하였다.

그동안 크리프는 키시리카와 이야기한 모양이다. 내가 보았을 때 키시리카는 평소처럼 웃음소리를 내며 어딘가로 사라지는 참이었다.

다음에는 조금 더 알기 쉬운 곳에 있으면 좋겠는데… 뭐, 됐어.

전원이 전이를 마친 뒤에 실바릴이 전이마법진을 정지시켰다.

이제 마대륙으로 가는 길은 없다.

감전으로 부상을 입은 우리는 의무실로 옮겨졌다.

치료를 담당한 것은 크리프였다. 그는 나서서 치료를 자청했다.

크리프는 "이런 화상, 처음 보는데….."라고 말하면서 우리의 상처를 치유 마술로 깨끗하게 고쳐 주었다.

죽을 정도는 아니지만, 화상이 안쪽까지 침투했기에 놔두면 후유증이 남을 정도의 중상이라고 했다.

그만한 상처를 자노바나 엘리나리제에게 입힌 것은 미안하지만, 그래도 그 정도가 아니면 불사마왕을 행동불능으로 만들 수 있었다.

크리프는 특히나 엘리나리제의 상처를 정성들여서 고쳤다. 흉터라도 남으면 큰일이라고 생각했겠지.

엘리나리제는 그런 크리프의 모습에 와 닿는 게 있었는지,

치료가 끝나자마자 크리프를 들고 어딘가로 사라졌다.
자노바는 치료를 마쳐도 정신을 잃은 상태였다.
이번에는 이 녀석 덕분에 살았다. 아무리 감사해도 모자란다.
우정은 값을 따질 수 없지만, 예의를 잃으면 안 된다. 일어나거든 고맙다는 말을 꼭 해두자.

나는 치료가 끝나서 움직일 수 있게 된 뒤에 실피에게로 향했다.
실피는 침대에 누운 채로 책을 읽고 있었지만, 방에 들어온 나를 보자 고개를 들고 "왜 그래?"라며 고개를 갸웃거렸다.
질문에 대답하지 않고 말없이 침대에 파고들어서 껴안자, 그녀는 작은 비명을 질렀다.
거절하는 듯한 비명에 조금 슬픈 마음이 들면서도 나는 실피의 몸을 세게 껴안았다.
아토페의 웃음소리가 귀에 남아 있었다. 마비로 움직일 수 없게 되었을 때의 절망이 가슴에 남아 있었다.
그 싸움에서 죽는 일은 없었겠지. 아토페는 적당히 힘을 빼면서 싸웠고, 검은 갑옷들도 과감하게 공격해 오지 않았다. 무어가 쓰려던 마술도 살상력이 높은 것은 아니었다.
하지만 무서웠다.
혹시 페르기우스가 와 주지 않았으면, 아토페에게 붙잡혀서 계약이란 것을 하게 되었으면, 이렇게 실피를 껴안을 수도 없었다.

루시가 자라도 그 모습을 볼 수 없었을지도 모른다. 록시와도, 노른과도, 아이샤와도, 누구와도 더는….

그저 그게 무서웠다. 떨림이 멎지 않을 만큼 무서웠다.

그러니까 여기에 그녀의 몸이 있는 것이 무엇보다 중요하게 생각되었다.

내 머리를 쓰다듬는 손길이 있었다. 실피의 손이 내 머리를 빗겨주듯이 쓰다듬고 있었다. 그녀의 손가락은 가늘고 따스하고 부드러웠다.

실피는 기쁜 표정으로 나를 안아 주었다.

아무런 설명도 필요 없었다. 그녀는 그저 안아 주었다. 그걸로 충분했다.

나는 실피의 품 안에서 안심하며 잠이 들었다.

제9화 공중성채에서의 하루

순식간에 이틀이 지나갔다.

자노바도 눈을 떠서 건강하게 성 안의 공예품을 구경하고 다닐 수 있게 되었다.

그는 이걸로 걱정 없이 성 안을 구경 다닐 수 있다며 신이 났다. 일렉트릭의 후유증은 없는 모양이라서 나도 마음을 놓았다.

혹시나 의식불명의 중태가 이어졌으면 진저에게 뭐라고 말해야 좋을지 알 수 없으니까.

크리프에게는 조금의 변화가 있었다.

그는 그 직후에 키시리카와 뭔가 이야기를 하였다. 무슨 이야기였나 했더니, 아무래도 포상을 받은 모양이었다.

키시리카가 주는 포상이라면… 그래, 마안이다.

크리프가 받은 마안은 '식별안'이었다. 눈으로 본 물체가 뭔지 알 수 있는 것이다. 앞으로 비슷한 일이 있어도 괜찮도록, 스스로 선택한 것이라나. 크리프 선배는 항상 남자답군.

그렇게 남자다운 사람은 현재 마안을 제어할 수 없어서 꽤나 고생하는 모양이었다.

세상에 있는 모든 것에 이름과 설명문이 떠오르는 모양이다. 글자투성이인 세계라는 것이다.

그런고로 지금은 아직 엘리나리제의 손을 잡지 않으면 걸을 수 없다.

하지만 언젠가 그것도 제어하여 박식한 크리프라고 불리게 되겠지.

그때까지는 안대를 해야 할까.

자, 나나호시의 용태를 이야기하자.

우리가 가져온 찻잎을 달여서 마시게 하자, 곧 나나호시가 화장실을 가고 싶다고 호소했다.

그 뒤에 나나호시는 율즈에 의해 의무실로 실려 와서… 뭐, 그녀의 명예를 위해 자세히는 생략하겠지만, 일단 마음을 놓을 정도가 되었다나 보다.

“몸은 좀 어때?”

나나호시는 아직 침대에 누워 있었다.

안색은 꽤나 좋아졌지만, 아직 피로의 빛이 짙고 겉보기로도 핼쑥했다.

배 속에 든 것을 죄다 토해낸 듯한 느낌이었다.

“꽤 좋아졌어.”

일단 한 달 정도는 안정을 취해야 한다는 모양이지만, 기분은 좋은 모양이었다.

평소의 팽팽한 분위기가 아니라, 막 잠에서 깨어난 것처럼 멍한 표정을 하고 있었다.

더 말하자면 머리도 여기저기 삐쳤고 푸석푸석했다. 평소에는 건강하지 않은 생활을 한다고 생각했는데, 그래도 매일 빗었던 모양이다.

“이번에는 정말 신세 많이 졌습니다.”

그녀는 소카스 차가 든 컵을 손으로 데우면서 내게 고개를 숙였다.

어쩐 일로 경어였다.

“위험한 곳에 일부러 약을 구하러 가셨던 모양이라. 저기… 고맙습니다.”

이 녀석이 경어를 쓰다니, 왠지 기분이 그렇네.

아니, 분명 몸이 약해졌으니까 마음도 약해졌겠지.

"신경 쓰지 마."

"전에도 마음 써 주셨고… 난, 꽤나 심한 말을 했는데… 싫은 얼굴 한 번 하지 않고 도와주셔서, 뭐라고 해야 좋을지…."

나나호시는 정말로 미안한 얼굴을 하고 있었다.

이렇게 기특한 소리를 하는 나나호시는 처음 봤다.

속죄의 율즈의 능력을 쓰면 체력만이 아니라 성격까지 옮겨지는 걸까.

"생각해 보면 루데우스 씨는 연상인데, 계속 거만하게 말했고…."

"그건 됐어. 이쪽에서는 아직 18세고."

"원래는 몇 살 정도였나요?"

"서른네… 아니, 그건 됐어. 나이 이야기는 그만두자. 그리고 경어도 그만둬. 지금까지처럼 하면 돼."

"예."

나나호시는 소카스 차를 한 모금씩 천천히 마셨다.

그렇게 마시면 병에 잘 듣는다고 하듯이.

"들었을 거라고 생각하지만, 네 병…."

"안 낫는다고 그러지."

나나호시의 드라인병은 완치되지 않는다.

소카스 풀로 일시적으로 체내의 마력을 배설할 수 있지만,

내버려두면 언젠가 또 몸에 마력이 쌓인다는 모양이다. 원래 이 세계의 인간이 아닌 탓에 면역이 생길지도 알 수 없다.

일단 일상적으로 소카스 차를 마시면 마력이 너무 쌓이는 일은 없다.

하지만 미미한 마력으로도 병에 걸릴 가능성이 있다는 것은 변함없다.

그리고 그 병이 키시리카도 모를 정도로 태곳적부터 있는 질병일 가능성도 있다.

이 세계에서 사는 이상 마력을 접하지 않고 생활할 수는 없다.

공기에도 음식에도 마력은 담겨 있다.

"나나호시. 너는 돌아가야만 해. 이런 세계에서 죽으면 안 돼."

"…응."

"나도 할 수 있는 데까지 도울게. 방법을 확립할 때까지는."

"하지만 난…."

"감사 같은 건 필요없으니까, 도중에 내게 문제가 생기거든 그때는 이야기라도 들어줘."

"…훌쩍."

그렇게 말하자 나나호시는 콧소리를 내며 울기 시작했다. 소리 죽인 오열 속에서 고맙다는 말이 들렸다. 나는 나나호시가 울음을 그칠 때까지 느긋하게 기다렸다.

나나호시는 잠시 동안 울었지만, 새빨간 눈에 콧소리를 섞어서 말했다.
"하지만 난 돌아갈 거야."
"그래, 얼른 돌아가고 싶겠지…."
"그게 아니라, 돌아갈 때까지 다 갚아줄 수 있을까…."
오오, 돌아살 때까지 갚을 생각인가. 의외로 기특하군.
"너무 복잡하게 생각하지 않아도 돼. 나도 너한테 아무것도 안 받은 건 아냐."
"내가 준 건 연구를 도와준 답례야."
"그럼 자잘한 일로 자주 의논할게."
"자잘한 일이라니, 어떤 거?"
"그 나이 또래의 여자가 뭘 좋아하는지, 라든가. 실피와의 부부생활도 계속되겠지. 결혼도 하고 자식도 낳았지만, 그래도 나는 그 나이의 여자가 무슨 생각을 하는지 잘 몰라. 너라면 나이도 비슷하니까 뭐 좀 알겠지?"
"…실피의 생각?"
나나호시는 턱에 손을 대고 모포를 응시했다.
진지하게 생각하는 모양이다. 기특하군.
"지금은 됐어. 나중에 혹시 싸움이라도 했을 때에 중재를 맡아 주든가 해."
"…알았어."
나나호시는 진지하게 끄덕였다. 나이가 비슷하다고 해도 이 녀석도 이세계의 주민. 게다가 기혼자의 마음을 알 리가 없다.

나도 비슷한 또래의 남자가 무슨 생각을 하는지 모른다.
"그럼 그런 걸로. 아직 몸이 다 회복되지 않았을 테니까 조심해."
"응, 고마워."
나는 방에서 나갔다.
단둘이 너무 오래 있으면 실피가 질투할 테니까.
질투하는 실피도 귀엽지만, 아내를 불안하게 만들고 좋아하는 취미는 없다. 실피는 아무런 불안도 없이 날 사랑해 주었으면 하는 마음이다.
마음으로만 끝나는 게 나의 문제점이지만.

복도를 걷고 있으니, 창밖으로 아름다운 저녁 해가 보였다.
어느 세계고 저녁 해는 아름답다.
나는 높은 곳을 그리 좋아하지 않지만, 눈앞에 펼쳐지는 아름다운 정원에서 보이는 구름바다의 저녁 해란 것을 보고 싶어졌다.
가끔은 나도 풍류를 즐기는 마음에 젖고 싶다. 그런 마음에 나는 성 밖으로 나갔다.
예쁘게 다듬은 나무와 처음 보는 꽃들. 그것들이 구름 속에 가라앉는 저녁 햇살을 받아서 환상적인 풍경이 만들어졌다.

이런 곳에서 실피에게 사랑을 속삭이면 어떻게 될까.

다름 아닌 그녀니까 얼굴을 새빨갛게 물들이고 고개 숙여서 내 손을 꼭 잡아주겠지. 분명 귀여울 게 틀림없다.

좋아, 실피가 회복되거든 한 번 해 보자.

록시에게도 해 보고 싶지만… 여기는 마족 출입금지다.

뭐, 해 보더라도 그녀라면 태연한 얼굴로 '그렇게 창피한 말을 하지 않아도 괜찮은데요?'라고 말하겠지. 뭐가 괜찮냐 하면, 결국은 오늘밤의 베드인 예정이 비어 있냐 아니냐 하는 이야기다. 그녀는 제법 노골적이다.

하지만 그게 아니야. 나는 야한 짓만이 아니라 그냥 평범하게 러브러브하고 싶은데.

저녁 해를 보면서 '예쁘네'라고 말하면 '네가 더 예뻐'라고 말해서 부끄러워하는 록시를 보고 싶다.

뭐, 이 자리에 없으니까 할 수 없지만.

"응?"

그런 생각을 하면서 걷는데 정원 구석에 시선이 닿았다.

거기에는 하얀 테이블이 설치되어 있었다. 자리에 앉아 있는 것은 세 명의 남녀였다.

"거기서 스승님의 마술이 있었습니다. 스승님의 오른손에서 날아간 보라색 마력이 아토페의 몸을 태워서 그 행동을 막은 것입니다."

"호오, 아토페가 그렇게 약해진 것은 녀석의 마술 때문이었나."

"루데우스 님의 마술은 끝을 알 수 없네요."

테이블을 둘러싸고 대화를 나누는 것은 자노바, 아리엘, 그리고 페르기우스였다.

그들은 저녁 햇살 속에서 뭔가 즐겁게 이야기하고 있었다.

대화에는 끼지 않았지만, 두 명의 모습도 더 보였다.

루크와 실바릴. 두 사람은 서 있었지만, 총 다섯 명이 자노바의 이야기를 듣고 있었다.

"저나 엘리나리제 님도 휘말려 들었습니다만, 그 마술은 이 세상이 넓다고 해도 스승님 정도밖에 쓸 수 없는 것이겠지요."

"라이트닝과 비슷하다고 들었는데… 하지만 아토페를 못 움직이게 만들었다면 그 정도의 위력은 필요하겠지."

"그래서 그 뒤에는 어떻게 되었습니까? 싸움의 행방은."

"음, 그것이 저는 거기서 정신을 잃어버려서…. 오, 때마침 오셨군요."

자노바의 시선이 이쪽을 향했다. 들켜 버렸으니 어쩔 수 없군.

나는 인사를 하고 그 집단에 다가갔다.

"수고하십니다. 여러분, 이런 곳에서 다과회라도 하십니까?"

"그렇습니다, 스승님! 페르기우스 님이 아토페와의 싸움에 대해 자세히 듣고 싶다고 말씀하시기에, 제가 소상히 설명해드렸던 참입니다."

"그래."

페르기우스를 보았다. 그는 알현실에서 보았던 때보다 기분이 좋은 눈치였다.

"들었다, 루데우스. 아토페가 그렇게 약해졌던 것은 네 마술 덕분이라고 하는군."

"아뇨, 자노바가 아토페를 붙잡아준 덕분입니다. 그냥 날렸으면 흘려 버렸을지도 모르고요."

"그래, 그래…. 큭큭, 지금도 녀석의 모습이 선명하게 떠오르는군."

페르기우스는 입가를 일그러뜨리며 심술궂게 웃었다. 그렇게 아토페를 싫어하는 걸까.

아무튼 기분이 좋은 눈치다.

"유쾌하신 모양이군요."

"그렇지. 녀석에게 몇 번이나 배신당했는데 이렇게 뜻하지도 않게 복수의 기회가 찾아왔으니까."

"복수, 입니까?"

"그래. 꽤 기나길게 얽힌 악연이지."

그 뒤로 이어진 것은 400년 전의 전쟁—라플라스 전쟁 때의 이야기였다.

라플라스 전쟁에서 아직 풋내기였던 페르기우스는 모험가로서 인간 쪽에 가담하였다.

전장은 최전선. 마족의 장군으로 전선에서 지휘했던 것이 아토페다.

페르기우스는 전장에서 몇 번이나 그 아토페와 충돌하였다.

하지만 당시에 아직 풋내기에 미숙했던 그는 아토페에게 이길 수 없어서 몇 번이나 죽을 뻔했다. 그때마다 큰형뻘인 용신 울펜이나 북신 칼맨의 도움을 받아서 분하게 여겼었다.

그 뒤에 페르기우스는 몇 번이나 복수하려고 했지만, 북신 칼맨과 불사마왕 아토페가 맺어졌다. 게다가 북신 칼맨은 죽을 때 페르기우스와 아토페에게 서로를 죽이려 들면 안 된다는 유언을 남겼고, 페르기우스 또한 마대륙에 가는 일이 없어서 기회는 사라졌다.

반쯤 체념하고 있었는데, 뜻하지 않은 타이밍에 일방적으로 두들길 수 있는 기회를 얻었다.

그게 매우 기뻤던 모양이다.

"네게는 고맙다는 말을 해야만 하겠지. 애 많이 써 주었다."

"북신 칼맨과의 약속은 지키지 않아도 되는 겁니까?"

"칼이 금한 것은 '살해'다. 일반적으로 패는 것에는 뭐라고 않겠지."

무저항인 상대를 부조리할 정도로 두들겨 패고 싶다니 너무하네.

하지만 그만큼 깊은 악연도 있겠지.

"나는 너를 조금 오해했던 모양이다. 이거 상이라도 줘야겠군."

"상은… 딱히."

지금은 필요없다. 그런 건 됐다. 힘 같은 건 원하지 않는다.

"그렇지. 나나호시의 몸이 회복되는 대로 내가 직접 소환술을 가르쳐 주마."

"…10년 동안 집에 돌아가지 못한다든가, 그러는 건 아니겠지요?"

"나와 아토페를 똑같이 보지 마라."

집에 돌아갈 수 있다면 거절할 이유도 없다.

특히나 소환 마술이나 전이 마술에 대해서는 잘 알아두고 싶다.

앞으로 이번과 비슷한 일이 없다고만 할 수 없으니까. 내친 김에 싸우기 위한 방법도 배워두는 편이 좋을까. 나는 싸움에 약하지만, 그래도 이 세계에서 사는 이상 위기를 헤쳐 나갈 만한 힘을 가져두는 편이 좋다.

가족을 지킬 정도의 힘은 가졌다고 생각했는데, 히드라나 이번 같은 적이 상대라면 아무래도 힘이 부족하다는 느낌을 지울 수 없고.

그 레벨과 싸우는 일은 거의 없으리라고 생각하지만….

하지만 무슨 일이 터진 뒤면 늦으니까.

"저기, 페르기우스 님. 소환술 수업이 끝난 뒤라도 좋습니다만, 싸우는 법이라고 할까, 대련 같은 것을 해 주실 수 있겠습니까?"

"흠, 아토페를 만나고 자극을 받았나? 아니면 욕심이 생겼나?"

아, 조금 퉁명스러워졌다. 안 되지, 안 돼.

"아뇨, 그저 또 그런 상황에 처했을 때, 조금 더 스마트하게 탈출하고 싶을 뿐입니다."

"…일단 나와 연락하기 위한 도구를 줘라. 실바릴."

페르기우스는 그렇게 말하고 실바릴에게 눈짓을 하였다.

실바릴은 품에서 용이 달라붙어 있는 탑처럼 생긴 피리를 꺼냈다.

"그걸 나와 연관 있는 장소에서 쓰면 굉뢰의 클리어나이트가 듣고 아르만피가 데리러 갈 거다."

나는 피리를 받아서 품에 넣었다.

지금 이야기로는, 이 피리를 준다는 소리는 곧 무슨 곤란한 일이 생겼을 때에 도와준다는 것일까.

결과가 좋으니까 됐다.

"해가 졌나."

어느 틈에 저녁 해는 저물고 달이 보였다.

하지만 주위는 어둡지 않았다. 테이블, 그리고 주위의 꽃들이 푸르스름한 빛을 띠었다.

"이 테이블은 마조석으로 만들었다. 너도 앉아 보아라. 조금 더 이야기를 해 볼까."

그 말에 나도 자리에 앉았다.

"역시 드워프의 공예품은 제2차 인마대전 직전 때의 것이 최고로군요."

"그래. 그 전쟁에서 드워프의 마을이 소멸하지 않았으면 지금쯤 대단한 것이 만들어졌을 텐데."

이야기를 나누어 보니 페르기우스는 꽤나 재미있는 인물이었다.

지식은 깊고, 예술을 사랑한다.

또한 문화인이기도 하고, 창작이라는 것에 대해서도 이해심이 있었다.

"하지만 드워프는 전멸하지 않았습니다. 그 종족은 손재주가 있으니 언젠가 또 훌륭한 것을 만드는 장인이 태어나겠지요."

"그러고 보면 너희도 장인을 한 명 키우고 있더군."

"예. 제 스승님은 이렇게 보여도 인형에 대한 조예가 깊은 분이니까. 그걸 주입하면 어쩌면 새로운 경지도 보일지 모르겠습니다."

"루데우스가 만든 인형은 구경했지만 제법 재미있다. 인간을 추상화하여 특징을 알기 쉽게 만들다니, 훌륭한 재주다."

두 사람은 즐겁게 대화를 나누었다.

나는 지식적으로 다소 뒤지는 부분이 있어서 이야기를 쫓아갈 수 없었지만, 듣고 있기만 해도 흥미가 우러나는 이야기였다.

"그 정도는 아닙니다."

"겸손은 됐다."

"아뇨, 루데우스 님의 솜씨는 실피를 통해서 저도 잘 알고 있습니다."

이 다과회. 사실은 참가자가 한 명 더 있었다.

방금 전부터 즐겁게 대화하는 두 사람에게 '아, 그러고 보면' 이라든가 '드워프라고 하면' 식으로 대화에 끼어들려고 하지만, 잘 되지 않았다.

대화가 너무 심오해서 나와 마찬가지로 쫓아갈 수가 없는 것이다.

"마술만이 아니라 예술에도 조예가 깊다니, 루데우스 님은 대단한 분이시네요."

"감사합니다, 아리엘 님."

마치 따돌림 당하는 외톨이 같은 그 소녀의 이름은 아리엘 아네모이 아슬라.

그녀의 뭔가 어색한 말을 들으며 나는 쓴웃음을 지을 수밖에 없었다.

그녀는 방금 전부터 맞장구치고 고개를 끄덕일 뿐인 인형이 되어 있었다. 페르기우스의 협력을 얻고 싶지만, 어떻게 해야 그에게 호감을 살 수 있는지 모르는 거겠지.

이렇게 같이 있어도 결실 있는 대화가 이루어지는 걸로는 보이지 않는다.

뭐, 느긋하게 해야겠군.

“그러고 보면 페르기우스 님, 조만간 이 인형을 시장에 내다 팔까 합니다만, 기탄없는 의견을 부탁드릴 수 있겠습니까?”

자노바는 문득 그런 말을 꺼냈다.

그리고 발밑에서 상자를 꺼냈다. 본 적이 있는 상자였다.

“호오….”

페르기우스가 흥미로운 눈치로 상자를 보았다.

하지만 자노바가 그 상자를 열자 순식간에 불쾌한 표정이 되었다.

“스펠드족의 인형인가.”

“역시나 페르기우스 님, 한눈에 이 인형을 알아보시다니.”

“…….”

상자 안에서 나온 것은 줄리가 만든 루이젤드 인형이었다.

내가 만든 것과 달리 약동감 넘치는 훌륭한 디자인이다.

하지만 페르기우스는 그게 마음에 들지 않았던 모양이다.

“너는 내가 마족을 싫어한다는 걸 알면서 묻는 것인가?”

페르기우스는 루이젤드 인형을 경멸하는 눈으로 보면서 차갑게 말했다.

“이런 걸 팔다니…. 그만둬라.”

역시 안 되나. 페르기우스는 마족을 증오한다.

어느 정도 관용이 있는 듯하지만, 지금까지 본 사람들 중에서 가장 편견을 가졌다.

그런 인물에게 스펠드족의 인형을 보여줘도 기분만 상할 뿐이겠지. 자노바도 그 정도는 알 텐데 왜 그랬을까?

“하지만 페르기우스 님도 이 인형의 모델이 된 인물에게는 빚이 있을 터.”

“빚이라고?”

페르기우스는 눈썹을 찌푸리고 생각하더니 눈을 치켜떴다.

“설마, 이 인형, 루이젤드 스펠디아인가?”

“바로 그렇습니다. 이전에 페르기우스 님이 말씀해 주셨던, 라플라스와의 최종결전…. 거기서 페르기우스 님과 그 동료 분들에게 힘을 보태주었던 바로 그 루이젤드 님입니다.”

자노바는 막힘없이 그렇게 말했다.

즉흥적으로 말하는 거라고는 느껴지지 않았다.

내가 모르는 사이에 자노바는 페르기우스와 이런 다과회를 여러 번 가진 것이다.

그리고 대화 도중에 딱 와 닿은 게 있었겠지. 이런 흐름이라면 충분히 가능하다고.

“물론 페르기우스 님이 마족을 싫어하신다는 것은 잘 알고 있습니다. 하지만 스승님의 기술이 세상에 나가면 세계에 새로운 예술의 기풍을 일으키겠지요. 보고 싶지 않으십니까? 예술품이 넘쳐나는 기막힌 세계를.”

“흐으음.”

페르기우스는 다소 난감한 얼굴을 하였다. 조금만 더 하면 될까? 나도 거들어야 할까?

"스펠드족은 싫다. 녀석들은 계속 그림자 속에서 암약하고 무고한 사람들을 죽여댔다…. 하지만 루이젤드의 도움이 없었으면 나는 살아 있을 수 없었고… 하지만…."

"페르기우스 님, 루이젤드는 자기가 저질렀던 짓을 후회하고 있습니다."

"후회?"

갑작스러운 말에 페르기우스는 고개를 갸웃거렸다. 뭐라고 하면 좋을까.

"예. 그는 라플라스에게 속았던 겁니다."

"라플라스인가…."

페르기우스의 표정이 일그러졌다. 이쪽 방향인가.

"그렇습니다. 라플라스에게 성격이 흉포해지는 창을 받고 조종당하여 일족의 명예를 더럽혔습니다. 뿐만 아니라 가족에게까지 손을 대어서… 그런 스스로를 부끄럽게 여기고 라플라스를 증오하였습니다."

"……."

"그는 자기 일족의 명예를 되찾기 위해 세상을 돌아다니고 있습니다. 이 계획은 그것을 돕기 위한 것입니다. 저도 루이젤드에게 빚이 있습니다만… 페르기우스 님도 루이젤드에게 감사하신다면 빚을 갚는다는 의미로도 허가해 주실 수 없겠습니까?"

그렇게 말하자 페르기우스는 팔짱을 끼고 눈을 감으며 미간을 찌푸렸다.

잠시 뒤에 조용히 말했다.

"스펠드족의 명예 따윈 내가 알 바가 아니지만… 빚은 갚아야겠지."

"오오, 그럼?"

"…멋대로 하도록 해라."

페르기우스는 별로 재미없는 눈치였지만, 분명히 그렇게 말했다.

이걸로 루이젤드 인형을 팔아도 아르만피가 나타나서 가게를 부술 일은 없다.

오히려 다른 누군가가 반대하더라도 페르기우스에게 허가를 받았다고 말할 수 있다. 페르기우스의 이름이 어디까지 통용될지는 모르지만, 저명한 사람의 파워는 강력하겠지.

그렇긴 해도 역시나 자노바로군.

대화에서 광명을 찾아내다니, 최근 자노바는 정말로 번쩍번쩍 빛난다. 나도 좀 보고 배워야지.

"배려에 감사드립니다."

자노바와 나란히 고개를 숙였다. 이걸로 판매계획은 또 한 걸음 전진했다.

기다려줘요, 루이젤드.

"그렇지, 스승님. 그 기술을 페르기우스 님께 보여드리면 어떨까요?"

자노바가 손뼉을 쳤다.

"그 기술?"

"아무것도 없는 곳에서 인형을 만들어 내는, 스승님의 특기 말입니다."

페르기우스를 바라보자, 그도 천천히 고개를 끄덕였다.

"한 번 해 보아라. 네 마술에는 흥미가 있다."

그렇게 말하기에 인형 제작을 보여주기로 했다.

하는 거야 평소와 똑같다.

흙 마술로 틀을 만들고 파츠별로 깎아서 모양을 잡아갔다.

이번에는 넨○로이드 정도 크기의 것을 만들어 보았다. 이 정도라면 나도 재미있고 금방 만들 수 있다. 퀄리티는 그리 높지 않지만, 파츠는 단순하고.

이번에는 얼굴 부분을 새 가면으로 해 보았다. 실바릴 인형이다.

"…이건 실바릴인가? 재주도 좋군."

페르기우스는 그 작업을 응시하였다.

흥미로운 눈치로, 주의 깊게, 내 손을 관찰하였다.

그에게는 마력이 보이는 걸까. 보이진 않지만, 뭘 하는 건지 아는 걸지도 모르겠다.

전설 속의 사람이고.

"흙 마술을 이런 일에 쓰는 사람이 있다니, 놀랍군."

"주문만 하시면 뭐든 만들어드리겠습니다."

"그래. 그렇다면 좋은 물건이 만들어지거든 가져와라. 내가 사 주기로 하지."

단골손님이 생겼다. 바디가디는 어디에 있는지 모르니까. 이런 루트도 확보해둬야지.

"그러고 보면."

거기서 아리엘이 대화에 참가하려고 했다.

"저희 아슬라 왕국에도 훌륭한 석공사가 있습니다."

그녀는 아슬라 왕국의 돌 세공 기술이 얼마나 대단한지 말했다.

자기가 왕이 되거든 페르기우스의 조각상을 만들겠다는 이야기까지 꺼냈다.

페르기우스는 계속 그걸 귀찮은 눈치로 들었지만, 마지막에는 차갑게 말했다.

"아슬라 왕국의 돌 세공 따윈 귀족의 허영만을 위해 만드는 것 아닌가. 아무런 재미도 없다."

"…예?"

놀라는 아리엘에게 페르기우스는 더욱 몰아붙이듯이 말했다.

"왕이 되거든 내 조각상을 만드는 것보다 먼저 해야 할 일이 있지 않은가?"

"그, 그건…."

페르기우스는 계속해서 말했다.

"아니면 네게 왕이란 백성의 세금으로 사치를 부리는 것을 말하나?"

"…아, 아뇨, 죄, 죄송합니다. 괜한 제안을 했습니다. 잊어 주세요."

아리엘은 시선을 내리고 물러나려고 했다. 의자에서 일어나서 인사했다.

그 모습에서는 평소의 카리스마 넘치는 아리엘을 상상할 수도 없겠지.

하지만 이 차가운 대응… 아무리 그래도 페르기우스가 심하지 않나?

그렇게나 아리엘이 싫은 걸까? 그렇게 거슬리는 소리를 한 걸까?

"기다려라, 아리엘 아네모이 아슬라."

떠나려는 아리엘을 페르기우스가 불러 세웠다. 그는 아리엘에게 거만한 시선을 보냈다.

"네게 왕이란 무엇인가? 진정한 왕이란 무엇을 뜻한다고 생각하지?"

"그건… 지식을 가지고 대신의 말에 귀를 기울이고, 왕으로서의 자각을 가지고…."

"아니다."

페르기우스는 아리엘의 말을 자르고 고개를 내저었다.

"내가 아는 아슬라 왕은 진짜 왕이지만, 그런 남자가 아니었다."

"페르기우스 님이 아시는 아슬라 왕?"

"그렇다. 라플라스 전쟁 후에 왕이 된 나의 벗, 가우니스 프리앙 아슬라는."

가우니스 왕의 이야기는 나도 다소 들은 바가 있다.

라플라스 전쟁에서 아슬라 왕가의 마지막 생존자다.

전쟁으로 큰 피해를 입은 아슬라 왕국을 잘 이끌었던, 위대한 왕이다.

아슬라도 라플라스 전쟁으로 꽤 황폐해졌지만, 그래도 전쟁 후에 내란이 일어나지 않고 잘 유지된 것은 그의 수완에 의한 바가 크다고 일컬어진다.

"가우니스 님은 위대한 왕이라고 들었습니다. 도저히 제가 흉내낼 수 있다고는."

아리엘의 말에 페르기우스는 다시 고개를 내저었다.

"녀석은 위대하지 않았다. 겁 많고, 싸움을 좋아하지 않고, 항상 도망만 다니는 남자였다. 공부도 별로고 무술에도 재능이 없고, 항상 시내의 주점에 가서 술을 마시고 주점의 여자를 유혹하려 드는 남자였다. 물론 왕이 되려는 야심도 갖고 있지 않았다. 하지만 녀석은 왕에게 가장 중요한 요소를 가졌다. 그렇기에 나는 녀석이 진정한 왕이라고 생각한다."

"그 중요한 요소란…?"

"그것을 네가 네 입으로 말할 수 있게 되면 나는 네게 힘을 빌려 주지."

아하, 과연. 이것은 시련일까.

아리엘은 지금 시험을 받고 있다. 페르기우스가 힘을 빌려 줄 만한 인물인가 하는 시험을.

"왕으로서, 가장 중요한 요소…."

아리엘은 턱에 손을 대고 가만히 테이블 한 곳을 바라보기 시작했다.

자기가 아는 가우니스 왕의 일화를 떠올리는 것일까. 하지만 가우니스 왕은 멍청이 왕 같은 인물이었군. 어쩌면 오다 노부나가 같은 사람이었을까?

"루데우스. 너는 뭔지 알겠나?"

그렇게 생각하는데 페르기우스가 내게 말을 돌렸다.

"아뇨, 저는 왕족이 아니라서 알기 어렵습니다."

"됐다. 적당한 말이라도 좋으니까 말해 보아라."

그렇게 말해도 말이지. 왕이라… 왕이란 무엇일까.

이른바 판타지 이야기에 나오는 왕은 뭘 하는 사람이었더라.

높은 나라. 나라의 우두머리. 총리대신 같은 것이지.

전생에서는 정치에 거의 흥미를 갖지 않았다.

다만 정치가에 대한 인터넷의 반응을 보고 이러쿵저러쿵 말했을 뿐이다.

"…능력을 따지는 것보다 나라나 백성의 입장에 서서 생각해 주는 사람이 왕이 되는 편이 기쁘지 않겠습니까?"

"호오."

적당한 소리를 한 내게 페르기우스는 감탄사를 흘렸다.

"아리엘. 이 남자는 너보다 나은 대답을 하였다."

"…하지만 백성 생각만 해선 왕의 일을 처리할 수 없습니다."

"그렇지. 가우니스도 백성 생각만 한 것은 아니다. 하지만 주위에서는 녀석에게 힘을 빌려주고, 아슬라는 안정되었다."

"그럼 왕에게 능력은 관계없다는 말씀인가요?"

"그렇다고 생각하나? 어리석은 왕을 모신 나라가 정말로 좋은 나라라고 생각하나?"

"……."

아리엘은 슬픔과 답답함이 뒤섞인 듯한 표정이었다.

페르기우스는 아리엘이 무슨 말을 하길 원하는 걸까….

모르겠다. 뭐, 나는 몰라도 될까. 왕이 될 생각도 없다.

게다가 어쩌면 페르기우스는 아리엘의 각오나 인간성을 알고 싶을 뿐이지, 이 질문에 정답은 없을지도 모른다.

그렇긴 해도 왕이라. 그렇게까지 하면서 되고 싶은 걸까.

"생각해 보도록 해라, 아리엘 아네모이 아슬라…. 자, 어두워졌군. 이만 돌아갈까."

페르기우스의 말에 그 날의 다과회는 끝났다.

어깨를 늘어뜨리고 힘없이 걷는 아리엘과 그 뒤를 따라가는 루크의 모습이 꽤나 인상적이었다.

제10화 터닝 포인트 4

그로부터 며칠 뒤.

나는 체력이 회복된 실피와 함께 마법도시 샤리아로 돌아왔다.

집에 도착했을 때에는 이미 해가 져 있었다.

왠지 꽤나 그립게 느껴지는 내 집이지만, 마지막으로 본 지 며칠밖에 안 지났다.

"나 왔어."

"예, 어서 오세요…. 어라, 오빠?"

현관문을 열자, 아이샤가 거실에서 바쁘게 나왔다.

오랫동안 집을 비울지도 모른다고 하고서 금방 돌아온 내 모습에 아이샤는 당혹스러워했다.

"벌써 끝났어? 나나호시 씨, 구했어? 아니면… 실패했어?"

불안해하는 얼굴로 묻는 아이샤의 머리를 거칠게 쓰다듬었다.

아이샤는 어색하게 "우와~"라고 하면서도 싫어하지 않았다.

"오빠, 왜 그래?"

"아무것도 아냐. 나나호시는 구했어. 경위에 대해서는 이따가 설명할게. 록시는 돌아왔어? 노른은?"

"노른 언니는 학교. 록시 언니는 방에 있을 거야. 엄마… 리랴 엄마는 빨래를 하고 있고, 제니스 엄마는 이미 주무셔."

"그래, 노른은 학교에 있나…. 미안하지만 록시를 좀 불러다 주겠어?"

"예이, 예이~"

잠시 뒤에 록시가 계단에서 내려왔다.

책상 앞에서 졸기라도 한 걸까, 머리가 다소 흐트러졌고 뺨에 빨간 자국이 남아 있었다.

"어서 오세요, 루디. 어땠나요?"

"지금부터 설명할게. 아, 그 전에."

나는 록시의 겨드랑이 밑에 손을 넣어 들어올리곤 꼭 껴안았다.

돌아왔으면 포옹. 그런 약속이었으니까.

"와…."

록시는 놀라면서도 내 등에 손을 돌려서 안아 주었다.

"다녀왔어."

"잘 왔어요."

이렇게 나는 집에 돌아왔다.

"이상이야."

그 뒤에 가족들에게 귀환보고를 했다.

해야 할 말은 많았다.

모든 것을 자세히 설명할 수는 없지만, 필요한 것은 말했다.

특히나 제니스의 저주에 대해서는 최대한 자세하게. 앞으로도 주의해야만 할 거라고.

"나는 한동안 공중성채에 머무를 텐데, 최소한 사흘에 한 번은 돌아올 생각이야."

일단 그렇게 선언했다.

실피도 아리엘이 성과를 낼 때까지는 한동안 공중성채에서 지내겠지. 그녀도 며칠에 한 번은 돌아올 생각인 모양이다.

학교에는 갈 수 없지만… 뭐, 조례에만 얼굴을 비추면 문제는 없겠지. 최근에는 수업도 듣지 않고.

"알겠습니다, 루데우스 님. 집과 제니스 님은 다 맡겨주세요."

리랴의 든든한 대답. 그녀에게도 고생을 시키는군.

아무튼 이걸로 보고는 끝. 가족회의는 해산하였다.

"휴우. 왠지 힘드네. 난 먼저 잘게. 루디는 어떻게 할래?"

"나는 목욕하고 잘게."

"어어… 침대에서 기다리는 게 좋을까?"

"아니, 오늘은 그만두자."

"알았어."

그런 대화를 한 뒤에 실피와 헤어졌다.

생각해 보면 요즘 며칠 동안은 간단히 물을 뒤집어쓰는 정도밖에 하지 않았으니까 뜨거운 물로 씻고 싶었다.

나는 목욕탕으로 직행해서 욕조의 남은 물을 마술로 데웠다. 완전 수동형 급탕기 룬바우스의 파워 전개다.

사실은 몸을 씻은 뒤에 들어가야 하지만… 뭐, 됐어.

나는 옷을 벗고 욕조에 몸을 담갔다.
"휴우."
뜨거운 물에 들어가 있으니 피로가 쭈욱 빠져나가는 듯한 느낌이었다.
자각하지 못했는데, 요 열흘 동안 꽤나 지쳤던 모양이다.
하지만 열흘인가. 페르기우스의 성에 가고 아직 열흘 정도밖에 안 지났다.
짧은 시간 동안에 많은 일이 있었다.
나나호시가 쓰러지고, 마대륙에 가고, 키시리카와 만나고, 아토페의 분노를 사고….
아토페, 강했지. 도무지 이길 것 같지 않았어.
그 레벨의 상대에게 이기려는 게 잘못이겠지만….
하지만 일렉트릭 마술은 통했다.
상대가 방심했다는 전제가 있으면 내게도 기회는 있을까.
이 마술은 더 연구하고 훈련해야겠지. 적어도 주위가 물에 젖어도 내게 피해가 오지 않을 정도로. 어떻게 하면 좋을지는 바로 떠오르지 않지만. 온몸을 고무로 덮을까? 스트○치맨처럼.
아토페의 부하인 무어도 강했지.
무슨 마술을 써도 다 대응할 것만 같았다.
현존하는 모든 마술을 알고, 대응법을 알고 있는 듯했다.
지금까지 만난 강한 마술사는 록시 정도였는데, 그녀는 따지고 보면 마물 전문이다. 사람과의 싸움의 전문가를 보는 것은 그게 처음이다.

디스터브 매직과 의수 덕분에 어떻게 되었지만, 그런 상대에게 어떻게 대처해야 할까? 기본적으로 강한 상대에 대한 특별한 대책 같은 건 존재하지 않을 것 같은데….

어찌 되었든 그런 게 정말로 마구 굴러다닌다면, 조금 더 강해지는 편이 좋겠지.

그런 것과는 좀처럼 마주치지 않을 거라고 생각했는데, 아무래도 몇 년에 한 번은 마주치는 것 같고….

문제는 어떻게 강해지는가, 겠지만.

아무래도 나는 투기를 쓸 수 없는 체질인 모양이니까, 내 몸을 단련하는 것에는 한계가 있다.

그렇다고 해도 상대에게 이길 수만 있으면 딱히 나 자신은 약해도 좋다.

그런 의미로 페르기우스에게 소환을 배우는 것은 좋은 방향성이라고 할 수 있을지도 모른다.

너무 방향성을 홱홱 바꾸면 최종적으로는 뚜렷한 장점이 없는 채로 끝나기 쉽다는 것은 내 전생의 경험에서 나온 대답이지만…. 이 세계에서는 정말로 많은 일이 일어나니까 다채로운 방면으로 여러 재주를 갖추는 것도 좋을지 모르겠다.

그래, 가능하면 전이마법진을 그리는 법을 배우고 싶군.

앞으로 이런 일이 있어도 바로 움직일 수 있게.

금기이긴 하고 전이 자체를 두렵게 느끼는 바도 있지만, 그래도 무섭기에 배워야만 한다. 지식은 힘이 된다.

그리고 통신수단 문제도 있다.

이번에는 쓰지 않았지만, 아리엘이 가지고 있는 그 반지. 그걸 조금 더 개량해서 간단한 메시지를 보낼 수 있게 하고 싶다. 전 세계 어디서든 쓸 수 있는 레벨까지는 되지 않겠지만, 하다못해 삐삐 정도의 느낌으로.

그리고 그게 뭐였더라. 마대륙에 갔을 때에도 뭔가 생각했던 게 있는 것 같은데….

"아, 항상 이렇지."

돌이켜보면 나는 항상 뭔가를 잊어버린다.

뭔가 떠올라서 조만간 해야겠다고 생각하는 동안에 계속 새로운 것이 떠올라서 오래된 것부터 계속 잊어버린다.

기억력은 좋은 편이라고 생각했는데, 못 다한 일이 너무 많다.

안 되겠다. 이래선 또 비슷한 실패를 거듭하겠어.

이번에는 운이 좋았다. 하지만 다음에도 잘 풀린다고만 할 순 없다.

반성한 것을 기억하지 않으면 앞으로의 행동에 반영되지 않는다.

하지만 어쩐다…. 으음.

그래. 이럴 때는 기록을 남겨서 기억하는 게 좋다고 어디서 들은 적이 있다.

“…좋아, 일기를 쓸까.”

소리 내어 말해 보니, 꽤 좋은 아이디어처럼 여겨졌다.

사건과 교훈과 부족한 것, 필요한 것. 그것들을 기록하고 해결방법 등을 고찰한다. 우선순위를 정하고, 목표를 명확하게 하고, 다음에 해야 할 일을 선정한다. 그러면 운에 기대는 일 없이 다음 행동에 반성점이 반영될 것이다. 비슷한 실패를 거듭하는 일은 줄어들고, 커다란 실패로 이어지는 일도 줄어들 것이다.

뭐, 일기를 쓰는 정도로 꼭 모든 게 나아질 리도 없지만, 아이디어로서는 나쁘지 않다. 응, 괜찮을 것 같다. 좋아, 쓰자. 지금 당장 쓰자.

그렇게 생각하고 나는 목욕탕에서 나갔다.

“그렇긴 해도 일기장은 안 파니까.”

몸도 대충 닦고 나는 내 연구실로 들어갔다.

의자에 앉아서 선반 제일 밑에 있는 종이다발을 손에 쥐었다.

일기장은 없어도 종이에 쓰면 똑같다. 기록하는 게 중요하니까.

하지만 그냥 쓰기만 해선 재미가 없지. 조금 손을 써 보자. 뭐든지 형식이 중요하다고는 하지 않겠지만, 기반을 갖추는 것은 나쁘지 않다.

나는 종이다발을 정리해서 책상 위에 두었다. 종이다발에 마술로 구멍을 뚫었다. 거기에 흙 마술로 만든 고리를 꿰었다.

이어서 준비한 것은 세 개의 판자와 경첩. 이걸 적당히 합쳐서 디근 모양으로 만들어서 여닫을 수 있게 했다. 여닫을 수 있게 된 것에 방금 전의 고리를 합체.

순식간에 바인더 방식의 일기장이 완성되었다.

이것의 가격은 이루 따질 수 없다… 아니, 종이 가격이 있나.

구멍 내는 펀치 같은 건 이쪽에서 만들면 팔릴까.

그것도 적어둘까. 아이디어는 기록하지 않으면 잊어버리니까.

구멍 내는 펀치가 어떤 구조였더라. 어어…. 아니, 그보다 먼저 적어야 할 게 있었지.

"뭐부터 쓸까."

일기를 마지막으로 쓴 게 언제더라.

전생에서 니트족 생활을 했을 때에도 인터넷 사이트를 흉내 내어서 썼던 적도 있지만, 오래 가진 않았다. 이번에는 작심삼일이 되지 않으면 좋겠다.

이 몸은 습관화하면 열심히 하니까 괜찮겠지.

아니, 이 몸이라는 식으로 남의 일처럼 말하는 것도 슬슬 그만둘까. 나는 습관화하면 할 수 있는 타입이니까 괜찮다.

좋아.

그렇게 생각하면서 나는 최근 열흘 동안의 일을 기록하다가,

"……후아아."

어느 틈에 잠이 들었다.

★ ★ ★

하얀 장소에 있었다. 아무것도 없는 하얀 장소다.

하지만 이 장소는 기억에 있었다.

얼마 전에 페르기우스의 전이 마술을 받았을 때에도 이 장소를 본 것 같았다.

여기는 어디일까. 지금까지 신경 쓴 적도 없었지만, 이 세계의 어딘가에 있는 장소일까….

그렇긴 해도 이 장소에 올 때의 이 모습은 어떻게 안 되는 걸까.

뚱보에 니트족에, 정말 어떻게 할 수 없었을 무렵의 이 모습.

눈을 돌릴 생각은 없지만, 다소 기분이 안 좋아진다.

페르기우스에게 소환되었을 때는 이런 모습이 아니었는데….

"여어."

어느 틈에 녀석이 있었다.

밋밋하고 하얀 얼굴에 희미한 웃음을 띠고, 모자이크가 걸려 있었다. 그리고 녀석의 얼굴은 본 순간 흘러가듯이 기억에서 사라진다.

인신이다.

"오래간만."

여어, 오래간만…. 2년 만인가?

"벌써 그렇게 되나."

전에 조언을 들었을 때는 베가리트 대륙에 가기 전이었지. 그렇다면 2년 전일 거야.

"그렇게 오래 전도 아니네."

모험가 생활을 할 때는 3년 동안 한 번도 안 나왔잖아, 너.

그립네. 그 무렵에는 나도 꽤나 망가졌지….

"그래. 그것과 비교하면 최근의 너는 꽤나 좋아 보여."

그렇지. 결혼도 했고 가족과 잘 지내고, 분명히 전생과 비교도 안 될 만큼 충실해.

"페르기우스랑도 알게 되었고."

페르기우스라. 대단한 사람이야.

그런 사람과 알게 되다니 전생의 나는 생각도 못 했지. 게다가 페르기우스의 눈에도 든 모양이야. 내가 만든 피겨, 괜찮은 게 나오면 사 주겠다고 그랬거든? 전생에서는 팔릴 레벨에 미치지 못했는데.

"아토페의 눈에도 들었고."

아니, 그건 좀. 별로 그러고 싶지 않았어.

하지만 그녀의 눈에 든 것은 이제까지의 훈련의 성과라고 할 수 있겠지.

체술에 마술. 록시에게 수왕급 마술을 배우지 않았으면 이번에도 위험했을지 몰라. 그 일렉트릭은 꽤 유효해.

"그래. 그 마술은 대단해. 그거라면 분명 올스테드에게도 통용되겠지."

올스테드에게도?

"투기를 무시하고 육체를 물리적으로 마비시키는 마술은 그리 없으니까."

그런가, 감전에 대한 대항책은 없나.

하지만 올스테드라면 디스터브 매직 같은 걸로 무효화하겠지만.

"종합력으로는 못 이겨도 승리를 얻을 수는 있어."

뭐…. 아니, 그건 아냐. 아마 내가 이상한 마술을 쓸 수 있게 되었다고 해도, 내가 올스테드에게 죽는다는 점은 변하지 않아.

애초에 할 마음은 없어. 올스테드에게 원한은 없고.

"그래."

그런데 베가리트 대륙 일로 도와준 건 고마웠어.

분명히 후회가 없다고는 할 수 없지만….

하지만 나쁘진 않았어. 네 조건…에는 따르지 않았지만.

"뭐, 그것도 네 선택이야."

일단 물어보겠는데, 안 갔을 경우는 어떻게 되었지?

"안 갔다면 네 아버지는 어떻게든 어머니를 구해 내고, 죽는 일도 없어. 그리고 너는 수족의 공주를 둘 다 네 것으로 만들고 행복하게 살지."

…그건 또 뭐야. 내가 간 바람에 파울로가 죽었다는 소리야?

"그래. 네가 있어서 네게 멋진 모습을 보여주려고 그가 애를 쓰다가, 그러다가 문제가 터진 거 아닐까."

아니, 하지만, 그건….

"내버려뒀어도 그는 착실히 동료를 모아서 어머니를 구출했어. 물론 록시도."

그럼 뭐야? 내가 있었던 건 소용없었다…라는 소리야?

아니, 하지만 록시는 내가 갔을 때 죽을 뻔했는데.

내가 안 가도 살았다니, 그건 이상하지 않아?

"아니, 네가 가지 않아도 록시는 안 죽어. 그녀는 거기서 죽을 운명이 아니었어."

무슨 소리야? 운명이란 게 뭔 소리야? 설명해 봐.

"네가 구한 그 상인. 네가 없었으면 그의 화물이 그 도시에 도착하는 게 더 늦어졌어. 그의 짐이 도착한 그 날, 어느 모험가가 시장을 걷고 있었지. 그는 네가 구한 상인과 만나서, 그 화물을 구입해. 마석이야. 하지만 상인이 없을 경우 그는 다른 것을 구입하지."

다른 것.

"전이미궁의 지도야."

왜 그런 걸 또 타이밍 좋게 팔고 있지?

"모험가 길드에서 전위 영입에 실패한 기스가 그 미궁을 공략할 모험가의 절대 숫자를 늘리려고 획책해. 그 일환이 지도를 저렴하게 판매하는 거야."

…그래. 기스가 지도를 파나.

분명히 파울로 일행과 함께 던전에 들어가고 싶어할 녀석은 적을지도 모르지만, 자기들만으로 공략할 수 있다고 생각하며 들어가는 녀석도 있을지 모르지.

게다가 전이미궁의 지도를 산 모험가가 동료와 함께 전이미궁에 들어가서 록시를 구해 낸다?

"그래, 입구에서 네 아버지와 딱 마주쳐서 말이야. 그리고 함께 들어가서 운 좋게 록시를 찾아내."

그리고 모험가가 늘어난 덕분에 전이미궁 공략도 성과를 거두고, 최종적으로 어머니도 구해 낸다?

"그런 거야. 뭐, 네가 있던 때보다 시간은 걸리지만. …2년 정도일까. 지금쯤 딱 구출해 내는 타이밍."

좀 믿기 어려운데.

그거 너무 딱딱 들어맞는 거 아냐?

"그럴지도. 하지만 운명이란 그런 거야."

그런가. 그렇군. 사실은 소설보다 기이하다고 하고.

그래, 내가 없는 편이 나았나…. 제길, 그런 소리를 들으니 힘이 쭉 빠지네.

아니, 하지만 그 경우 나는 록시와 결혼할 수 없었겠지.

"그래. 그녀는 자기를 도와준 상대에게 반하니까. 뭐, 차이긴 하지만."

그렇게 생각하면 나쁜 일만 있는 것도 아닌 것 같네.

난 록시를 좋아하고…. 하지만 파울로가 죽었지.

내가 록시와 결혼하는 데에 파울로가 희생되었다고 생각하면 좀 그래.

지금 나는 록시와 결혼한 것을 후회하지 않는다.

그녀는 내 아내로서도 잘 해 주고 있다. 행복하다.

하지만 혹시 리니아, 프루세나와 비슷한 느낌이 되었다고 하면. 그건 그거대로 나는 행복한 느낌이었겠지. 누구든 좋은 건 아니지만, 그 경우의 나는 록시와 결혼할 상상도 하지 않았겠지.

으으, 제길….

"다 지나간 일이야."

그래. 후회해 봤자 소용없지. 실제로는 일어나지 않았던 일이야. 응.

나는 지금 행복을 느끼고 있다. 선택지를 틀렸을지도 모르지만, 그건 사실이야.

후회도 있지만, 나에게 마이너스만 있는 건 아니었어. 그렇게 생각하자.

"긍정적이네."

그런데 오늘은 무슨 일이야?

또 무슨 곤란한 일이라도 일어나는 거야?

"아니, 대단한 건 아냐. 조언이라기보다는 부탁에 가까울까."

부탁? 네가? 어쩐 일이야. 지금까지 그런 일은 없었는데.

"나도 가끔은 부탁도 해."

흐응, 뭐, 좋아. 뭐든지 말해 봐.

가끔은 네 조언을 그대로 얌전히 실행하는 것도 좋겠다고 생각했어.

지금까지는 너무 의심했고.

“오, 그래? 그렇게 말해 주니 고맙네.”

뭐, 여러모로 도움을 받았으니까.

오히려 지금까지 의심해서 미안했어. 나를 보고 재미있어 할 뿐인 유쾌범이라고 생각했어.

“너무하네. 나는 이래보여도 인신. 신이거든? 그야 지루하니까 재미있는 것을 보고 싶기는 하지만, 그래도 누군가를 함정에 빠뜨리고 즐거워하는 취미는 없어.”

그래. 그런 녀석은 없지.

“그래.”

그래서 뭘 하면 돼?

“대단한 건 아냐. 지금부터 잠깐 지하실에 가서 이상이 없는지 살펴봐 줘. 아무것도 없다면 그거대로 좋지만.”

이상이 없나? 왜…. 아니, 알았어. 이번에는 아무런 의심도 하지 않고 네 말대로 하지.

“후후, 그래…. 고　　마　　워.”

의식이 흐려지는 가운데… 인신의 입가가 기분 나쁠 정도로 갈라진 듯하였다.

★ ★ ★

눈을 떴다.

시야 구석에서 흔들거리는 양초 불빛이 보였다.

창문 밖을 보니 달이 보였다.

소리는 전혀 들리지 않았다. 고요하다.

아무래도 일기를 쓰던 도중에 잠들었던 모양이다. 쓰던 일기 위에 침이 흘러 있었다. 이거 다시 써야겠군.

페이지를 하나 찢어 버리고 테이블 구석에 두었다. 나중에 베껴 쓰고 계속해서 써내려가야지.

몇 시간이나 잤을까. 마치 며칠은 계속 잔 것처럼 몸이 나른하다.

몸을 일으키자 어깨에서 뭔가가 흘러내렸다. 살펴보니 모포였다.

실피나 록시가 덮어 주었나. 고맙다.

"어디."

꿈의 내용은 기억한다.

분명히 지하실을 살펴보고 오라고 했지.

좀처럼 이해하기 어려운 조언이다.

하지만 한 번 정도는 그런 것도 좋겠지. 녀석은 지금까지 내게 불이익이 되는 조언을 한 번도 하지 않았고, 가끔은 서로 기분 좋게 행동하고 싶다.

인신도 조언을 할 때마다 군소리를 들으면 싫겠고.

기브 앤드 테이크의 관계라도 서로 기분 좋게 지내면 여차할 때에 좋은 일이 있겠지.

"에취, 우우, 춥다…."

지하실에 가려다가 성대하게 재채기를 했다.

이 근처는 초봄에도 아직 눈이 남아 있고 쌀쌀하다. 이런 곳에서 자는 게 아니었어. 얼른 침실로 돌아가서 따뜻한 침대에서 자자.

그렇게 생각하면서 벽에 걸어놓은 로브를 입었다.

애초에 지금이 몇 시 정도 되었을까.

집 안에서 소리가 들리지 않는 것을 보면 심야인 것은 틀림없다.

지금부터 실피나 록시의 방에 가서 숙면하는 그녀들의 침대 안에 들어가면 비명이 일까…. 야한 짓을 빼고라도 온기가 필요한데. 아니, 왠지 옆에 누가 있으면 좋겠다. 이건 인신 때문일까. 베가리트에 가지 않았을 경우의 일 같은 건 안 듣는 게 좋았다.

아니, 물어본 건 나니까 내 탓인가. 내 탓이라면 혼자 자자.

그렇게 생각하면서 문을 열다가.

"음?"

문득 기척을 느끼고 돌아보았다.

거기에는 내가 앉았던 의자가 덩그러니 놓여 있을 뿐이었다.

아무도 없다. 당연하다.
"기분 탓인가."
이 방에는 책상과 의자, 책장 정도밖에 없다.
숨을 만한 장소는 없다. 창문은 있지만 사람이 드나들 수 있을 크기가 아니다.
입구는 하나. 이 문뿐이다.
좁은 방이라서 양초 하나만 있으면 사람이 있는지 없는지 알 수 있다.
이 방에는 나 혼자였을 터.
왜 기척을 느꼈을까.
아무도 없을 텐데.
하지만 어째서인지, 지금도 기척 같은 게 느껴진다.
이상하네. 책장 밑에 벌레라도 있나.
"……?"
하지만 그렇다고 해도 이 느낌은 뭐지? 가슴 속이 술렁거린다.
불안? 왜 불안을 느끼지?
"뭐, 됐어. 얼른 지하실을 살펴보자."
나는 문을 열고 방에서 나가려다가….
"거기다!"
다시 한번 돌아보았다. 의미는 없었다.
그냥 해 보고 싶었을 뿐이다.
그렇게 아무도 없는 것을 확인하고 안심하고 싶었을 뿐이다.

그런데.

거기에.

사람이 있었다.

"…어?"

낡아빠진 로브를 입은 남자가 하나밖에 없는 의자에 앉아 있었다.

노인이었다. 얼굴에는 깊은 주름이 새겨져 있고, 머리칼은 새하얗다.

다박수염이 조금 나서 그리 청결한 느낌은 아니었다.

그 분위기는 노련하면서도 거칠었다.

긴 싸움을 거쳐 온 자 특유의 무서움이 있었다.

눈빛은 예리하고, 눈동자 색깔은 좌우가 조금씩 달랐다. 그리고 입가는 놀란 듯이 떨리고 있었다.

"성공…했나…."

노인은 주위를 보면서 감개무량한 듯이 눈을 가늘게 떴다.

하지만 자기 손을 보고, 배 근처를 만져보고, 놀란 얼굴을 한 뒤에 자조하듯이 웃었다.

"아니… 실패인가. 성공할 리가 없었나…."

어디서 본 적이 있는 것 같았다.

하지만 기억에는 없었다.

하지만 닮았다. 누구와 닮았을까. 파울로? 아니, 아니다. 사울로스? 하지만 사울로스만큼 호담한 느낌은 아니다. 이 노인은 아마도 더 소심하다.

"누, 누구야? 아, 혹시 인신?"

그 이름을 말한 순간 노인은 내 쪽을 보고 눈을 부릅떴다.

이 반응은 기억에 있다.

올스테드다. 올스테드도 인신이라는 단언에는 과도하게 반응했다. 그거랑 똑같다.

하지만 이 노인은 올스테드와 전혀 닮지 않았다.

"아니다."

노인은 천천히 고개를 내젓고 내 눈을 바라보았다.

힘이 있는 시선이었다. 눈을 뗄 수 없었다. 빨려드는 것 같았다. 마치 거울이라도 바라보는 듯한….

노인은 내 뒤쪽의 문을 보고 미간에 주름을 만들었다.

내 뒤를 향해 옹이진 손가락을 뻗었다.

스윽 손가락을 움직인 순간 내 뒤에서 문이 닫혔다.

"!"

쾅 소리에 놀라서 돌아보았다.

이 녀석이 지금 뭘 한 거지?

혼란에 빠진 내게 노인은 번쩍이는 눈빛을 보내며 말했다.

"지하실에는 가지 마라. 너는 지금 인신에게 속고 있다."

"뭐?"

속아? 무슨 소리야? 뭐야, 대체 뭐냐고.

"잠깐 기다려. 그 전에, 너, 누구야? 어떻게 들어왔어?"

"나는…."

노인은 내 질문에 입을 열려다가 다시 다물었다.

잠시 생각하다가 다시 한번 입을 열었다.

"내 이름은 '———'."

그 이름을 듣고 나는 지금까지 받은 것 중 가장 큰 충격을 받았다.

노인이 말한 이름.

그것은 이 세계에서 나만이 아는 이름이었다.

내가 죽을 때까지, 나만이 알 터인 이름이었다.

떠올리고 싶지도 않은 이름이었다.

이 세계에 존재하지 않는 자의 이름이었다.

그것은— 전생에서의 내 이름이었다.

"미래에서 왔다."

제11화 끝과 시작

미래에서 왔다. 노인은 그렇게 말했다. 솔직히 그 말의 의미를 알 수 없었다. 분명히 노인은 나와 비슷하긴 했다.

“미래… 미래의 나라고?”

“그래. 나는 지금으로부터 약 50년 후의 너다.”

노인은 분명히 그렇게 말했다. 갑자기 그런 말을 해도 믿어야 좋을지 알 수 없다.

하지만 이 녀석은 내 이름을 알고 있다.

지금까지 아무한테도 말하지 않았던 내 이름을.

그렇다고 해도 이 세계에는 마술이란 게 있다. 기억 정도는 읽을 수 있을까?

하지만 나는 기억을 가지고 전생을 하여 이 세계에 왔다. 그럼 타임슬립이 있어도 이상하지 않을 것 같다.

…진짜일까 거짓일까, 나로서는 판별할 수 없다.

“미안하지만, 네게 과거전이 마술의 이론을 설명할 틈은 없다.”

“설명할 틈은 없다니….”

“할리우드 영화 같은 말이라서 미안하지만, 정말로 시간이 없다. 들어줘.”

할리우드 영화라는 말이 자연스럽게 나왔다. 그렇다면 이 노인은 틀림없이 전생과 관계가 있다…. 정말로 나일까.

이 번쩍이는 눈. 눈동자 안에는 어두운 것이 있었다. 단적으로 말하자면 일상적으로 사람을 죽인 자의 눈이었다. 사람의 목숨을 아무렇지도 않게 생각하는 듯한 차가운 눈이었다.
내가 장래에 이렇게 되는 걸까? 그럴 수가.
하지만 믿기 어렵게도 노인의 표정에는 진심이 있었다.
일단은 이 노인이 50년 뒤의 나라고 믿고 이야기를 들어 볼까.
"지하실에는 아무것도 없다."
노인은 조용히 말했다.
"나는 지하실에 가 보고 아무것도 없다고 생각했다. 그리고 훗날 인신에게 아무것도 없었다면 그걸로 됐다는 말을 듣고 안심하기로 했다."
노인은 불쾌한 듯이 얼굴을 찌푸렸다.
"하지만 그건 잘못이었다. 지금부터 설명할 수 있다."
뭔가 떠올리듯이 이마에 손가락을 댔다. 왼손의 검지. 응? 팔이 있어?
"잘 들어라. 아마도 지하실에는 쥐가 있을 것이다. 병에 걸린 쥐다. 특징이라면 보라색의 마석 같은 이빨을 가졌을 거다. 그 쥐가 어디서 와서 언제 들어왔는지는 모른다. 아마도 공중성채에 있던 녀석이 짐에 섞여 왔겠지. 뭐, 출처는 아무래도 좋다."
노인은 손을 펼쳤다가 꾹 쥐었다.
"쥐는 너를 보고 놀라서 도망친다. 부엌으로. 그리고 어제 남은 음식을 먹고 내일이면 죽어서 아이샤의 손에 처분된다."

“…….”

“그 음식은 내일 아이샤가 들고양이들에게 줘서 사라진다.”

왼손, 의수가 아니군. 정말로 나일까. 아니면 앞으로 50년 동안에 그 정도의 치료 마술로 고친 걸까.

“하지만 그 전에 허기가 진 록시가 내려와서 그 음식을 조금 먹는다. 그 결과 그 쥐가 가졌던 병에 감염된다.”

“어? 록시가 병에?”

록시라는 말에 나는 노인의 말에 의식을 집중했다.

“마석병이다.”

마석병. 어딘가에서 들은 적 있는 것 같다. 그래, 분명히 신급 해독 마술로밖에 고칠 수 없다는 병이다. 몸이 차츰 마석으로 변하는 난치병. 어디서 들었더라….

“처음에는 모른다. 애초에 인간은 마석병에 거의 걸리지 않으니까. 그 병원균은 체내에 머무는 또 하나의 생명에게밖에 감염되지 않는다.”

“또 하나의 생명?”

“그래, 태아다. 그 병은 임산부만 걸린다. 나도 나중에 연구하고서 경악했다.”

“어? 아니, 하지만 록시는 아직.”

“임신했을 거다. 하지만 그건 됐다. 그럴 일은 했다. 당연하겠지.”

록시가 임신. 뭐라고? 엄청 기쁜데 이런 설명이면 전혀 기쁘지 않다.

“마석병은 쥐를 숙주로 삼는다. 어째서인지 일부 쥐에게는 내성이 있다. 숙주는 한눈에 알 수 있다. 이빨이 보라색 결정으로 변했기 때문이다. 그리고 쥐가 갉작인 것에 병원균이 묻는다. 경구감염이지만, 병원균은 그렇게 오래 살지 못한다. 기껏해야 반나절 정도면 사멸한다. 게다가 감염력도 약해서 감염되는 것은 임산부의 태내에 있는 태아뿐이다.”

“…….”

“병원균은 태아의 안에서 성장해서 그대로 태아를 차지하고 모체를 마석으로 만든다.”

…록시가 그런 병에 걸리나.

“혹시 지금부터 아무런 생각도 없이 지하실에 가서 쥐를 밖에 풀어놓으면, 너는 내일 아이샤에게서 ‘아침에 이상한 쥐의 사체를 봤어’라는 투덜거림을 듣고 2주일 정도 뒤에 ‘마석병에 걸린 고양이가 발견되었다’는 정보를 얻게 되고, 그 직후에 록시가 열이 난다.”

“…록시는 어떻게 되지?”

“죽는다.”

사정없는 한마디에 나는 말을 잃었다.

“록시는 움직일 수 없게 되어 드러눕는다. 발끝부터 결정화가 시작되어서 마석병임을 안다.”

“못 고친 거야? 고치려고 했잖아?”

노인은 슬픈 얼굴을 하고 끄덕였다.

“나는 어떻게든 구하려고 미리스 신성국까지 가서 신급 해독 마술의 주문을 입수하는 데에 성공하지만… 도중에 일이 생겨서 시간이 걸렸다. 돌아왔을 때에는 이미 늦어서 록시는 몸의 절반이 결정으로 변해 죽어 있었다.”

“그럴 수가….”

하지만 곧바로 고개를 들고 무시무시한 눈빛을 내게 보냈다.

“그런 일련의 일이 연결되는 것은 또 30년 뒤. 인신의 말 때문이다. 녀석의 말에 속지 마라. 전생의 기억이 있는 너라면 그 정도는 알겠지. 그 녀석이야말로 모든 악의 근원, 라스트보스다.”

“하지만 대체 왜 록시를?”

“아직은 모른다. 하지만 무슨 목적으로 움직이는 건 틀림없다. 그 녀석이 마지막에, 자기 입으로, 그렇게 말했다… ‘네가 바보인 덕분에, 내가 생각한대로 일이 흘러갔어’라고…. 제길.”

인신이, 그런 소리를, 자기 입으로 했나.

하지만 으음…?

“…인신의 목적에 대해선, 어쩌면 올스테드나 라플라스가 뭔가 알지도 모르지만… 나는 50년 동안 둘 중 누구와도 만날 수 없었다. 아마 너도 찾아도 못 만날 가능성이 높겠지.”

“나나호시는 올스테드가 어디 있는지 몰랐어?”

나나호시의 이름을 꺼내자 노인은 슬픈 표정을 하였다. 놀랐던 걸까.

"나는 못 들었지만, 분명히 지금 시대라면 그 녀석에게 묻는 것도 괜찮을지 모르겠군. 올스테드가 어디 있는지는 몰라도, 그 녀석도 여러모로 생각하는 모양이고, 어쩌면 좋은 아이디어를 내 줄지도 모르지."

"…나나호시는, 어떻게 됐어?"

"……."

노인은 대답하지 않았다.

그저 슬픈 얼굴을 할 뿐이었다. 하지만 잠시 뒤에 조용히 말했다.

"마지막 순간에 실패한다. 그래서 침울해지고, 나는 제대로 위로해 줄 수 없어서… 그래서…."

나나호시는 돌아갈 수 없었다. 그래서 절망하고, 어쩌면 자기 손으로….

"알았어. 이제 됐어."

"그래, 나도 말하고 싶지 않다."

노인은 고개를 들고 마음을 다잡은 것처럼 말을 이었다.

"잘 들어라, 너도 지금으로부터 10년 뒤 정도에 알게 되는데… 인신은 원래 이 세계에서 인신이라고 불리지 않는다."

"…무슨 의미야?"

"인간의 신, 인간신이다. 그 이름을 모르는 녀석은 없지만, 인신이라는 이름은 녀석을 만난 녀석밖에 모른다. 무슨 생각으로 그런 짓을 하는지는 모르지만… 뭐, 아는 녀석을 가지고 놀기 위해서겠지.”

…그래. 그래서 인신이라는 단어에 과도하게 반응하는 거군.

그 녀석과 만나서 속은 자만이 아는 이름이란 건가.

“녀석은 언뜻 보면 내게 도움이 되는 말만 해 왔다.”

노인은 다시 한번 주먹을 쥐었다. 그 눈동자에는 그저 증오의 빛만이 있었다.

엄청난 살기가 흘러나왔지만, 어째서인지 무섭다는 생각은 들지 않았다.

“분명히 지금 이 순간까지는 거짓말을 하지 않았다. 내게 들킬 만한 거짓말은.”

주먹이 부르르 떨렸다. 주먹 사이로 뭔가가 보였다. 번쩍번쩍 하고 달라붙는 전기 같은 것이.

“그거고 이거고 다 이때를 위해서. 의심 많은 네가 아무런 주저도 없이 따를 이 순간을 위해서다!”

불꽃이 튀는 바람에 나는 멍한 마음으로도 긴장했다.

“속지 마라! 만화에서 봤겠지? 믿는다 안 믿는다 소리를 하는 녀석은 반드시 거짓말을 한다.”

“그야 알지만….”

노인은 쥐어짜내는 목소리로 말했다.

“너는 모른다. 록시 다음은 실피다. 록시를 잃고 상심한 너는 한동안 실피 생각을 할 수 없게 된다. 실피는 상처를 입고 우울해진다. 그때 녀석은 루크를 조종한다.”
“루크를?”
“그래, 나중에 너는 당시 루크와 사귀던 여자에게 ‘아침에 일어났더니 루크가 신의 계시를 들었다고 해서 놀랐다’는 말을 듣게 된다.”
“그래서… 어떻게 되는데?”
“루크가 아리엘에게 진언하고, 실피는 너를 버리고 아슬라 왕국으로 간다. 페르기우스의 설득에 실패한 아리엘과 함께! 아리엘은 열세인 와중에 이판사판으로 내란을 일으키고… 그리고 패배한다. 실피는 전사한다.”
전사…. 죽어? 실피가?
“너는 그 두 사람을 잃게 된다.”
노인은 고개를 흔들면서 빠드득 이를 갈았다.
“으으, 자기가 한 거짓말을 밝힐 때의 녀석의 목소리가 지금도 귀에 남아 있다. 수고했다면서 내 어깨를 두드리는 감촉이, 그 웃음소리가… 제길, 제길!!”
노인이 쿵 하고 책상을 두드렸다.
그 순간 주위에 전기가 튀어서 대낮처럼 밝혔다.
빛은 곧 사라졌지만, 책상 위에는 그을린 자국이 남았다.
노인은 조금 진정했는지 후욱 숨을 내뱉었다.
“다시 한번 말하지. 녀석을 신용하지 마라. 후회하게 될 거다.”
노인은 거기까지 말하더니 배를 눌렀다.

살펴보니 그 안색은 아까전보다 조금 안 좋아진 것처럼 보였다.
“이제 시간이 없군…. 하지만 이렇게 말해도 뭘 하면 좋을지 모르겠지.”
노인의 얼굴은 흙빛이었다. 눈 밑은 보라색으로 어두워져 있었다.
노인은 크게 숨을 들이마시더니 괴로운 듯이 숨을 내뱉었다. 왠지 당장이라도 죽을 듯한 느낌이다.
병이라도 걸린 걸까.
“일단은, 그래, 에리스다.”
에리스라는 말에 나는 내 미간이 찌푸려지는 것을 느꼈다.
“녀석에게 지금 당장 편지를 보내다오. 다소 곁길로 새긴 했지만, 너를 사랑한다고.”
“사랑하지 않아. 나는 녀석 때문에 불능이 되었어.”
“용서해 줘라. 그게 남자의 그릇이란 거겠지?”
“…….”
노인은 자조하듯이 웃었다.
“그렇긴 해도 나는 용서할 수 없어서 몇 년이나 녀석과 대립하게 되었지만.”
“대립?”
“몇 번이고 에리스에게 죽을 뻔했다. 녀석은 나를 끝까지 쫓아왔고, 발견할 때마다 전력으로 싸움을 벌였지. 하지만 그래도 적당히 힘을 조절한 거였어. 마음만 먹었으면 얼마든지 날 죽일 방법이 있었는데. 녀석은 나를 죽일 수 있는 타이밍에서는 절대로 공격하지 않았다. 뿐만 아니라 내가 다른 일로 위기에 빠지면 은근히 도와주었지. 마치 베○타 같은 녀석이야."

베지○라니….

"물론 그 녀석은 야채나라의 왕자님*과 다르다. 에리스는 내 곁에 있고 싶었을 뿐이었다. 녀석은 계속 나를 좋아했다. 나를 좋아해서, 나를 위해 열심히…. 하지만 말이 서투르고 어떻게 해야 좋을지 모르니까, 결국 때릴 수밖에 없었을 뿐이지."

그런 말을 들어도, 나는 아내도 자식도 있는 몸이다.

그야 에리스를 좋아했던 시기도 있었다. 하지만 그건… 과거다. 청산해야 할 과거긴 해도, 이미 다 끝난 일이다.

"하지만 내게는 실피와 록시가…."

"문제없다. 실피는 그런 쪽으로 관용적이고, 록시는 자기가 나와 어울리지 않는다고 생각하니까 허락해 준다. 에리스도 사전에 설명을 하면 납득한다. 너도 사실은 아직 에리스를 좋아하지? 아, 하지만 얻어맞을 건 각오해라. 그런 여자니까."

"그런 소리를 해도…."

"좋아한다고 말해 주는 여자를 모두 곁에 둔다. 좋지 않나. 뭐가 문제지? 남자로서 보람 있겠지."

※야채나라의 왕자님 : 베지타라는 이름의 유래는 영어 Vegetable.

“남의 일이라고 멋대로 말하지 마.”

“내게는 아무도 남지 않았다. 내 일이니까 말하는 거다.”

그렇게 말하는 노인의 말에는 묘한 무게가 있었다. 하지만….

“실피와 록시에게는 책임을 져야 하고….”

“책임이라고 하자면 에리스에 대한 책임도 있다. 녀석은 너를 위해 계속 노력했다. 말이 서툴러서 전해지지 않았을 뿐이지, 계속 말이다. 책임을 지지 않는다면 녀석의 노력은 대체 무엇이었단 말인가? …길레느가 그렇게 꾸짖을 거다. 에리스의 주검 앞에서.”

에리스의, 주검?

“에리스도, 죽어…?”

“그래, 나를 감싸고. 그건 분명히… 아토페와 다시 붙었을 때였나. 마왕이 진짜로 힘을 쓰면 예상과 달리 강하더군. 방심했어.”

노인은 그리워하듯이 그렇게 말하며 입 끄트머리를 일그러뜨렸다. 아토페를 상대로 방심할 수 있다니, 미래의 나는 얼마나 강한 거야. 정말로 나 맞나 싶어서 의심스러워졌다.

“잘 들어라, 편지를 꼭 보내라. 후회하고 싶지 않거든…. 지금이라면 아직 아슬아슬하게 안 늦었다.”

“어, 어어, 뭐, 그렇게 말한다면 보내겠는데. 하지만 어디로 보내지?”

“검의 성지다. 어렴풋하게 깨닫고 있었지?”

검의 성지인가. 샤리아에서 그리 멀지 않다. 역시라고 할까, 거기서 수행을 하고 있었나.

"알았어."

"차가운 소리는 쓰지 마라. 에리스가 자포자기가 되면 너는 죽는다."

"알았다고."

에리스가 어떤 인물인지는 잘 안다…. 잘 '알고 있었다'인가.

혹시 이 노인의 말이 사실이라면. 그녀는 나를 버릴 마음이 없었고, 나는 그걸 알지 못했다. 생각해 보면 말재주 없는 그녀가 편지를 잘 쓸 리가 없다.

그리고 그렇게 엇갈려서 불행을 낳나.

"…휴우."

노인은 무거운 숨을 내뱉더니 놀란 얼굴로 퍼뜩 고개를 들었다.

"그리고 중요한 것을 깜빡했는데, 인신과 적대하지 마라."

"적대하지 말라니, 날 속였잖아?"

"그래, 하지만 인신에게는 이길 수 없었다. 나로서는 이길 수 없었다. 나로서는 인신에게 도달할 수 없었다."

노인은 분한 듯이 말했다.

인신에게 도달할 수 없었다. 그렇다면 역시 그 장소는 이 세계의 어딘가에 있나?

"그걸 깨달았을 때에는 몸을 떨었다. 나는 록시나 실피의 원수를 갚을 수 없다. 녀석을 쓰러뜨리기 위해서 이렇게 노력했는데 닿지를 않는다니. 중력도, 전격도 다룰 수 있게 되었는데, 내 손이 닿는 범위에 녀석은 오지 않는다."

그렇게 말하며 노인은 책상 위에 있는 잉크병을 가리켰다. 잉크병이 둥실 떠오르더니 곧 툭 떨어졌다. 책상 위에 잉크가 투둑 날아다녔다.

"하늘을 날 수도 있고, 멀리 있는 상대와 통신할 수도 있다. 팔도 다시 자라게 할 수 있다. 뿐만 아니라 시간마저 넘어서 과거로 날아오기까지 했다…. 뭐, 이 마술은 실패지만."

실패. 뭐가 실패라는 걸까. 이 남자는 현재 지금 이 자리에 있는데.

"너도 담담히 깨달았겠지만, 이 세계의 마술은 만능이다. 그걸 깨달으면 어지간한 건 할 수 있다. 여러 수고와 연구와 연습은 해야만 하지만."

노인은 그렇게 말하면서 왼팔을 들어올렸다.

자랑스러운 동작과 달리 노인의 안색은 흙빛을 넘어서 새하얬다.

눈 밑은 시커멓게 변했고, 입술은 파랗게 물들었다.

"하지만 이런 힘, 아무런 의미도 없다. 너무 늦었다. 내가 강해졌을 때, 지키고 싶은 이는 누구도 남지 않았다."

노인의 눈은 여전히 번쩍였지만, 그 눈동자에는 이미 힘이 없었다.

숨은 가쁘고 가늘었다.

"잘 들어라, 다시 한번 말하마. 나는 인신이 밉다. 하지만 녀석에게 이길 수 없다. 이길 방법이 없다. 나로는 녀석에게 도달할 방법이 없다. 인신이 있는 장소에 도달하기 위해 필요한 것이 내가 살아 있는 시대에는 없다. 그러니까 녀석과 싸우지 마라. 녀석의 목적이 뭔지는 모르지만, 아첨이든 뭐든 좋으니까 녀석과 적대하진 마라. 실컷 당할 뿐이다. 그럴 거면, 지금처럼, 아무도 죽지 않은 동안에…."

노인의 손이 갑자기 힘을 잃고 떨어졌다. 턱을 쳐들고 시선이 천장을 향했다.

"네가 해야 할 일은 세 가지다. 나나호시와 의논해라. 에리스에게 편지를 보내라. 인신을 의심하되 적대하지 마라. 이상이다."

"……."

대답할 수 없었다.

갑자기 그런 말을 들어도 말이 나올 턱이 없었다.

하지만 노인이 필사적으로 뭔가를 전하려는 것만큼은 알았다.

"또, 무슨, 구체적인 조언 같은 건, 없어?"

"조언이라. 흠, 그립군. 이 무렵의 나는 이렇게 풀어져 있었나…. 뭐, 물론, 나로서도, 더 자세히, 이것저것, 가르쳐 주고 싶지만… 시간이 끝났다."

“시간이 없다, 시간이 끝났다, 아까부터 계속 그 소리잖아. 심야 애니메이션이라도 시작해?”

“아니… 끝난다. 그리고 너무 남에게 그렇게 매달리지 마라. 이쪽 세계에 왔을 무렵, 처음에는 그렇게 누구에게 계속 부탁하기만 하진 않았잖아….”

노인은 마치 손자를 바라보는 눈으로 나를 보았다. 그러고 보면 최근에는 분명히 누군가에게 계속 부탁하기만 했다.

“게다가, 이렇게, 내가 왔으니, 역사는 변했을 거다. 지금, 무슨 말을 해도, 그렇게 된다고만 할 순 없다. 그리고, 과거전이가 이런 형태가 된 이상, 내가 걸어온, 역사는 변하지 않는다….”

다음 순간.

노인의 눈이 흔들리듯이 초점을 잃었다. 두 손을 추욱 늘어뜨리고, 턱을 들고, 괴롭게 헐떡였다.

“큭… 너는… 나와, 다른 인생을… 보내겠지. 지금까지처럼, 성공도 하고, 실패도 하고… 반성도 하고… 후회도 하고.”

노인은 움직이려다가 의자에서 떨어졌다.

“어이, 괜찮아?!”

다급히 달려가서 일으키려다가… 흠칫했다.

노인의 몸은 튼실해 보이는 겉모습과 달리 믿기지 않을 만큼 가벼웠다. 40킬로그램도 안 될지 모르겠다. 이게 뭐야? 대체 뭐야?

"내가… 미래에서 왔으니까, 실패를 만회할 수 있다고, 생각하지 마라. 이 마술은 실패다……. 인생에, 리셋은, 없다."

노인은 공허한 시선을 이리저리 움직이면서 떨리는 손으로 로브 안으로 손을 넣었다.

"일기를 기점으로, 날아왔으니까… 가져왔다…. 내가 경험한 것이, 적혀 있다…. 너는… 후회하지 않도록, 노력해… 그런 녀석에게, 웃음을 산, 나처럼은… 되지 말아다오…."

노인은 번쩍이는 눈에 눈물을 글썽이면서 보풀이 인 로브 안에서 두꺼운 파일 같은 것을 꺼냈다. 이것도 꽤 낡았지만, 기억에 있었다. 내가 방금 전에 만든 일기장이다. 일기장은 내가 받기 전에 손에서 떨어져서 바닥에 툭 떨어졌다.

하지만 내가 눈을 빼앗긴 것은 거기가 아니었다.

일기를 꺼낼 때 흘낏 보인 로브 안쪽. 거기는 푹 파여 있었다.

마치 옷 안에 아무것도 없는 것처럼….

"뭐야, 그거? 그 몸…?"

"흥, 미완성, 이었지…. 내 과거전이는, 몸 전체를 가져올 수, 없었다."

"어, 하지만, 아까, 팔도 자라게 했다고."

"이미 마력이 없다. 미안하군…. 하다못해, 크리프가 살아 있었으면, 과거전이도, 잘… 조금 더, 여기서, 정보를…."

"…미안, 이제 됐으니까 말하지 마."

"…네게…후회를… 인신의 뜻대로… 왜 이렇게… 해야 할 말은… 과거에 왔으니까, 하다못해, 한 번….”
노인의 눈은 이미 어디도 보고 있지 않았다.
말은 의미를 갖지 않고, 모호한 단어만 흘러나올 뿐이었다. 눈 밑은 어느 틈에 시커멓게 변했고, 얼굴에는 죽음의 빛이 떠올랐다. 죽기 직전, 아니, 이건 이미 죽은 사람의 얼굴이다.
“아.”
하지만 그 눈이 초점을 찾았다.
내 뒤쪽, 어깨 너머로 뭔가를 보았다. 그쪽으로 부들부들 떨리는 손을 뻗었다.
“아아, 실피, 록시…. 제길, 여전히 귀엽, 구나….”
노인의 눈에서 한줄기 눈물이 흘러내리고… 빛이 사라졌다.
몸에서 힘이 빠지고 고개가 덜컥 내려갔다.

…죽었다.

돌아보았다. 문은 열리지 않았다. 꽤나 큰 소리를 냈으니까 누가 깨어났나 했는데….
노인은 죽기 직전에 무슨 환각을 본 것일까.
그렇게 생각하는데 2층에서 누가 내려오는 소리가 들렸다.
“!”
나는 다급히 밖으로 나갔다.
그러자 지팡이와 양초를 든 실피와 록시가 2층에서 내려오고 있었다.

"루디, 무슨 목소리랑 소리가 들렸는데, 누구 있어?"

"도둑입니까?"

두 사람은 내 모습을 보고 안도한 듯이 말하면서도 경계하고 있었다.

두 사람에게 노인 이야기를 해야 할까.

……아니.

"아, 미안. 깜빡 졸다가 이상한 꿈을 꿔서 마술을 썼어. 그 바람에 깨워 버렸나 보네. 미안."

"꿈을 꾸다가 마술이라니…. 비명 같은 것도 들렸는데 괜찮아? 저기, 힘들거든 같이 잘까. 힘든 일을 잊으려면 누군가랑 함께 있는 게 제일이라고 할머니도 그랬고."

"아니, 됐어. 야한 짓을 할 것 같고. 실피도 아직 몸이 안 좋잖아?"

실피의 매력적인 제안을 거절하자, 록시가 복잡한 표정을 했다.

"너무 힘들면 저는 상관없습니다. 아뇨, 하지만 최근에는 혹시나 싶은 것도 있으니 가능하면 만지는 정도로 끝내주면…."

"아니, 오늘은 됐어."

록시의 말에 노인의 말이 떠올랐다.

노인은 록시가 임신했다고 했다. 록시가 말하는 '혹시나 싶은 것'은 그걸 말하는 거겠지.

"…정말로 괜찮으니까 두 사람은 방으로 돌아가. 나도 방을 정리하고 잘 테니까."

"루디가 그렇게 말한다면 그러겠는데… 괜찮지 않거든 말해야 돼?"

"일단 부부니까 사양하지 마세요. 그럼 안녕히 주무세요."

실피와 록시는 걱정스럽게 말하고 2층으로 올라갔다.

그걸 지켜보고 나는 연구실 쪽으로 돌아갔다. 우선은 노인의 말을 확인하는 게 먼저겠지.

노인이 누구인지는 잘 모른다. 정말로 미래에서 온 나일까, 아니면 다른 무엇일까.

죽을 정도의 위험을 감수하고 한 행동에 신뢰성은 있지만, 너무 갑작스러워서 믿을 수 없는 것도 틀림없다.

"……."

다만 생각했다.

나는 저 둘을 잃고 싶지 않다.

그리고 노인처럼 후회하며 죽고 싶지도 않다고.

그 뒤에 나는 두 사람을 침실로 돌려보내고, 오늘 밤에는 절대로 밖에 나오지 말라고 엄명했다.

2층에 있는 가족 전원의 방을 돌면서 흙 마술로 밖에서 문을 잠갔다. 또 1층의 모든 방을 돌면서 아무도 없는지 확인했다. 그리고 연구실로 돌아가서 노인의 소지품을 뒤졌다.

"……!"

그의 몸에는 배가 없었다.

늑골부터 아래 부분에는 구멍이 나서, 뼈와 가죽만 보였다.

내장이 거의 없었다.

하지만 배를 제외하면 제대로 된 몸이었다. 60대 후반이라고는 생각되지 않을 만큼 근육이 있고, 몸 곳곳에 역전의 흔적이 남아 있었다.

가슴에는 용접한 듯한 특징적인 흉터 자국이 있고, 점도 나와 똑같은 위치에 있었다.

몸을 보니 나와 같다. 차이점이 있다면 왼손이 있는 정도겠지.

스스로 치료했다고 말했지…. 치유 마술도 상당한 실력인 걸까.

노인에게는 일기장 이외에 딱히 아무것도 없었다.

장식품도 없고 지팡이도 없다. 로브 밑에는 셔츠와 바지와 속옷뿐이었다.

로브 안에서도, 바지 주머니에서도 아무것도 나오지 않았다.

나라면 실피나 록시가 죽었다면 그 유품 정도는 가지고 다녔을 것 같은데….

하지만 50년이나 지났으니 여러 일을 겪으면서 없어진 걸지도 모른다.

나는 그것들을 방구석에 모으고, 옆에 떨어져 있던 모포로 노인을 감쌌다. 사체를 챙겨서 부엌에 있는 뒷문으로 향했다.

"……."

부엌에는 어젯밤에 먹고 남은 요리가 접시 위에 있었다. 이것을 쥐가 먹는다는 걸까. 그렇다면 처분하도록 하자.

뒤뜰로 나가서 근처에 있는 공터로 갔다. 거기에 구멍을 파고 노인의 시체를 넣고 불을 붙였다. 마술의 불길은 순식간에 노인을 태워서 뼈로 바꾸었다.

인간의 살이 타는 냄새가 떠돌았다. 내 사체의 냄새다.

"윽…."

그렇게 생각하니 구역질이 나서 공터 구석에서 토했다.

사체를 태운 뒤에 마술로 항아리를 만들어 노인의 뼈를 담았다. 이 뼈는 파울로와 같은 장소에 묻어 주자. 노인이 정말로 나라면 제일 기뻐할 곳이다.

뼈를 주운 뒤에 구멍을 메우고 집에 돌아왔다. 뒷문을 통해 안으로 들어와서 연구실로 직행했다.

유골항아리를 그의 유품 옆에 놓고 내 지팡이를 손에 들었다.

지하실로 향했다. 이미 마안은 뜨고 있었다.

노인은 가지 말라고 했다. 쥐가 나와서 잔반을 갉작이고, 록시의 몸 안에 있는 태아가 쥐가 가진 병에 감염되기 때문이라고.

그러니까 나는 확인해야만 한다. 진짜로 쥐가 있는지를. 그렇지 않다면 나는 노인을 신용할 수 없었다. 게다가 정말로 있다면 방치할 수도 없다.

"……."

지하실로 가는 계단은 어두웠다. 나는 품에서 빛의 정령의 스크롤을 꺼내어 주위를 비추었다.

계단을 내려가서 심호흡을 하고 문에 손을 댔다.

"…음?"

그러자 계단 구석. 아주 살짝 쌓인 먼지 속에 이상한 것을 발견했다.

발자국이다. 쥐 발자국. 꼬리 자국도 있다. 그 발자국은 지하실로 이어졌고, 나온 발자국은 없다.

나는 지하실의 문을… 열지 않았다.

문 중앙 부근에 마술로 주먹 정도 크기의 구멍을 내고 거기에 지팡이를 꽂아 넣었다.

그대로 지팡이에 마력을 넣었다.

이미지는 얼음, 범위는 방 전체. 지하실에는 마력부여품이나 아이샤가 텃밭에 쓰는 비료 등이 있지만, 개의치 않는다.

"…프로스트 노바."

그렇게 중얼거려서 단숨에 얼렸다.

만일을 위해 한 번 더.

"프로스트, 노바."

방 구석구석까지 완전히 냉기를 돌렸다. 구멍을 통해 빛의 정령을 침입시켜서 불을 켜고, 구멍 안을 엿보아서 방 안이 완전히 얼어붙었는지를 확인.

문을 열었다. 얼어붙은 문을 열고, 들어가서 바로 닫았다.

"……."

쥐는 금방 찾았다.

신단으로 가는 비밀 문 근처에 새하얗게 얼어붙어서 죽어 있었다. 반쯤 벌어진 입에서는 보라색의 투명한 이빨이 보였다. 마치 마석 같은 이빨이다. 나는 쥐가 더 없는지 방 구석구석까지 공들여 찾았다.

더 없다고 확인한 뒤, 흙 마술로 상자를 만들고 막대기로 쥐 시체를 집어서 그 안에 넣고 완전 밀봉했다.

이 사체는 소각 처분하는 게 타당할까.

아니면 마술 길드 같은 곳에 맡겨서 연구해달라는 게 타당할까.

후자겠지.

노인이 말한 마석병의 정보와 함께 보고하면 정말인지 확인할 방법도 된다.

물론 얼어붙은 사체에게서 병원균을 얻을 수 있을지는 알 수 없지만.

지하실에서 나와서 문을 잠그고 구멍 냈던 부분을 메웠다. 마석병의 병균은 공기감염하지 않고 감염력도 낮다고 하지만, 무슨 일이 일어날지 모른다. 한동안 이 지하실은 열지 않도록 하자.

나는 연구실로 돌아왔다. 정신이 번쩍 들어서 도저히 잘 수 있을 것 같지 않았다.

일단은 뭘 해야 할까. 지금 할 수 있는 일은 무엇일까. 이 낡은 일기장을 읽어야 할까. 이걸 읽으면 앞으로 무슨 일이 일어나는지 알 수 있을지도 모른다. 하지만 역사를 바꾼다고 말했다. 어느 게임식으로 말하자면 여기는 다른 세계선. 미래에서 내가 와서 변화한 세계다.

이 일기를 읽고 예습해도, 일기에 적힌 내용대로 일어나지 않을 가능성도 크다.

잉크병과 책상에 묻은 검은 얼룩이 보였다.

노인이 마력을 담은 주먹으로 때린 흔적.

그걸 보고 노인이 말했던 '세 가지 해야 할 일'을 떠올렸다.

그중에서 지금 이 자리에서 할 수 있는 일이 있었다.

나는 의자에 앉아서 종이를 끌어당기고 손에 펜을 들었다.

"……."

일단 에리스에게 편지를 쓰기로 했다.

내 첫 상대이자, 좋아했던 상대이자, 그리고 내 앞에서 갑자기 사라졌던 상대. 복잡한 감정을 가진 상대.

뭐라고 쓰면 좋을지 생각하면서.

막간

새로운
검왕의 탄생

검의 성지. 당좌의 방.

거기에 세 명의 검성이 한쪽 무릎을 꿇고 있었다.

니나 파리온.

지노 블리츠.

에리스 그레이랫.

그들의 앞에 검신 갈 파리온의 모습이 있었다. 검신은 느릿한 동작으로 허리춤의 검에 손을 대면서 세 사람을 노려보고 천천히 입을 열었다.

"너희의 검술은 이미 검성의 영역이 아니다."

그 말에 지노의 어깨가 미미하게 흔들렸다.

"슬슬 길레느 다음의 검왕을 정할까 한다."

지노의 눈이 크게 떠졌다. 주먹을 불끈 쥐고 바들바들 떨었다. 말로 할 수 없는 감정이 몸을 지배한 것이다. 그는 벌떡 일어나서 소리치고 싶은 마음을 그저 열심히 억눌렀다. 그 감정의 정체를 그는 아직 모른다. 다만 나쁜 감정이 아니라는 것은 자신도 이해하고 있었다.

하지만 검신의 이야기는 계속되었다.

"그 전에 질문이 있다."

"……."

"너희는 검성과 검왕과 검제의 차이가 무엇인지 아나?"

"…강함입니까?"

조용히 대답한 것은 니나였다.

강함 이외에 무엇이 있을까? 전원의 눈이 그렇게 말했다.

하지만 동시에 그들은 이해하고 있었다. 검신이 묻고 싶은 것은 그 너머. 강함의 근원이 되는 것이라고.

검신은 니나에게 대답하지 않고 반대로 질문을 던졌다.

"니나. '빛의 칼날'을 습득하기 전에 네 사부는 뭐라고 말했지?"

니나의 사부는 검신 갈 파리온이 아니다.

그녀에게 직접 검을 가르친 것은 지노의 아버지, 검제 티모시 블리츠다.

니나는 사부의 가르침을 떠올리고 말을 하기 시작했다.

"'너는 오른손잡이니까 왼손을 단련해라'라고. 왼손 하나만으로 완전히 검을 조작할 수 있을 때까지는 빛의 칼날을 쓰지 말라고."

"그래. '빛의 칼날'은 쓰는 팔과 반대쪽 팔이 중요하다. 왜인지 알겠나?"

"쓰는 팔에 힘이 들어가면 칼끝이 옆으로 흔들리기 때문입니다."

"그래. 모든 투기를 거기에 넣고 똑바로 벤다. 단순하지만, 이게 '빛의 칼날'의 진수다."

검술이란 것은 움직이는 상대를 베는 것이다.

고지식하게 정면에서 베려고 해도 적은 간단히 회피한다. 고로 밑에서, 옆에서, 대각선에서, 검사는 상대를 베기 위하여 여러 형태의 참격을 날린다.
하지만 초대 검신은 달랐다.
그에게 그런 것은 필요 없었다. 그저 가장 빠르게 검을 휘둘러서 모든 것을 베었다.
"이 진수란 것에는 검신류의 역사가 담겨 있다."
검신은 칼자루를 손톱으로 따닥 두들겼다.
"초대님이 왠지 모르게 해냈던 것을 역대 검신이 조금씩 해명하고 간신히 도달한 것이 지금의 검신류다. '빛의 칼날'의 진수의 해명, 원리, 그 연습방법. 도달하고 보면 간단한 거야. 조금 재능 있는 녀석이라면 누구든 쓸 수 있게 되었지. 검신류가 최강이라고 불리는 시대의 시작이야. 우리는 초대님과 초대님의 기술을 해명한 역대 검신 덕분에 잘난 척할 수 있다."
검신은 다시 한번 칼자루를 손가락으로 딱 튕겼다.
"'빛의 칼날'은 검신류 최고의 기술, 다른 유파로 말하자면 '오의'다. 그 진수를 습득하는 것으로 우열이 나온다. 검성, 검왕, 검제, 검신… 이상한 이야기지. 똑같은 것을 하는 것뿐인데 강한 녀석과 약한 녀석이 나오다니."
검신은 거기서 지노에게 고개를 돌렸다.
"그 차이는 뭐라고 생각하지? 지노, 답해 봐라."
그 질문에 지노는 고개를 들었다. 그 얼굴에는 불안한 빛이 역력했다.
질문에 대한 답을 모른다. 하지만 얼른 대답해야 한다는 마음이 그의 입을 열게 했다.

“하, 합리적으로 생각하고, 기술 이외의, 다리의 교묘한 움직임이나 근력, 아니면… 무, 무기의 우열, 일까요.”

“무기라고?! 너 수행을 몇 년 한 거냐! 초급부터 다시 시작하는 게 좋지 않겠냐?!”

“죄, 죄송합니다!”

검신의 꾸지람에 지노는 새파란 얼굴로 고개를 숙였다.

지노는 ‘재능’이라고 대답하고 싶었다.

하지만 검신이 그 대답을 바라지 않는다는 것을 지노도 잘 이해하고 있었다.

그런 간단한 말로 끝낼 수 있는 이야기가 아니다. 애초에 그 재능이 무엇인가 하는 이야기를 하고 있다. 그런 소리를 했다간 정말로 이 자리에서 쫓겨날지도 모른다.

“너는 아직 어린애니까 모르겠지? 뭐, 됐어. 모르더라도 강한 녀석은 강하니까. 좋아, 그럼 니나, 대답해 봐라.”

“…….”

그 질문에 니나는 숙고했다. 지금 이 질문이 아마도 검신과 검제, 그리고 검왕, 자신들과 위의 차이를 가리킨다.

그들에게, 자신에게 부족한 것….

그러고 보면 검신과 검제는 모두 이미 반려가 있다. 내가 원하는 것. 애인? 남편?

니나는 지노 쪽을 힐끗 보았다.

그는 고개 숙이고 있었다. 정말로 분해하는 표정이다. 최근 니나는 연하의 그에게 자꾸만 마음이 간다…라고 생각할 때, 검신이 곧잘 하던 단어를 떠올렸다.

"…'욕망'입니까?"

"흥, 넌 최근 왠지 여자다운 모습이 보였지. 역시 내 딸이다."

검신은 니나의 마음속을 들여다보듯이 웃었다.

니나는 움직이지 않았다. 움직이지 않는 훈련을 계속해 왔다.

"'욕망', 그것도 틀리진 않았어. 하지만 너는 욕망을 어디까지 견딜 수 있지?"

"견딜 수 있다니요…?"

"예를 들자면, 지노와 결혼하는 것과 검왕이 되는 것, 둘 중 하나를 고르라고 한다면 어느 쪽을 고를 거지?"

결혼이라는 말에 지노와 니나의 시선이 마주쳤다.

니나의 뺨에 살짝 붉은 기운이 돌았다.

"…검왕을 택하겠습니다."

지노와의 결혼과 검왕이라면 검왕을 택하겠지.

즉, 자신의 욕망이란 그 정도다.

니나는 자기가 잘못 대답했음을 깨달았다.

"여전히 멀었군."

고개 숙인 니나에게 코웃음을 치면서 검왕은 에리스 쪽을 보았다.

"그럼 에리스, 너는 어떻지?"
"각오야."
에리스는 즉답했다. 아무런 생각도 하지 않고 즉답했다.
"'각오'? 그건 아니야."
검신은 그것을 웃으며 부정했다.
하지만 에리스는 검신을 노려보듯이 바라보며 다시 대답했다.
"아니, 이게 맞아. '각오'야."
이때 에리스의 뇌리에는 과거의 광경이 생생히 떠올랐다.
올스테드에게 가슴을 꿰뚫린 루데우스의 모습. 무력을 한탄하는 자신, 쓰러지는 루데우스.
그때부터 나는 강해졌다.
힘도 속도도 몇 년 전과 비교하면 차원이 다르다.
하지만 올스테드에게는 이길 수 없다. 몇 년 동안의 수행으로 에리스는 자신의 한계가 보였다.
아마도 앞으로 아무리 수행해도 올스테드의 영역에 도달할 수 없다는 것을 깨달았다. 진정한 의미로 자신의 한계란 것이다.
하지만 루데우스와 함께 있으면, 그와 함께 있으면 손이 닿을 것이다.
마술사와 검사, 이렇게 두 사람이면 이길 수 있다.
혹시 내가 죽더라도 올스테드의 발을 묶으면 루데우스가 해치워 준다.

루데우스가 이기면 나의 승리다.
물론 나는 죽지만, 루데우스는 살아남는다.
그러면 루데우스와 함께 사는 미래는 없어진다.
하지만 그래도 좋다. 미래를 고려하면 몸이 둔해진다. 몸이 둔해지면 검이 둔해진다. 검이 둔해지면 나도, 루데우스도, 모두 죽는다.
그럼 죽는 건 나다.
에리스는 그렇게 각오했다.
"그럼 검왕이 될 수 없어도 좋나?"
"딱히 상관없어."
"강해지고 싶은 거 아닌가?"
"그래. 강해지고 싶어. 하지만 호칭이야 아무래도 상관없잖아?"
검신은 기쁜 듯이 웃었다.
"좋아, 에리스와 니나. 너희들 중 이긴 쪽이 검왕이 된다!"
그 말에 최연소인 지노는 조용히 어깨를 늘어뜨렸다.

에리스와 니나, 두 사람은 서로 마주보고 섰다.
"……."
서로의 손에 쥐어진 것은 목검이다.
하지만 검성의 기술을 가졌으면 간단히 상대의 목숨을 빼앗을 수 있는 무기가 된다.

"처음 왔을 때가 떠오르네."

"그래."

두 사람의 뇌리에 떠오르는 것은 몇 년 전에 에리스가 길레느를 따라왔을 때의 일이었다.

마수 같은 이 여자에게 니나는 굴욕을 맛보았다.

다른 검성과 지노가 보는 앞에서 실금했던 것이다.

지금 떠올려도 얼굴을 감싸며 데굴데굴 구르고 싶어진다.

하지만 에리스에 대한 증오는 없다.

그녀 덕분에 강해질 수 있었다. 방심하지 않고 오로지 수행에 매진했다. 그렇게 생각하면 그 굴욕도 밑거름이 되었다고 자신을 가지고 대답할 수 있다.

"오늘은 내가 이길 테니까."

니나가 그렇게 선언한 순간 에리스에게서 살기가 터져나왔다.

하지만 니나는 움츠러들지 않았다.

깨달음을 얻은 수행승처럼, 영롱한 표정으로 에리스를 바라보았다.

"……흥."

다음 순간 에리스의 살기가 순식간에 사라졌다.

그리고 니나와는 대조적인 표정이 에리스의 얼굴에 떠올랐다.

미소다.

싱글싱글, 기분 나쁜 미소가 에리스의 얼굴에 떠올랐다.

보는 이를 오싹하게 만드는 미소는 맹수의 미소였다.

니나는 이 미소에 본능적인 공포를 느꼈다. 수왕 이졸테와의 단련에서 에리스는 몇 번이나 돌격했다가 패했다.

물론 이길 때도 있었지만 패배의 기억은 머릿속에 더 잘 남는다.

그때 에리스는 그 미소를 짓고 있었다.

"……."

에리스는 움직이지 않았다. 야수의 웃음을 띤 채로 정지해 있었다. 항상 선수를 치려는 그녀치고 드문 일이다.

니나의 뇌리에 카운터라는 말이 떠올랐다. 이졸테와의 싸움에서 몇 번이나 당했던 바로 그 카운터다. 에리스는 수신류의 기술을 쓸 수 없지만, 북신류에도 카운터 기술은 있다.

에리스는 아마도 그걸 노리는 거겠지.

"……."

자리에 침묵이 떠돌았다. 중단세를 취한 에리스와 상단세를 취한 니나.

한 걸음 내딛고 검을 휘두르면 닿는 거리에서 정지한 두 사람.

무표정한 니나, 웃는 에리스. 기분 나쁜 오브제처럼 두 사람은 그저 눈씨름만 벌였다.

정지, 그것은 선수필승을 모토로 삼는 검신류끼리의 싸움에서 보기 드문 것이다.

우뚝 정지한 두 사람. 거기에 한숨을 쉰 것은 바로 검신이었다.

"언제까지 서로 얼굴 구경만 할 거냐?"
그 말이 계기가 되었다.
먼저 움직인 것은 니나였다.
그녀가 날카롭게 발을 내딛었다. 수십만 번은 반복해 온 검신류의 움직임.
지극히 합리적인 위치로 움직인 발은 폭발적인 에너지를 상반신에 보냈다. 에너지는 니나의 몸에서 발산된 투기와 융합해서 팔에 전해지고 검에 실렸다.
'빛의 칼날'.
압도적인 속도를 자랑하는 검이 상단세에서 기세 좋게 내리쳐졌다.
완벽한 기술이었다. 누가 봐도 반해 버릴 정도로 완벽한 '빛의 칼날'이었다.
하지만.
"카아윽!"
니나는 배에 엄청난 충격을 받아 뒤로 날아갔다.
도장 벽에 부딪쳐서 주르륵 지면에 주저앉았다.
도복이 찢어지고 잘 단련된 배가 보였다. 그 배에 붉은 자국이 천천히 나기 시작하였다. 니나가 타는 듯한 고통을 느낄 무렵 검신이 선언했다.
"거기까지!"
니나는 멍한 얼굴로 에리스를 보았다. 뺨에 주르륵 땀을 흘린 에리스.

도복의 어깨가 살짝 찢어져 있었지만, 그뿐이었다. 그 얼굴에는 이미 미소가 없었다.

하지만 그 모습은 승자의 그것이었다.

"…큭."

뭘 당한 건지 니나는 이해하였다.

에리스는 니나가 움직이는 것과 거의 동시에 발을 내딛고 있었다. 그리고 상단세인 니나를 상대로 몸을 깊이 낮추면서 '빛의 칼날'을 가로로 날렸다.

하지만 모르겠다. 그랬다면 니나의 칼이 먼저 닿았을 터이다.

먼저 움직인 것은 니나, 검속도 에리스보다 니나가 살짝 빠르고, 게다가 가장 속도가 실리는 상단세에서의 내려베기였다.

그렇다면 조금 머리를 숙였다고 해도 에리스보다 먼저 니나의 검이 닿아도 이상하지 않다.

그런데도 결과는 무승부도 아니라 니나의 패배였다.

왜 나는 쓰러지고, 에리스는 서 있을까.

"사람을 쓰러뜨리는 데에는 필요 이상의 힘을 쓸 것 없어."

에리스는 조용히 그렇게 말했다. 그 말의 의미를 니나는 알 수 없었다.

에리스가 쓴 것은 북신류의 기술이었다.

원래 모든 상대를 오버킬하는 '빛의 칼날'.

에리스는 그 위력을 속도로 돌렸다. 참격의 위력을 그저 상대를 쓰러뜨릴 정도로 낮추고, 그만큼 검을 빨리 움직인다.

단순한 근육의 움직임만이 아니라 투기의 배분으로 그게 가능했다.

북제와의 단련으로 배운 기술이다.

물론 그렇게 생겨난 속도는 미미한 것이다.

크게 죽인 위력과 비교하면 완전히 손해일 정도로 미미한 속도.

하지만 그 미미한 속도는 머리카락 한 올 정도의 차이를 엎고 승패를 결정지었다.

"훌륭하다, 에리스. 네게 검왕의 칭호를 주지."

니나는 천천히 일어섰다.

복부에 둔통을 느끼며 얼굴을 찌푸렸다.

'완전히 당했어.'

목검이니까 날아가는 걸로 끝났지만, 진검이었으면 니나의 내장은 박살났겠지.

상대의 등뼈까지 양단하는 빛의 칼날의 위력을 생각하면 내장을 박살내는 건 대단한 위력도 아니지만, 치사량으로는 충분하다. 반대로 에리스가 어깻죽지를 베인 정도로 끝난 것과 비교하면 승부는 났다고 해도 과언이 아니다.

완전히 패배다.

니나는 한숨을 내쉬고 그 자리에 앉아서 등을 쭉 폈다.

모든 면에서 졌다. 먼저 움직이고 패했다.

졌다. 패배, 패배, 패배.
니나의 가슴속에서 무겁고 씁쓸한 것이 치솟았다.
"분하냐, 니나."
"예."
니나의 눈에서 굵은 눈물이 뚝뚝 흘렀다.
"너는 더 성장할 수 있다. 정진해라."
"예, 아버지."
니나는 그날 오래간만에 자신의 아버지를 스승이 아니라 아버지라고 불렀다.
"……."
검신은 니나가 울음을 그치기를 조용히 기다렸다.
에리스 또한 입을 삐죽거리고 팔짱을 끼면서 기다렸다.

니나가 울음을 그치기를 기다려서 검신은 에리스에게 말했다.
"에리스. 네게 검왕의 칭호를 주었지만, 이미 가르칠 것은 하나도 없다. 면허개전도 주마."
면허개전. 그 말을 듣고 니나와 지노가 서로의 얼굴을 보았다. 두 검제도, 검왕 길레느도 받을 수 없었던 칭호. 면허개전이란 그런 것이다.
"거기에 검제의 칭호를 주어도 좋지만… 다만 그 경우는 길레느와 붙어야 한다. 혹시 한달음에 검신을 칭하고 싶거든 날 죽이고. 어쩔래?"

검신은 자기 칼에 손을 댔지만, 에리스는 고개를 내저었다.

"검신 따윈 아무래도 좋아."

"그렇겠지…. 그럼 이제부터 어쩔 거지?"

"일단 가족에게 돌아갈래."

에리스의 올곧은 눈동자를 보고 검신은 눈부시다는 느낌을 받았다.

그녀는 언젠가 그가 잃어버렸던 것을 가지고 있는 듯했다.

우직하게 강해지려는 자세와 그 목적을 잃지 않는다면. 어쩌면 에리스라면 저 무적의 올스테드를 쓰러뜨릴 수 있지 않을까. 그런 예감마저 들었다.

"따라와라, 에리스. 검왕의 증거로 일곱 자루의 검 중 하나를 주마."

"…예."

에리스 그레이랫의 긴 수업은 그날로 끝났다.

에리스와 검신이 방에서 나가고, 검왕 칭호 수여식은 끝났다.

남은 것은 두 사람. 니나와 지노다.

"……."

"……."

두 사람은 한동안 말없이 앉아 있었다. 두 사람의 가슴 속에 있는 것은 분한 마음이고, 선망이었다.

다만 결코 그걸 말하지도, 얼굴로 드러내지도 않았다.

"……."

두 사람은 누가 먼저랄 것도 없이 일어서서 나란히 걸어서, 방구석에 나란히 놓인 목검을 손에 들었다.

잠시 뒤에 당좌의 방에서 딱딱 하고 목검이 부딪치는 소리가 들려왔다.

검의 성지라면 어디에서나 들려오는 그 소리는 도장에서 멈추지 않고 계속 울렸다.

14권 끝

무직전생

이세계에 갔으면
최선을 다한다

무직전생 ~ 이세계에 갔으면 최선을 다한다 ~ **14**

2018년 6월 7일 초판 발행
2023년 10월 30일 6쇄 발행

저자 리후진 나 마고노테
일러스트 시로타카
옮긴이 한신남

발행인 정동훈
편집인 여영아
편집 팀장 황정아
편집 노혜림

발행처 (주)학산문화사
등록 1995년 7월 1일
등록번호 제3-632호
주소 서울특별시 동작구 상도로 282 학산빌딩
편집부 02-828-8838
마케팅 02-828-8986

ISBN 979-11-6287-366-3 04830
ISBN 979-11-256-0603-1 (세트)

값 9,000원